에른스트 하프너 Ernst Haffner (1900-1938?)

에른스트 하프너에 대해서는 알려진 바가 거의 없다. 1932년 브루노 카시러(Bruno Cassirer) 출판사에서 출간된 『베를린 거리의 아이들』이라는 제목의 소설이 거의 유일한 기록이다. 그 외 1925-1933년 사이 베를린에서 기자 겸 사회복지사로 일을 했다는 것, 그의 소설이 나치 집권 직후인 1933년 5월 10일 베를린에서 거행된 '책 화형식'에서 불 속에 던져졌다는 것, 그리고 1938년 나치 선전성(省) 산하의 '제국문학분과위원회'에 소환된 직후 행방불명이 되었다는 것만이 우리가 알 수 있는 그에 관한 기록의 전부이다.

베를린 거리의
아이들

Jugend auf der Landstraße Berlin

에른스트 하프너 Ernst Haffner 장편소설
| 김정근 옮김

일러두기

* 1932년 베를린 브루노 카시러 출판사에서 출간한 책을 기본 텍스트로 삼아서 번역했습니다.
* 직접 대화를 표시할 때에는 큰따옴표 " "를 사용했고, 인용한 말 안에 들어있는 또 다른 인용구를 나타낼 때나 등장인물이 독백으로 한 말을 표시할 때에 혹은 중요한 부분을 강조할 때에는 작은따옴표 ' '를 사용했습니다. 차례대로 이어지는 내용을 하나로 묶어 열거할 때에는 붙임표 -를 사용했습니다. 그 밖의 부호 사용은 한글 맞춤법 부록에 언급된 문장부호 사용법을 따랐습니다.
* 거리의 이름이나 지명은 널리 알려진 것을 제외하고는 가능한 원음과 가깝게 표기했습니다. 예를 들면 알렉산더플라츠는 알렉산더 광장으로 표기를 했고, 거리를 의미하는 독일어 '슈트라세'는 원음 그대로 옮겼습니다.
* 이해를 돕기 위해 필요한 설명은 해당 쪽수의 아래에 옮긴이 주로 처리해서 덧붙였습니다.

- 옮긴이

1. 모든 주석은 옮긴이 주이다.
2. 본문 중 돋움체는 원서에서 이탤릭 또는 대문자로 강조한 것이다.

베를린 거리의

웃음

Jugend auf der Landstraße Berlin

gasse·가쎄

차례

패거리에게는 절대 돌아가지 않겠다.

프랑스인 펠릭스, 조니와 프레트가 붙잡히다.

"우리에게 다른 길이 남아 있어?"

왜 그들은 우리가 일을 하도록 내버려 두지 않지?

다시 작업

1장

청소년 패거리 의형제 그리고 '영원한 구제' - 조니, 패거리의 우두머리 - 45개의 빵과 2개의 소시지 -

"쉬멜, 지갑을 꺼내, 꺼내라고"

'의형제' 패거리에 속하는 여덟 명의 청소년이 공장의 긴 마당을 지나고 건물의 이층까지 길게 늘어선 피곤에 지친 인간 행렬의 아주 작은 고리를 이룬 채 서서 기다린다. 그리고 그들은 수백 명의 다른 사람들과 마찬가지로 축축하고 끔찍한 추위에서 벗어나 마침내 따뜻한 대기실로 들어갈 수 있기를 바라면서 문이 열리기를 기다린다. 아직 삼사 분이 더 있어야만 할 것이다. 그러면 정각 여덟 시, 삼 층에서 육중한 철문이 열릴 것이다. 베를린 행정 구역 중 하나인 미테 지역의 쇼세슈트라세에 자리 잡고 있는 복잡한 관료 기구인 구빈원이 갑작스럽게 움직여서 서서히 작동하기 시작한다. 이런 갑작스런 움직임은 줄지어 늘어선 사람들을 뚫고 지나가 여러 번 굽이치면서 뒤쪽으로 이어진다. 여기저기서 줄지어 선 사람들이 격하게 움직이며 위쪽을 향해 움직이고, 사람들은 발을 질질 끌면서 앞으로 나아가고, 그들의 손에는 수많은 필수 서류들이 들려 있다. 친절하게도 관청 사람들이 '지침서'를 인쇄해서 비치해 두었다. 지침서에 적힌 수많은 항목에는 어떤 서류들이 필요한지가 일일이 나열되어 있었고, 원하는 사람은 누구든 24개 시 행정 구역의 외진 곳에서도 그런 지침서를 얻을 수 있다.

줄은 이미 회계 창구가 있는 널찍한 대기 장소에까지 이어져 있었다. 하나였던 줄이 곧 두 개의 줄로 갈라졌다. 그 줄은 군대에서처럼 질서 정연하게 조직되었다. 첫 번째 줄에 서 있는 사람들은 끈기 있게 기다린다. 마침내 목이 쉰 관청의 허드레꾼인 '**파울레**'가 받아야 할 돈을 미리 계산해 놓기 위해 줄 서 있는 사람들에게서 실업수당 지불카드를 거두어갔다. 두 번째 줄은 안내 창구 앞쪽으로 꾸불꾸불 이어져 있다. 무엇 때문에 이곳에 왔으며, 어느 곳으로 가야 할지를 묻고 대답하는 말이 오간 다음에 사람들은 번호가 적힌 마분지 조각을 받는다. 그런 다음 사람들은 각자 서로 다른 두 개의 커다란 대기실로 흩어져, 관리 양반들이 일을 처리하는 사무실 문 앞으로 가서, 그곳에서 양처럼 끈기 있게 자신의 번호가 호명되기를 기다린다. 양과 같은 인내심으로 그들은 분명 대여섯 시간을 충분히 견딜 것이다.

여덟 명의 청소년 패거리는 어느 쪽 줄에도 끼어 있지 않았다. 반대로 그들은 재빠르게 '**영원한 구제**' 부서 쪽으로 달려갔다. 어쩌면 긴 의자를 차지할 가능성이 있을지도 모른다. '**영원한 구제**' 부서에 딸린 대기실. 보통 사람들이 대기실 옆에 붙어 있는 사무실에 실업자 구제 신청서를 제출한다. 입이 거친 사람들이 관청의 공식 용어인 '**실업자 구제Erwerbslosenhilfe**'를 줄인 철자인 E.H.를 '**영원한 구제Ewige Hilfe**'라는 말로 바꾸어 비아냥거렸다. 철제문이 열린 지 삼십 분이 지난 지금 커다란 대기실에는 이미 사람들이 넘쳐날 정도로 꽉 들어차 있었다. 그들은 몇 개

되지 않는 의자의 마지막 자리까지 차지하고 앉아 있다. 앉을 자리를 발견하지 못한 사람들은 통로의 여기저기에 모여 있거나 양쪽 벽에 몸을 기대고 서 있다. 수천 명의 사람들이 몸을 기대고 섰던 양쪽 벽에는 기름기가 밴, 지저분하게 얼룩진 검은 자국이 남았다. 말할 수 없이 우울한 잿빛 아침 햇살과 희미한 백열 전구 빛이 뒤죽박죽 섞여서 이상한 빛을 만들어낸다. 그 빛 속에서 보면 기다리는 사람들의 얼굴은 더 비참하고 굶주린 것처럼 보인다. 대기실을 가로질러 세워진 벽 뒤편에는 밝고 깨끗한 두 개의 사무실이 있다. 출입문이 설치되어 있었지만 관청 사람들은 봉급이 적은 하급 관리의 커다란 머리가 들어갈 만한 크기의 사각형 구멍을 따로 냈다. 사무실 출입문 바로 옆이다. 관리들은 출입문을 열고 번호를 부르지 않는데, 그것은 비천한 사람들과 가능하면 접촉을 하지 않기 위해서다. 절대로 문을 열고 부르지 않는다. 구멍의 벼락닫이가 위로 젖혀져 열리면 관리의 머리가 보기 그럴듯하게 구멍의 테두리에 둘러싸인 채 나타나고, 커다랗게 번호를 부르는 소리가 들린다. 그런 다음 벼락닫이가 다시 재빨리 닫힌다. 호명된 번호. 사무실로 들어가야 비로소 그들의 이름이 구스타프 마이어 혹은 프리다 아브라마이트라는 사실이 드러난다. 호명된 번호표를 지닌 사람은 벼락닫이 옆쪽에 난 출입문을 지나 느릿느릿 걸음을 옮기면서 사무실로 들어간다.

번호가 불릴 때마다 기다리는 사람들의 머리가 번쩍 들린다. 가끔 벽에서 동시에 두 개의 벼락닫이가 치켜져 올라가기도 한다. 그러면 모든 사람의 머리가 홱 들렸다가 다시 일제히 급하게 숙여진다.

여덟 명의 사내아이들은 긴 의자 하나를 독차지하고 앉아서 번호가 불리든 말든 전혀 신경을 쓰지 않은 채 잠을 자거나 꾸벅꾸벅 존다. 겨우내 그들은 끝날 것 같지 않은 긴 밤을 거리를 배회하면서 보냈다. 자주 그랬던 것처럼, 잠잘 곳이 없다. 쉬지 않고 터벅터벅 걷고, 계속 움직인다. 이렇게 추운 날씨에는 걸음을 멈추고 쉴 수가 없다. 내린 지 며칠이 지나서 질척거리는 눈, 때때로 가랑비가 내리고, 모든 것이 바람에 휘날려서 섬세하게 뒤섞인다. 옷을 파고드는 차가운 바람 때문에 사내아이들의 이빨은 오리주둥이처럼 부딪쳐 딱딱 소리를 낸다. 이들 여덟 명의 소년들 나이는 열여섯에서 열아홉 살 사이다. 그중 몇 명은 교화소에서 도망쳐 나왔다. 두 명은 독일 어딘가에 부모가 살아 있다. 한 아이는 아버지가, 다른 한 아이는 어머니가 살아 있다. 그들이 태어나고 유년기를 보낸 시기와 전쟁과 전후 시기가 겹친다. O자 모양으로 휘어진 다리로 첫걸음마를 떼려는 시도를 했을 때부터 이미 그들은 방치되었다. 아버지는 전쟁터에 있거나 이미 사망자 명단에 올라있었다. 어머니는 포탄을 굴려 옮기거나,

화약이나 폭발물 제조 공장에서 아주 미세한 양의 피를 폐에서 토해내곤 했다. 콜라비로 배를 채운 아이들. 배가 부를 만큼 감자를 먹는 아이는 더 이상 없었다. 이들은 마당과 길거리에서 살쾡이처럼 먹을 것을 노렸다. 나중에 다 크게 되면 그들은 무리를 지어 먹을 것을 사냥하러 갈 것이다. 배를 채우기 위한 사냥. 사악한 작은 맹수들이다.

'도르트문트 출신 루트비히'는 어떤 숫자가 호명되었을 때 잠에서 깨어났다. 이제 그는 다리를 쭉 뻗고, 주먹 쥔 손을 주머니에 집어넣고, 입가에 불이 꺼진 담배꽁초를 문 채 대기실에 앉아 있다. 굶주림에 시달린 갸름한 얼굴과 반짝거리는 갈색의 눈을 지닌 그 사내아이가 흥미롭다는 듯 출입구 쪽으로 얼굴을 돌린다. 동료 아이들은 앞으로 몸을 숙이거나 웅크린 상태로 힘없이 옆 사람의 어깨에 머리를 기댄 채 잠을 자고 있었다. 황소라는 별명을 지닌 그들의 우두머리 조니가 아홉 시에 이곳으로 그들을 소집했다. 종종 그런 것처럼 그는 돈을 마련해보려고 했다. 그는 돈을 마련하는 방법을 알려주지는 않았다. 어제저녁 열 시 무렵, 그는 패거리와 헤어졌다. 루트비히는 조니가 대기실로 들어오는 것을 보고 흥분해서 손짓을 해댄다. "조니, 이쪽이야 이쪽!" 조니는 스물한 살의 청년이다. 강인해 보이는 턱. 튀어나온 광대뼈가 약간 잔인해 보이는 인상을 주었으며, 적어도 의지가 강함을 잘 보여준다. 그의 언행은 사리에 맞고, 신중했으며, 사투리 억양이 거의 없고, 그리고 무엇보다 그가 패거리의 누구보다 정신적으로 뛰어나다는 것을 잘 보여준다. 뛰어난 체력은 당연한 조건이다. 그렇지 않으면 그는 패거리의 우두머리로 불릴 자격이 없다. "좋은 아침이야, 루트비히!" 그는 루트비히에게 커다란 담뱃갑을 건넨다. 루트비히는 간절하게 바란 것처럼 탐욕스럽게 담배에 불을 붙이고, 오랫동안 즐기지 못했던 담배 연기를 이빨로 질근질근 씹으면서 들이마신다. 동료들은 여전히 잠들어 있다. 루트비히는 연기를 깊숙이 들이마신 다음 그들의 얼굴을 향해 뿜어낸다. 그들이 연기를 들이마시고 기침을 하면서 잠에서 깨어난다. 그들을 잠에서 깨울 수 있는 더 빠른 방법이 이것밖에 없을 것이다. "담배네? 조니 안녕!" 모두 재빨리 담배를 피워 문다. 모두 지금 조니가 돈을 갖고 있으며, 드디어 다시 무언가를 먹을 수 있게 되었다는 것을 안다. "그러니까 이제 출발하자." 언제나처럼 그들은 세 무리를 지어서 출발한다. 함께 무리를 지어 몰려 다니는 아홉 명의 청소년은 불필요하게 사람들의 이목을 끈다. 그들은 쇼세슈트라세에서 인발리덴슈트라세로 접어든다. 여기서 아침으로 먹을거리를 장만한다. 커다란 종이봉투에 담긴 마흔다섯 개의 빵과 간에 양파를 섞어 만든 소시지 두 개다. 아홉 명이 충분히 먹을 수 있는 양이다.

로젠탈러 광장, 물락슈트라세를 지난 다음 뤼커슈트라세로 접어든다. 그다음 알렉산더 광장에서 볼 수 있는 온갖 무리가 찾는 단골 술집 뤼커클라우제로 들어간다. 안이 훤히 들여다보이는 창가에서는 이미 부지런히 감자전을 지지고 있었다. 기름기가 배인 연기가 침침하고, 으스스한 느낌을 주는 더러운 술집의 가장 후미진 구석까지 퍼진다. 이른 시각임에도 뤼커클라우제는 손님들로 북적거린다. 그 가게는 단순한 단골 술집 이상의 존재다. 그곳은 집이 없는 사람에게는 일종의 집과도 같은 곳이다. 축음기에서 들려오는 요란한 음악, 소란스럽게 떠드는 손님들, 맛없는 뷔페 음식, 흘러넘친 맥주가 고여 있는 식탁, 낙서가 되어 있는 더럽고 시커먼 벽에 신경을 쓰는 사람은 아무도 없다. 들어서면서 볼 때 오른쪽에 있는 구석 자리에 사내아이들 패거리가 앉는다. 시중을 드는 종업원이 끔찍하게 맛은 없지만 따뜻한 고기 수프를 가져온다. 그러자 아이들은 재빠르게 손을 사용해서 빵과 소시지를 허겁지겁 먹어 치운다. 이 순간에는 거의 말을 주고받지 않는다. 분명하지 않은, 거의 동물이 내는 것 같은 소리와 배가 불러 만족스럽다는 듯 위장에서 나는 꼬르륵 소리만 들린다. 소년들의 모습은 놀랍게 변했다. 그들은 소시지의 끝부분을 이빨로 물어뜯고, 턱을 위아래로 힘껏 움직이고, 서로를 바라보면서 눈빛으로 이야기한다. '야, 야. 이렇게 먹었는데도 아직

먹을 것이 많이 남아있는 것을 보니 좋은데 ······' 그리고 다른 눈빛, 고마워하는 눈빛, 모두를 위해 이런 음식을 마련해준 조니를 자랑스러워하는 눈빛.

뒤편 움푹 들어간 공간에 자리를 잡은 다른 패거리에 속해 있는 아주 어린 소년이 인사불성으로 취한 손님의 무릎 위에 앉아 있다. 그 아이의 동료 두 명이 그 앞을 왔다 갔다 하면서 용기를 불어넣기 위해 그 아이에게 "지갑을 꺼내, 쉬멜, 꺼내라고" 하는 말을 속삭인다. "네 손님의 지갑을 꺼내서 우리에게 넘겨줘 ······."

뷔페가 차려진 식탁 앞쪽에 놓인 서서 술을 마시는 탁자에 십오 육 세쯤 된 여자아이 하나가 두 명의 우두머리 사이에 몸을 기대고 서 있다. 당돌한 그 여자아이는 어떤 남자아이가 너무 더워서 더 이상 입지 못하고 벗어던진 재킷을 겹쳐 입고, 빵모자를 비스듬하게 쓰고, 가죽 재킷을 입은 두 패거리의 우두머리들과 함께 연거푸 독주 잔을 마셔 비운다. 관자놀이 주변에 시퍼런 핏줄이 비칠 정도로 병색이 완연한 창백한 얼굴이 곧 구토라도 할 것처럼 일그러진다. 하지만 작고 더러운 손으로 다시 독주가 든 잔을 움켜쥐고, 가죽 재킷을 위해 건배를 한다. 소녀의 입이 벌어진다. 이빨이 거의 없다. 드문드문 남은 검게 썩은 이빨. 그녀는 분명 열여섯도 되지 않았을 텐데······.

가게 주인은 계산대 뒤에 서서 주의 깊게 가게 안의 상태를 살핀다. 멋진 푸른색 양복과 새하얀 컬러가 달린 상의를 입은 모습이다. 그런 모습은 이 술집 전체에서 유일하다. 쉬지 않고 음악이 요란하게 울린다. 사람들이 끊임없이 술집을 들락거린다. 모두가 젊은, 새파랗게 젊은 사람들이다. 많은 사람이 배낭을 지고 있거나 보따리를 들고 있다. 그런 다음 끔찍하게 더러운 화장실로 이어진 통로 끝에 있는 작은 공간으로 간다. 짧은 대화. 짐 풀기, 짐 싸기, 돈이 왔다 갔다 한다. 계산대에서 독주를 마신다. 그리곤 사라진다. 경찰의 검색이 드물지 않게 이루어진다.

소녀는 이제 술에 취해 인사불성이 된다. 비틀거리며 이 탁자 저 탁자로 옮겨 다니면서 자신의 몸을 제공한다. "프리델이 또 시작했군." 누군가 그 말을 한다. 보잘것없는 매력을 지닌 술취한 아이의 애처로운 모습에 감흥을 느끼는 사람은 더 이상 없다. 집이 없는 사람들에게 일종의 집과 같은 역할을 하는 뤼커 클라우제 술집. 성장기의 소년들이 항상 느끼는 허기로 그들은 빵과 소시지, 감자전 두 개를 흔적도 남기지 않고 깨끗하게 먹어 치웠다. 만족스럽다는 듯 그들은 뒤로 몸을 젖히고, 담배를 빤다. 그리고 맥주를 한 모금 마시고, 축음기에서 나는 노래를 따라 부른다. '…… 사랑스럽고 소중한 사람아, 내 마음은 영원히 한곳에 머무는 항구가 아니란다. ……' 그들은 이제 배를 두둑하게 채웠다. 그리고 술집은 따듯하다. 피곤이 몰려오고, 머리는 탁자 쪽을 향해 서서히 기운다. 조니만 졸지 않은 채 연거푸 담배를 피워댄다. 그가 음식값을 전부 지불한다. 그런 다음 그는 남은 돈을 센다. 아직 정확히 8마르크가 남아 있다. 그들은 오늘 밤 어디에서 잠을 자야 하나? 가장 싼 집단 숙소에서는 빈대가 득실거리는 끔찍한 매트리스를 빌려주는 대가로 일 인당 50페니히를 요구한다. 그것만 해도 4마르크 50페니히다. 그러고 나면 남는 돈으로는 내일 아침을 사 먹기에도 모자란다. 조니는 더 싸게 잘 수 있는 가능성이 없는지 곰곰이 생각한다. 부하들은 계속 잠을 잘 것이고, 나중에 종업원이 그들에게 조니가 저녁 8시에 슈미트 가게에서 그들을 기다리고 있을 것이라는 말을 전해줄 것이다.

2장

새벽에 문을 여는 가게 '멕시코' - 온기는 엄청난 자비다 -

그런데 경찰은?

낮에 술집 뤼커클라우제가 맡아 했던 역할을 밤에는 리니엔 슈트라세에 있는 슈미트 가게가 한다. 분명코, 이곳은 활기가 넘친다. 낮에도 요란한 금관 악기 음악이 울린다. 하지만 저녁이 되면 작은 술집을 가득 채운 인파는 혼란스럽게 재촉을 해대는 무리로 변한다. 그런 다음에는 맥주를 따르는 꼭지는 일분일초도 작동을 멈추지 않는다. 그리고 모든 의자마다 두 사람씩 앉아 있다. 아직 자리를 잡지 못한 사람들은 음악이 연주되는 무대에 걸터앉거나 잔을 든 채 원래의 자리에 그대로 서 있다. 환풍기가 실내 공기의 상태를 약간이나마 개선하려고 절망적일 정도로 애를 쓰면서 돌아가고 있었지만, 종이로 만들어 영원히 시들지 않는 꽃장식, 분위기를 돋우기 위해 반드시 필요한 소품은 항상 짙은 담배 연기에 감싸여 있다. 요란한 음악을 연주하는 악단은 쉬지 않고 헌신적으로 연주를 한다. 격의 없이 공짜로 모든 단원에게 제공된 맥주 한 순배가 그들의 노고를 치하한다. 놀랍게도 사람들은 재현된 음악 소리를 듣고 연주자들의 취한 상태를 감지할 수 있을 때까지 공짜 맥주를 제공해서 연주자들의 노고를 치하한다. 그러고 나면 슈미트 술집의 진면목이 드러난다. 술집에 모인 사람 전부가 고함을 지르고, 발을 구르면서 노래를 하는 합창단으로 변한다. 조니는 모든 구석에서 여덟 명의 부하를 찾아내서는 싸게 잘 수 있는 곳을 찾았다고 알려준다. 무리 전체가 잠을 자기 위해 지불한 요금은 2마르크다. 숙소는 브루 넨슈트라세에 있는 화물 보관 창고다. 2마르크를 받고 경비원이 그들을 열 시에 창고 안으로 들여보낸다. 하지만 아침 6시 정각 에 그들은 다시 거리로 나가야만 한다. 밀짚과 몸을 눕힐 수 있는 커다란 상자는 충분히 있다. 9시 반에 사내아이들 패거리는 잠을 자러 가기 위해 길을 나선다.

열 시 종이 울렸을 때 그들 모두는 잠자리가 있는 곳 근처에 도착해 있다. 세 명이 문 앞에 서 있고, 나머지는 경비원이 문을 열어주면 재빨리 안으로 들어가기 위해 준비를 마친 채 옆쪽 건 물 통로에서 대기하고 있다. 경비원의 발소리가 들리기도 전에 문 뒤에서 무언가가 숨을 거칠게 내쉬면서, 성난 것처럼 그르렁 거린다. 경비견이다. 그다음 문이 열리고, 소년들 모두가 차례대 로 어두운 정문의 출입문을 지나 마당으로 들어선다. 경비원이 다시 문을 잠근다. 사나운 개는 분노와 실망으로 낑낑거린다. 개 는 주인을 이해하지 못한다. 다른 경우라면 분명 모든 사람의 다 리를 물었어야만 했다. 하지만 지금 여기 아주 의심스러운 무리 가 있는데, 철제 가시가 있는 목줄이 개의 목을 바짝 조이고 있 었다. 경비원이 발을 끌면서 성이 나서 시퍼렇게 눈을 부릅뜬 개 를 끌고 앞장서 간다. 존경심과 무서움이 뒤섞인 감정을 품고 일 정한 거리를 유지한 채 의형제 단원들이 더듬거리면서 그 뒤를 따라간다. 나무로 지은, 천장이 낮은 창고의 문빗장이 밀리고 창고 문이 열린다. 그러고 나면 조니는 2마르크를 내놓아야만 한다. 그런 다음 나이든 경비원은 조사를 하기 위해 소년들의 몸을 하나씩 차례대로 더듬는다. 그는 성냥과 부싯돌을 찾으려는 것이다. 이 말썽꾸러기들이 창고 안에 쌓인 밀짚과 마른 나무 한가운데에서 담배를 피울 생각을 한다면……. 엄청난 화재가 일어날 수도 있다. 사나운 개는 다시 한 번 소년들을 향해 덤벼들려고 한다. 하지만 철제 가시가 달린 목줄로 개는 돈을 지불할 능력이 없는 사람들만을 물어뜯을 수 있다는 사실을 알게 된다. 소년들이 창문이 없는 어두운 창고 안으로 들어서자마자, 나이든 경비원이 다시 밖에서 문을 닫는다. 줄에서 풀려난 사나운 개가 문과 땅 사이로 난 틈에 코를 처박고 화난 것처럼 킁킁 냄새를 맡는다. 그들이 밖으로 나오려는 마음을 먹는다면……

당황한 소년들은 어둠 속을 더듬으면서 돌아다닌다. 나무판자에 박힌 못에 찔려 손가락 살점이 떨어져 나간다. 그리고 자리를 잡았다고 믿는 순간 갑자기 쌓여 있던 상자들이 그들의 머리위로 쏟아진다. 마침내 모두가 상자나 짚더미 속에서 누울 자리를 발견했을 때, 열 한 시 종이 울린다. 몇 분 만에 모두 잠이 든다. 쥐들만이 낯선 자의 침입을 불평하듯 찍찍거린다.

그들의 '침대'인 상자나 밀짚 속에서 웅크리고 있는 소년들의 몸을 볼 수 있다면, 동정하는 목소리만을 듣게 될 것이다. 뾰족하면서도 특이하게 생긴 새가슴으로 보기 흉하게 윗도리가 부풀어 있고, 눈동자가 튀어나온 열여섯 살의 발터 …… 그리고 그와 동갑이고, 비쩍 마르고 키가 아주 큰 에르빈, 그의 빈약한 팔에는 근육이 형성될 기미조차 보이지 않는다. 아니면 조용하고, 항상 꿈꾸는 것 같은 하인츠. 그는 자신의 재킷을 둘둘 말아서 베개로 사용한다. 상의는 찢어진 더러운 넝마다. 일 년 전 교화소에서 도망쳐 나온 열여덟 살의 도르트문트 출신의 루트비히는 밀짚 속으로 깊이 파고 들어가서, 그의 모습은 전혀 보이지 않는다. 쥐들이 아무런 방해도 받지 않고 그의 몸 위를 잽싸게 지나간다. 그들의 모습은 하나같이 비참하다. 조니만이 잠을 자면서도 여전히 강한 의지와 두려움을 모르는 얼굴 모습을 그대로 유지한다.

아침 6시가 되자마자 그들은 다시 어두운 브루넨슈트라세로 나와 있다. 그들은 밤새도록 몸에서 떨어지지 않던 추위를 이제야 비로소 육체적인 고통으로 느끼기 시작한다. 몸이 허약한 발터가 몹시 떨었기 때문에 약간의 온기나마 그에게 주기 위해서 무리가 그를 에워싸고 계속해서 빨리 걷는다. 그들은 몇 개 조로 나누어서 알렉산더 광장을 향해 간다. '멕시코'라는 이름의 가게로 간다. 아침 여섯 시부터 문을 여는 가게다. 뜨거운 국물 요리,

비록 묽은 국물 요리이기는 하지만, 그것은 엄청난 자비일 수 있다. 손으로 잔을 움켜쥐고, 의형제 패거리는 구석에 앉아서 후루룩 소리를 내면서 그 온기를 들이마신다. 온기를 ……

어떤 교향악단과 비교해도 손색이 없을 정도로 충분히 요란한 소리를 내면서, 아침 여섯 시부터 다음 날 새벽 세 시까지 축음기에서 들려오는 음악 소리. 포주, 매춘부, 청소년 패거리, 조직 폭력단원, 우발적인 범죄자들, 노숙자들, 범죄 세계를 들여다보기를 갈망하는 시민 계급의 사람들. 범인을 뒤쫓고 있는 강력계 형사들. 바로 그것이 '멕시코'의 모습이다. 그곳은 몇 년 전까지만 해도 투자자가 없어서 가게 문을 닫았던 작은 술집이었다. 하지만 지금은 자랑스럽게 '유럽의 가장 유명한 업소'라고 선전을 하고 있다. 가게의 새 주인은 모리츠 그림책에서 몇 개의 인디언 그림을 선택해서, 아무런 장식이 없던 빈 회벽에 화려한 색채로 간결하게 그려 넣었다. 그는 인공 야자수를 세웠고, 안이 들여다보이지 않는 눈부시도록 현란한 장식 유리를 설치했으며, 자신의 작품이라고 할 수도 있는 이 술집을 '멕시코식 통나무 오두막'이라고 불렀다.

의형제 패거리들은 자리에 얌전히 앉아 있다. 새로운 날이 눈앞에 놓여 있지만, 그들은 아무런 계획도 없이 새날을 마주 보고 있다. 한 남자가 술집으로 들어선다. 낯선 자다. 단골손님이 아니다. 무엇인가를 찾는 듯 주위를 둘러보고는 곧장 의형제 패거리가 있는 탁자 쪽으로 온다. 조니의 측근인 열여덟 살의 프레트가 벌떡 일어나더니, 동료 한 명을 옆으로 밀치고 쏜살같이 거리로 내뺀다. 낯선 자가 그 뒤를 쫓아간다. 술집 전체에 들리는 웅성거림. "그 낯선 자는 누구지?" "경찰이야?" 하지만 손님 중 아무도 그를 본 적이 없다. 그리고 이곳 사람들은 경찰서의 모든 경찰을 알고 있다. 패거리는 당혹스러워한다. 그리고 술집에 더 머물러 있는 것이 이롭지 않을 것이라고 생각한다. 조니는 남은 돈을 똑같이 나누고, 패거리를 두 명씩 네 개의 조로 나눈다. 각 조는 모든 단골 술집과 알고 지내는 다른 청소년 패거리, 모든 은신처에서 프레트가 어디에 있는지를 알아보라는 임무를 받는다. 낯선 자가 프레트를 붙잡지 못했다 하더라도 프레트는 다시 '멕시코'로 돌아올 엄두를 내지는 못할 것이다. 결국 그가 패거리가 어디에 머물지를 찾아내야 할 사람인 것이다. 그들 모두의 접선 장소는 저녁 8시 동성애자들이 모이는 술집 '옛 우체국'이다. 짝을 이룬 네 무리는 각기 다른 방향으로 흩어진다.

3장

조용한 반항. 생일날의 따귀 -

대팻밥 더미 속에 숨어서 도망치다.

며칠 전부터 교화소의 분위기가 심상치 않다. 스무 살의 빌리 클루다스가 이끄는 소수의 훈육생 무리가 일종의 수동적 저항을 벌이기로 결정했다. 침대가 있는 커다란 강당에서 밤중에 모의가 이루어졌다. 배신자나 훼방꾼은 끔찍한 비밀 재판에 회부되어 처벌을 받게 될 것이라고 위협했다. 배신자는 구타, 구타, 또 구타를 당할 것이라고 했다. 교화소 소장과 선생들은 수동적 저항, 태업 행위가 가져온 결과를 무기력하게 바라보기만 했다. 원외 작업조의 절반이 아프다고 보고를 했고, 갑자기 이해할 수 없는 병을 앓았다. 나머지 절반은 일하는 척 시늉만 하면서 도움이 되기보다는 손해를 끼쳤다. 감독자들은 미친 듯 날뛰었고, 보고를 하거나 뺨을 때리겠다고 위협했지만, 악의를 입증할 수 있는 확실한 증거를 제시할 수는 없었다. 교육생들은 상체를 숙이고 히죽히죽 웃으면서 계속 일을 했다. 이렇게 하는 것이 그들에게 재미를 주기 시작했다.

교화소의 복합 건물에서도 십수 개의 유리창이 수수께끼처럼 아무런 이유도 없이 깨졌다. 자물쇠가 작동하지 않았다. 불려온 기술자는 자물쇠 장치에서 모래와 돌 알갱이를 제거했다. 화장실 변기가 막혔다. 상당히 많은 전구와 퓨즈가 합선으로 타버렸다. 부주의하게 놓아둔 문서와 서류 다발이 몽땅 사라졌거나, 푸른색 잉크가 종이 위에 질펀하게 쏟아져 있었다. 훈육생들은 더 이상 고소해 하면서 키득거리는 행동을 그만둘 수가 없었다. 빌리가 고안해서 짜낸 계획은 전혀 다른 것이고, 멋진 일이다. 교사들은 분노로 일그러진 창백한 얼굴을 한 채 돌아다녔다. 그들은 오래전부터 소장에게 갈 엄두를 더 이상 내지 못했다. 현행범으로 발각되는 놈은 따끔한 맛을 보게 될 것이다! 라는 엄포가 있었지만, 감시와 정탐 체계는 제대로 작동하지 않았고, 당국의 모든 지시는 실패했으며, 산산조각이 났다.

나흘째 되던 날 오후에 소장이 선생들을 자신의 집무실로 불러 모았다. '무슨 일이지? 도대체 무슨 일이야?' 그들은 수수께끼를 바라보고 있다. 선생들은 소장 집무실에 있는 화분에 물을 주라는 핑계를 만들어서 회의가 열리는 동안 훈육생, 그들의 끄나풀인 게오르크 블라우슈타인을 집무실로 불러냈다. "게오르크, 너는 행실이 바른 훈육생이지. 무슨 일이 벌어졌는지 우리에게 이야기해 봐. 다른 때에는 우리에게 모든 것을 이야기했잖아." 게오르크 블라우슈타인은 사흘 전 밤을 떠올렸다. 그는 다른 아이들처럼 잠들지 못한 채로 침대에 누워있었다. 이때 갑자기 어둠 속에서 얼굴 하나가 그의 얼굴 옆으로 불쑥 나타났다. 그리고 그는 낮지만 머릿속을 파고드는 목소리를 들었다. "고자질을 하면 네 모가지를 비틀어 놓겠어. ……" 그런 다음 그 얼굴은 게오르크의 침대 밑으로 사라졌고, 침대 네 개 밑을 가로질러 자신의 침대가 있는 쪽으로 미끄러져 갔다. "저는 ……
저는 …… 저는 정말로 모릅니다. 소장님 그 이유를 ……" 하지
만 소장과 선생들은 게오르크가 모든 것을 알고 있지만, 두려움
때문에 입을 다물고 있다는 것을 알았다. "게오르크, 꽃에 물을
줘라." 회의 결과는 '우리는 아무것도 모르지만, 곧 알게 될 것이
다! 다시 질서가 잡힐 때까지, 모든 교육생에게 엄격한 금연, 휴
가 금지, 사소한 잘못을 한 경우에도 아주 엄격하게 처벌 조치를
실행할 것. 상급기관에 훈령을 요청하는 보고서를 작성할 것'이
었다.

  그런데 무슨 일이 있었던 것일까? 조용한 반항의 원인은 무엇
이었나? 그것은 거의 일상적으로 일어나는 일이었다. 스무 살 먹
은 교육생 빌리 클루다스가 학생들에게 가장 미움을 받는 선생
인 프리드리히로부터 무례하다고 따귀를 얻어맞았다. 하필 그
의 생일날 따귀를 맞았던 것이다. 그는 조용히 모욕을 참아낸 것
처럼 보였다. 하지만 그날 밤 그는 잠정적인 복수 행위인 조용한
반항에 동참하도록 친구들에게 호소했다. 그는 나중에 따귀 맞
은 것에 대해서 충분하게 이자까지 쳐서 프리드리히 선생에게
되돌려준 다음 교화소에서 도망치려고 한다. 따귀 맞은 것에 이
자를 붙여서 갚아주기 위해 빌리는 고심 끝에 아주 특별한 계획
을 짜냈다. 그는 아주 친한 동료 여섯 명에게만 그 계획을 알려

주었다. 복수를 실행하기 위해서는 그들의 도움이 필요했다.

　이틀이 더 지났다. 밤 열 시에서 열한 시 사이. 침대가 있는 커다란 강당에 있는 모든 아이들이 오늘 밤 일이 벌어지리라는 것을 알고 있다. 하지만 일곱 명의 소년들, 빌리와 그의 여섯 친구만이 무슨 일이 벌어질지 정확히 알고 있었다. 반 시간 전에 게오르크 블라우슈타인 침대 옆에 또다시 그 얼굴이 나타나서는 무시무시한 위협의 말을 뱉어냈다. "만약 ……" 빌리는 이제 그의 싸움 상대인 프리드리히가 강당으로 들어오게 되면 야단법석이 벌어지리라는 것을 알고 있다. '그렇게 된다면 잘 된 거지, 아주 잘 된 거야.' 일곱 명은 계획대로 거리낌 없이 이야기를 시작했고, 이야기 소리가 점점 더 커졌다. 정확하게 예측해서 짠 계획대로 곧 밖에서 문 두드리는 소리가 났다. "거기 침실 안쪽, 조용히 못 해" 프리드리히 선생의 목소리다. '좋았어.' 이제 다시 정적. 하지만 정적은 오래 지속되지 않았다. 음모를 꾸민 아이들이 갑자기 커다란 소동을 벌인다. 강당 침대에 누워 있던 모든 아이들이 벌떡 일어나 앉는다. 그러자 빌리의 친구 중 두 명이 침대보를 집어 들고 맨발로 문가로 달려간다. 이때 프리드리히 선생이 달려오는 발걸음 소리가 들린다. 문이 열린다. 전등 스위치가 찰칵 소리를 낸다. 여전히 어둡다. 침대보를 치켜든 두 인물이 강당으로 쓰였던 어두운 침실 공간에 서 있는 프리드리히 선생을 향해 달려들어, 그에게 침대보를 덮어씌운다. 다른 네 명의 친구들이 선생의 손과 팔을 꽉 붙잡는다. 침대보 안에서 거의 들리지 않을 정도로 목이 졸린 듯한 낮은 신음소리가 난다. 그러자 빌리가 하얀 천 꾸러미를 향해 달려든다. 퍽퍽 때리는 소리만이 들린다. 강당에 있는 아이들 전부가 아무 소리도 내지 않는다. 아이들이 침대보를 움켜쥐고 휙 벗겨낸다. 그리고 프리드리히 선생은 거칠게 통로로 내동댕이쳐진다. 문이 찰칵하고 닫힌다. 복수를 마친 자들은 재빨리 침대로 기어든다.

　반 시간이 지났다. 그 사이 침대보는 다시 말끔하게 펼쳐져 있다. 이때 소장과 여러 명의 선생이 대강 옷을 걸쳐 입고, 몽둥이로 무장을 한 채 침대가 있는 강당으로 들이닥친다. 하지만 지금도 여전히 불은 켜지지 않는다. 우선 두 교육생을 '깊은 잠'에서 깨워 일으켜 세워야만 한다. 그들이 사다리를 가져와서 새 전구를 끼워야 한다. 그런 다음에야 비로소 방 안이 밝아졌다. 이제 더 이상 모든 사람이 깨어나서 속옷을 입은 감독자들을 뚫어져라 처다보는 것이 놀라운 일이 아니다. 프리드리히 선생이 잠옷을 입은 여러 명으로부터 구타를 당했지만, 다행히 그의 몸 상태는 별 탈 없다. 하지만 정확히 잠옷을 입은 누구한테 매를 맞은 것인가? 강당의 모든 사람이 하나같이 말한다. "저는 소리에 놀라 방금 잠에서 깼어요." 게오르크 블라우슈타인은 모든 사람을 압도했다. 그는 이런 소동에도 불구하고 잠에서 깨어나 일어나지 않았다. 반대로, 두려움 때문에 지금도 여전히 누워서 잠을 자는 척을 했다. 조사는 아무런 성과도 없이 중단된다. 모든 아이들이 단체 기합을 받게 될 것이라는 점을 알고 있다. 어차피 이상 시작한 일이니 끝을 보아야 한다. 프리드리히는 상황을 통제했다. 그것이 어떤 처벌보다 더 커다란 영향을 발휘한다.

아침에 어떤 작업조도 일을 시작하지 않는다. 모든 아이들이 심문을 받기 위해 교화소에 머물러서 대기하고 있다. 특별히 의심을 받는 아이들과 특별히 품행이 '훌륭한' 아이들은 개별적으로 심문을 받는다. 나머지 다른 아이들은 한꺼번에 여러 명씩 심문을 받는다. 심문 결과는 엄격하게 비밀에 부쳐진다. 처벌 수위도 알려지지 않는다. 그 사건은 아주 엄중한 사건이다. 상급 기관에 조사 위원회를 파견해달라는 부탁을 보냈다는 소문이 돈다. 프리드리히 선생은 병가를 신청했다.

빌리 클루다스는 오늘 저녁 도망치겠다는 결심을 굳힌다. 아이 중 누군가가 다음 날 아침 발견하게 될 편지에서 그는 구타에 책임을 져야 할 사람은 전적으로 자신뿐이라는 간단한 글을 남길 작정이다. 자신이 사람들을 협박해서 구타할 때 돕도록 강요했으며, 혼자서 프리드리히 선생을 두들겨 팼다고 적을 것이다. "이유가 뭐냐고요? 소장님? 스무 번째 생일날 아침에 따귀를 맞았기 때문이죠!" 점심과 저녁에 빌리는 손에 잡히는 것은 무엇이든 닥치는 대로 먹어치운다. 그가 언제 다시 먹을 것을 얻게 될지 누가 알겠는가! 장거리 운행 열차가 서는 가장 가까운 역까지 가려면 분명 밤새도록 걸어야만 할 것이다. 그런 다음 기차표를 끊고 베를린으로 가려는 시도를 할 것이다. 열 시간의 기차 여행. 그는 기차 안에서 검사를 받지 않기 위해서 어떻게 해야할지 아직 모른다. 그는 몰래 여섯 친구들하고만 작별 인사를 나눈다. 그들은 길을 떠나는 그에게 자신의 빵 중에서 일부를 떼어 준다. 그리고 이 친구, 저 친구가 푼돈을 모아 준다. 빌리가 지닌 돈의 액수는 95페니히다. 취침 한 시간 전 그는 결정적인 걸음을 내딛는다. 한 시간이 지나면 그들은 그가 도망쳤다는 것을 알아차릴 것이다. 그는 멀리, 아주 멀리 달아나야만 한다. 그래서 친구들이 그에게 마지막 동지애를 보여줄 것이다. 그들은 커다랗게 소리를 지르고, 요란하게 소동을 피우면서 싸우는 척 연기를 할 것이다. 신경이 날카롭게 곤두선 선생들과 소장이 사방에서 취침 공간으로 달려올 것이다. 친구들이 몹시 놀란 것처럼 연기를 하는 동안에 빌리는 교화소에서 달아날 것이다.

도보로 10분쯤 가면 있는 첫 번째 작은 마을까지 달려가야만 한다. 하지만 그 마을을 가로질러 가서는 안 되고, 멀리 돌아가야만 한다. 너무 빨리 달려서도 안 된다. 힘을 한꺼번에 갑자기다 써버리면 안 된다. '이런, 이렇게 달리는 것도 재미있는데! 달려, 곧장. 교화소 운동장에서 뛰는 것처럼 같은 곳을 계속해서 빙빙 돌 필요는 없어.' 쾌적하지 않은 이런 날씨에는 다행히도 거리에 사람이 없다. 빌리는 팔을 끌어당기고 주먹을 가슴에 댄 자세로 달린다. '하나, 둘, 셋, 넷…… 하나, 둘, 셋, 넷…… 이거 멋진데. 그들이 벌써 알아차리지는 않았을까? 자전거를 타고 따라가도록 그들이 보낸 선생이 한 명만이 아니라면…… 하나, 둘, 셋, 넷…… 힘내. 힘내. 이제 들판을 향해 왼쪽으로 달리자. 오른쪽에 마을이 있지. 이런 제기랄. 발이 바닥에 푹푹 빠져. 신발 밑창에 커다란 흙덩어리가 들러붙었군. 이제 그게 무슨 상관이람! 이제부터 진짜 시작이야! 힘을 내, 힘을.' 이제 그 마을은 그의 뒤편 저 멀리에 놓여 있다. 이제 다시 넓은 길이다. 이제 달리기가 훨씬 수월해졌다. '좀 쉴까? 안 돼. 15분만 더 달리자. 자, 자. 기운 내. 이제 몸이 따뜻해질 거야.' 달리면서 그는 주머니에서 버터를 바른 빵 한 조각을 꺼낸다. …… 철퍼덕. 그는 길옆 도랑 속으로 몸을 날려 숨는다. 자동차 한 대가 지나쳐 간다. 다행히 자동차는 앞쪽에서 다가왔다. '계속, 계속. 힘차게. 빌리, 힘차게!' 하지만 서서히 호흡이 가빠진다. '5분만 쉬자. 저편 수풀 뒤에서. 이제 담배 한 대를 피우자 …… 분명 다시 마을이 나타날 시점이 되었는데?' 그곳에서 술집으로 들어가서 담배 다섯 개비를 살 수 있을까? 물론 그럴 수 있다! '그러니까 서둘러. 빌리. 조금 전에 담배를 피웠지. 하나, 둘, 셋, 넷⋯⋯'

어린 소녀가 술집에서 시중을 들고 있다. 빌리는 담배를 받는다. 첫 번째 담배를 피우기 위해 그는 과감하게 천천히 걷는다. 하지만 꽁초가 날아가서 도랑에 떨어지자, 빌리는 다시 달리기 시작한다. '그렇게 피우는 담배는 역시 대단해! 구운 거위 고기처럼 힘을 주는군. 달리면서 담배를 피울 수 없다는 게 유감이야. 달리면 모든 것이 바람에 날아가 버려. 달리면 담배가 순식간에 타버려. 힘내, 힘을 내! 이제 그들은 분명 이상한 낌새를 느꼈을 거야. 집에서. 집이라고? 그래 하긴 멋진 집이지! 그것은 항상 감옥이었어!' 그는 다시 큰길을 벗어나 걷는다. 계속 큰길을 벗어나 있었지만 항상 큰길을 주시하면서 걷는다. 터벅터벅 걷고, 아껴서 담배를 피우고, 곰곰이 생각한다. '이제 어떻게 될까? 어떻게 베를린으로 가지? 그들이 너를 기차에서 붙잡으면?' 그러면 그는 내일 다시 교화소로 돌려 보내지고, 프리드리히 선생이 몸소 겪은 구타 때문에 법정에 서게 될 것이다.

새벽 다섯 시. 그는 기진맥진하고 몹시 지친 상태로 도시에 도착한다. '어쩌면 그들이 벌써 이곳에서 너를 기다리고 있을지도 몰라.' 그는 생각한다. 역에 다가가자 그는 화물 열차가 길게 줄지어 서 있는 것을 본다. 안 된다. 급행열차를 타고 갈 수는 없다.

열 시간 동안 어디에 숨어 있어야 하지? 화장실? 검표원은 열쇠를 갖고 있어서 모든 화장실 문을 열고 안을 들여다볼 수 있다. 화물 열차를 타고 가야만 한다. 그는 길을 벗어나서 인적이 없는 역 부지에 발을 들여놓았고, 화물 열차 사이로 다가간다. 어디로 가는 기차인지 알아보기 위해 붙여놓은 종이쪽지를 자세히 살핀다. 하지만 종이쪽지에는 아무것도 적혀 있지 않다. 그 자리에서 결심한 그는 돛을 만드는 데 사용하는 천이 씌워진 무개화차 안으로 기어오른다. 얇은 대팻밥을 공처럼 둥글게 뭉쳐 놓은 화물이 실려 있다. 그는 두 개의 대팻밥 뭉치 사이로 비집고 들어간다. 대팻밥을 떼어내서 머리를 받칠 베개를 만든다. '기차가 어디로 가든 아무 상관없어. 가자. 우선 이곳에서 달아나는 것이 급선무야. 그리고 이제 잠을, 잠을 좀 자자!'

4장

프레트, 탈주자 - 걸인의 술집 - 술을 뒤따라오는
것은 여자다 -

버터 가게 주인이 3백 마르크를 달라는
요구를 받다.

프레트는 가능한 한 재빠르게 서둘러 멕시코 식당을 벗어나야만 할 충분한 이유가 있었다. 그가 달아난 것은 모르는 사람과 연관된 일 때문이 아니었다. 경찰과 연관된 것도 아니었다. 프레트는 자신의 아버지를 피해 도망을 친 것이었다. 쉬네베르크 지역 우체국에 소속되어 있는 하급 직원인 아버지를 피해서 달아났던 것이다. 프레트의 어머니는 오래전에 죽었다. 그 늙은이는 프레트가 친척과 친지들의 집에서 사소한 물건을 훔치는 짓을 그만두지 않으면 더 이상 그를 돌보지 않고 운명에 내맡기겠다고 계속 으름장을 놓았다. 셀 수 없을 정도로 여러 번 프레트는 가출을 했다. 그리고 수도 없이 프레트가 저지른 짓 때문에 생긴 피해를 갚아주기 위해 월급의 절반 이상에 달하는 금액을 지불해야 할 때마다 아버지는 그를 문밖으로 내쫓았다. 하지만 프레트가 달아난 지 며칠만 지나도 그 늙은이는 아들을 찾으러 며칠이고 온 도시를 돌아다녔다. 한 번은 그가 '멕시코' 식당에서 아들을 찾아 데려간 적도 있었다. 나중에는 경찰이 그에게 아들을 데려왔다. 마침내 다시 집으로 돌아오면 프레트는 엄청나게 두들겨 맞았다. 하지만 프레트는 곧 다시 이전의 죄에 빠져들었다. 그는 아버지의 옷을 팔아버렸다. 또 어떤 날에는 상인이 막 피아노를 가져가려고 했던 순간도 있었다.

그런데 오늘 다시 무엇인가가 그 늙은이의 마음을 사로잡았다.

그는 아들을 찾아 나섰고 드디어 발견했다. 그리고 그는 프레트가 알렉산더 광장을 가로질러 달아날 때도, 시야에서 그를 놓치지 않았다. 짧게 간격을 이루면서 달려오는 지상 전철이 무정하게도 프레트가 달아날 수 있는 길을 막아버렸다. 노인네가 그를 따라잡았다. 그는 길에서 아무 말도 하지 않았다. 떨리는 손으로 프레트의 팔을 꽉 움켜쥐었다. 그다음 그들은 승합 버스를 탔고, 슈테티너 반호프에서 쉐네베르크행 5번 승합 버스로 갈아탔다. 평소라면 집에서 매질이 프레트를 기다리고 있었을 것이다. 하지만 이번에는 매질은 없다. 노인네는 그를 위해 아침 식사로 네 개의 달걀을 부쳐서, 아무 말도 하지 않고 그의 식탁 앞에 놓아 주었다. 그리고 우편배달부 제복을 입고, 프레트를 뒷방에 가두었다. 두 사람 중 누구도 일절 말을 하지 않았다.

프레트는 5층 침실에 앉아 있다. 방문과 현관문은 자물쇠로 잠겨 있었다. 잽싸게 도망을 쳐서 다시 무리에게 돌아가는 것, 그것은 당연한 일이다. 하지만 어떻게 집에서 도망을 칠 수 있나? 그는 자물쇠를 열 수 있는 곁쇠를 만드는 데 필요한 철사를 한 조각도 갖고 있지 않다. '제기랄. 오늘 저녁 늙은이가 매질을 하겠지.' 두세 시간이 지난다. 그는 잠을 잘 수도, 앉아 있을 수도, 무엇인가를 읽을 수도 없다. 계란 프라이에는 손도 대지 않았다. '어떻게 이곳을 빠져나가지?' 오직 그 생각뿐이다. 다시 침대로 몸을 던져 누우려던 참이었다. 이때 무리 중 누군가가 내는 휘파람 소리가 들린다! 창문을 연다. 발터와 에르빈이 마당에 서서 목을 길게 빼고 위를 올려다보고 있다. 그리고는 질문을 하듯 미소를 지으면서 몸짓을 한다. 몇 초 동안 프레트는 어찌할 바를 모른 채 방안을 빙빙 돈다. 그런 다음 재빨리 메모를 적는다. "늙은이가 나를 가두었어. 곁쇠를 만들 수 있게 철사를 가져다줄 수 있어? 어쩌면 그것으로 문을 열 수 있을지도 몰라." 그는 종이를 실에 묶어서 아래로 내려보낸다. 발터와 에르빈이 그것을 읽고 급히 사라진다. 프레트는 창가에서 기다린다. 두 소년은 가장 가까운 철물점에서 길이가 일 미터쯤 되는 철사를 사서는 의기양양하게 돌아온다. 프레트는 철사를 매단 실을 끌어당겨 올린다. 그리고 맨손으로 철사를 구부려 보지만, 잘 구부러지지 않는다. 철사가 너무 두껍고 강하다. 프레트는 철사 끝을 서랍 틈 사이에 끼워 넣는다. 서랍 목재에 자국이 깊이 팬다. 하지만 철사가 원하는 모양으로 휜다. 원시적인 형태의 곁쇠가 완성된다. 방문의 간단한 자물쇠가 잠시 후 열린다. 어찌어찌해서 열렸다. 밑에서 발터와 에르빈이 초조한 듯 휘파람을 불며 서 있다. 이제 현관문이다. 안전장치가 되어있는 자물쇠. '이런, 간단하게 열릴 것 같지 않은데.' 십오 분, 삼십 분이 지나간다. 자물쇠는 꿈쩍도 하지 않는다. 프레트는 화가 나서 커다랗게 소리를 지른다. 그때 갑자기 자물쇠 안전장치가 움직인다. 삐걱, 끽, 그런 다음 두 번 찰칵거리는 소리. 현관문도 열린다. 모자를 쓰고, 외투를 걸친다. 잠시 프레트는 곰곰이 생각한다. 그런 다음 그는 열린 방문을 지나 방안으로 돌아가서는 찾던 것을 집어 든다. 견진성사 기념 선물로 받은 금시계. 그는 현관문을 눌러 닫고는 서둘러서 계단을 달려 내려간다.

"제군들, 밥이나 먹으러 가자" 그는 동료들에게 인사를 한다. 프레트는 만족스러워했고, 노친네가 집이 비어 있는 것을 발견하고, 게다가 프레트가 이번에는 맨손으로 집을 나가지 않았다는 사실을 알게 되면 짓게 될 얼굴 표정을 생각하고는 몹시 고소해 한다. 훔친 시계를 보여줄 때 그는 감정의 동요나 수치심을 전혀 느끼지 않는다. 그것은 그의 재산이다. 노인이 오랫동안 푼돈을 모아서 이 시계를 사주었지만, 어쨌든 선물은 선물이다. ······ 시계를 전당포에 맡기고 돈을 빌릴까 아니면 팔까? 전당포 주인은 신분증을 요구할 것이다. 결국 팔아야 한다. '마음씨 좋은 크리스토프'가 분명 그 시계를 받아 줄 것이다.

'마음씨 좋은 크리스토프', 쉐네베르크의 장물아비가 관심을 보인다. 그는 시계값으로 삼십 마르크를 제시한다. 그는 어떤 전당포 주인이라도 그에게 묵직한 금시계 값으로 최소 백 마르크는 지불하리라는 사실을 잘 알고 있다. 그는 사십 마르크까지 흥정을 한다. 그 이상이면 더 이상 흥정은 없다. 가격은 적절하게 유지되어야만 하는 법이다. 프레트는 사십 마르크를 받는다. 그는 이십 마르크를 받더라도 시계를 팔아 치웠을 것이다. 우선 그는 아셍어 식당에서 따뜻한 식사를 하자고 동료들을 초대한다. 그다음 택시를 타고 세 사람은 로트링어슈트라세의 술집 '옛 우체국'으로 간다.

의형제 단원 모두가 모였다. 오늘의 영웅이자 탈출에 성공한 프레트가 커다란 환영의 인사와 함께 영접을 받았다. 종업원이 할 일이 생겼다. 프레트는 모두를 위해 글뤼바인*, 담배, 초콜릿을 시켰다. 이제 프레트가 모험담을 들려줄 것이다. 그가 "노친네가 항상 곧 울음을 터트릴 것처럼 그를 쳐다본다고……." 이야기를 시작하자 그의 동료들이 아무 소리도 내지 않는다. 글뤼바인은 계속 마시기에는 너무 비싸다. 프레트는 고꾸라질 때까지 흠뻑 술에 취하고 싶어 한다. 게다가 가능하면 돈을 적게 들이고 취하고 싶어 한다. 그들은 엘자서슈트라세에 있는 악명이 자자하고, 규모가 큰 라반트 술집으로 간다. 이곳에서는 적은 돈으로도 실컷 마시고 취할 수 있다. 10페니히를 내면 후추처럼 식도를 후끈거리게 만드는 화주를 사서 마실 수 있다. 프레트는 화주를 커다란 잔으로 가져오도록 시킨다. 그가 먼저 건배의 말을 한다.

---

* 설탕이나 꿀과 향료를 섞어서 데운 붉은 포도주로 많은 사람들이 즐겨 마시는 술

"의형제를 위해! ……" 모두 잔을 잡는다. "마시자!" 모두 질 나쁜 화주를 목구멍으로 털어 넣는다. 새로 주문한 한 순배, 또 한 순배. "의형제를 위해! …… 마시자!"

평소에는 조용하던 하인츠가 알코올을 마셔서 반항적이 된다. 패거리 중에서 가장 커다랗게 소리를 내는 사람이 그다. "독주를 연달아 10잔 마시는 것? 까짓것 별거 아니지!" 그가 허풍을 떤다. 프레트는 화주 10잔을 주문한다. 하인츠 앞에 잔들이 쌓인다. "의형제를 위해! …… 마시자! …… 마시자!" 프레트가 고소하다는 듯 먼저 건배의 말을 한다. 다섯 잔을 마셨을 때 하인츠는 빈 장갑처럼 털썩 쓰러져 의자에서 굴러떨어진다. 그 아이의 얼굴이 시체처럼 창백하게 일그러져 있다. 마지막으로 마신 잔의 내용물이 식도를 타고 거슬러 올라와서 다시 입 밖으로 새어나온다. 다른 아이들의 무의미한 폭음이 계속 이어진다. 경찰이 순찰을 도는 시간이 되기 직전에 늙고 살찐 매춘부 두 명이 의형제 패거리에 합석한다. 프레트는 닳고 닳은 매춘부들의 목구멍이 원하는 만큼 독주를 대접한다. 그런 다음 영업이 끝났다고 재촉하는 소리가 들리자 여자들은 장사 이야기를 시작한다. 조니, 프레트, 다시 정신이 든 하인츠 그리고 콘라트는 두 명의 올챙이처럼 뚱뚱한 매춘부들에게 이끌려서, 마지막 푼돈까지 탈탈 털릴 것이다. 루트비히는 다른 동료 한 명과 함께 비틀거리며 리니엔슈트라세에 있는 숙소로 간다. 내일 어디선가 다시 만날 것이다.

　40마르크가 지닌 광채는 순식간에 빛이 바래 사라졌다. 보잘 것없는 3마르크 동전만이 두 여자의 예민한 후각에서 벗어날 수 있었다. 다음 날 오후 늦게 패거리들은 '뮌츠호프'에서 만났다. 남은 동전으로 맥주와 담배를 구입한다. 이제야 루트비히는 하인츠가 없는 것을 알아챘다. "하인츠는 구호소로 실려 가지 않으면 안 되었지." 조니가 짧고 퉁명스럽게 대답한다. 두 여자의 집에서 하인츠는 다시 허풍을 떨고 자랑하고 싶은 욕구에 사로 잡혔다고 한다. 그는 10잔의 화주를 마시려고 시도했다가 실패한 일을 여자들과 성교로 만회해보려고 했다고 한다. "다섯 번을 했다고? ……" 술 취한 짐승 같은 여자들은 열여덟 살 아이의 정력을 철저히 자신들의 노리개로 삼았고, 살찐 넓적다리로 그의 몸을 꽉 죄고는 풀어주지 않았다고 한다. 마침내 학대를 받은 아이의 몸에서 피가 났다고 한다. 몇 시간 후 하인츠는 더 이상 걸음을 뗄 수도 없는 상태가 되었다고 한다. 그는 양쪽으로 부축을 받으면서 구호소로 질질 끌려가야만 했다고 한다. 다섯 시간이 지난 지금도 그는 아직 돌아오지 못하고 있다.

　돈을 마련하는 요령이 아주 뛰어난 프레트는 적어도 3백 마르크를 벌 수 있는 새로운 일을 생각해냈다. 하지만 그 계획을 실현하기 위해서는 서너 명의 조력자가 필요하다. '길거리 남색 매춘을 하던 소년' 시절에 프레트에게는 '신실한 늙은 애인'이 있었다. 버터 가게 주인인데, 넷 이상의 남자들이 나타나서 협박하면 아주 쉽게 그에게서 수백 마르크를 뺏을 수 있을 것이라고 한다. 프레트는 자신을 도울 사람으로 조니, 콘라트, 한스 그리고 에르빈을 고른다. 그런 다음 그는 전화를 걸기 위해 간다. 그리고 다시 돌아와서는 애인 '프리츠'를 8시에 티어가르텐으로 오도록 했다고 알려준다. 조력자의 임무는 곤혹스런 상황에 이르렀을 때 불시에 '고객'과 함께 있는 그를 덮치는 것이라고 한다. 네 명의 '모르는 사람'들이 아주 격분한 척 연기를 하면서 경찰에 신고하겠다고 위협해야 한다고 한다. 그러면 '두려움'으로 넋이 나간 프레트가 발설하지 않겠다는 약속을 받고 그들에게 돈을 주도록 상인을 설득하겠다고 한다. 이 '비밀 보장'의 가격은 3백 마르크로 정해질 것이라고 한다. "그 상인은 결혼을 했고 자식들이 있어. 그래도 그는 처음에는 조심스럽긴 하지만 거칠게 항의를 할 거야." 프레트는 그렇게 자신의 계획을 깔끔하게 설명한다.

아주 천천히, 한 발자국씩 걸음을 옮기면서 하인츠가 술집으로 들어선다. 그의 눈에는 육체적 고통과 동료들의 조롱에 대한 두려움이 서려 있다. 프레트 역시 '고자 새끼!'라고 소리를 지르려고 한다. 하지만 조니는 짧고 분명하게 그런 말을 하지 못하도록 프레트의 말을 끊는다. 하인츠는 구호소 담당 의사가 그를 병원으로 보내려고 했다고 한다. '집에서 아주 **훌륭하게 보살핌**'을 받는다고 하인츠가 강하게 항의를 하자 마지못해 의사가 그의 귀가를 허락했다고 한다. 프레트는 출발하자고 재촉을 하고는 '**아주 확실하게 대비하기 위해**' 게오르크와 발터를 함께 데려가기로 결심한다. 루트비히와 하인츠는 열한 시에 슈미트 가게로 와야만 한다.

하인츠는 피곤함과 고통 때문에 제대로 서 있지도 못할 지경이어서 숙소로 가자는 루트비히의 제안을 고마운 마음으로 받아들인다. 둘은 잔돈을 긁어모은다. 하인츠가 잘 방값을 치르기에는 충분한 금액이다.

5장

루트비히 체포되다 -

"도대체 이름이 몇 개요?"

루트비히는 슈테티너 반호프에 있는 아쎙어 가게 진열창 앞에
서서, 진열되어 있는 기름진 소시지 중 한 개를 손에 넣는 꿈을
꾼다. "소시지 한 개쯤 없어져도 그들은 전혀 알아차리지 못할
거야……" 남자 한 명이 루트비히 곁으로 다가온다. 루트비히보
다 몇 살은 더 먹었고, 말끔하게 차려입고 있었다. 그는 루트비히
를 자세히 살펴보고, 진열창을 쳐다보고, 다시 루트비히를 본다.
그런 다음, "몹시 배가 고파 보이는데? …… 50마르크 벌고 싶은
생각 없어?" "50마르크? 도대체 뭐로?" 루트비히가 묻는다. 그
남자는 슈테티너 반호프 수하물 보관소의 물품 보관증을 보여
준다. 루트비히가 그 가방을 가져다줄 수 있는지 묻는다. 보관증
주인인 그는 이곳 승합 버스 정류장을 떠날 수 없는데, 그 이유
는 자신의 친구가 언제라도 버스를 타고 도착할 수도 있기 때문
이라고 한다. "좋아" 루트비히는 보관증과 일 마르크를 건네받
는다. 그 돈으로 비용을 지불하고, 남는 돈은 가져도 된다고 한
다. '이 잔돈이면 베이컨이 든 강낭콩 수프와 적어도 6개의 공짜
빵을 먹을 수 있지', 루트비히는 가까운 거리에 있는 역으로 가
는 도중에 속으로 가만히 생각한다. '아니면 25페니히를 주고 비
엔나소시지 몇 개를 먹을 수 있고, 나머지 돈으로는 담배를 살
수 있지. 이게 더 좋을 것도 같군' 그는 혼잣말을 하면서 직원에
게 물품 보관증을 건넨다. "가방 하나 주세요." 직원이 가방 없이

돌아온다. "잠깐 기다리시오." 그러고는 다시 사라진다.

일, 이 분. 이때 다시 직원이 나타나서는 루트비히를 가리킨다. 뒤쪽에서 누군가가 루트비히의 팔을 건드린다. "같이 좀 갑시다." 역 파출소에 소속된 보안 경찰이다. 창구 직원은 동료에게 일을 인계하고 함께 파출소로 간다. 당직 중인 경찰이 먼저 보관소 직원을 심문한다. 보관소 직원이 설명한다. "이 젊은이가 바꿔려고 했던 물품 보관증은 어제 아침부터 분실 신고가 되어 있던 것입니다. 분실자 말로는 소매치기가 지상 전차에서 보관증이 들어있던 지갑을 훔쳐간 거라고 합니다."

루트비히는 벌떡 일어선다. "내가 아니라 …… 나도 모르는 사람이, 아쉿어 가게 앞에서 ……" "하나씩 차례대로 하지" 조서를 작성하던 경찰이 그의 말을 중단시킨다. "인적 사항이 적힌 증명서 갖고 있나? 여권이나 전입신고 증명서라도?" 당직 경찰이 묻는다. "없어요. 지금 갖고 있지 않아요." 루트비히가 대답한다. "그러면, 이름이 뭐지?" 루트비히는 침묵한다. 진짜 이름을 대야만 하나? 그러면 그들은 그를 다시 교화소로 보낼 것이다. 아니다. 그가 경찰 수배 명단에 올라와 있지 않은 이름을 대면 보내줄지도 모른다. 루트비히는 순진하게 그렇게 생각한다. "에리히 뮐러입니다." 그는 재빠르게 말한다. 경찰이 받아 적는다. 계속해서 루트비히는 아무렇게나 생일과 완전히 거짓으로 지어낸 개인 신상 정보를 댄다. "거주지는?" 경찰이 묻는다. "노숙하고 있어요. 일을 찾아서 어제 베를린에 도착했어요." "서류들은 어디에 있지?" "그러니까 …… 여행 중에 잃어버렸는데요." 경찰은 서두르지 않고 조서를 작성한다. "자, 이제 어떻게 된 일인지 얘기해 봐." 마침내 루트비히는 이야기할 수 있게 되었다. 그가 아주 열심히 설명해서 경찰은 어쩔 수 없이 루트비히의 요청을 들어주지 않을 수 없었다. 루트비히는 자신에게 이 일을 부탁한 사람을 확인해보도록 아쉥어 가게 앞쪽에 있는 버스 정류소까지 동료 경찰을 딸려서 보내달라고 요청했다. 무엇보다도 아무 관계도 없는 사람에게 부탁을 해서 '위험한' 화물 보관증을 바꿔 오도록 하는 속임수가 새로운 수법이 아니었기 때문에 경찰은 그의 부탁을 들어주었다.

루트비히와 사복 경찰은 어쩌면 아직 기다리고 있을지도 모를 사기꾼이 눈치를 채고 달아나지 않도록 멀리 돌아서 간다. 그리고 마침내 루트비히가 낯선 자로부터 말을 건네받았다는 곳으로 다가간다. 그는 간절하게 그곳을 바라보지만, 그곳에는 일을 부탁한 사람과 조금이라도 닮은 사람은 아무도 없다. 경찰은 빈정거리듯 미소를 짓는다. 그는 그럴 줄 알았다는 표정을 한다. '또 전혀 모르는 사람을 핑곗거리로 댄 것이군. 젊은 친구들이 이제 다른 핑곗거리를 생각해낼 수는 없는 것인가!' 파출소에서 조서 작성이 마무리되었다. "낯선 사람의 부탁을 받고 보관증을 건네고 대신 물건을 찾으려 했다는 진술을 고수할 작정이야?" "예" "여기서 밤을 새우고, 내일 아침 경찰 본부로 이송될 거다." 경찰이 그렇게 말하면서 루트비히를 유치장으로 밀어 넣는다.

루트비히의 마음속에서 갖가지 생각이 맴돌고, 어지럽게 엉킨다. 이름이 뮐러가 아니라는 사실, 교화소에서 도망쳤다는 사실을 말해야 하지 않을까? 하지만 그렇게 하면 그들은 더 이상 그의 말을 하나도 믿지 않을 것이다. 그리고는 그를 분명 소매치기로 여길 것이다. 이제 경찰은 곧 그가 가짜 이름을 댔음을 알아낼 것이다. 코를 골며 자고 있는 주정뱅이, 붙잡힌 거리의 매춘부, 이송된 범죄자들과 함께 딱딱하고 긴 나무 의자에서 보낸 끝없이 긴 밤. 선잠과 새로운 수감자가 올 때마다 깜짝 놀라 깨어나는 상태 사이를 비틀거리면서 계속 움직이는 것 같은 느낌. 드디어 이른 새벽에 보안 경찰의 감시를 받으면서 죄수들이 압송되었다. 여러 관할 지역의 경찰서를 샅샅이 찾아다니는 '넝마 수집 차량'으로 불리는, 즉 녹색의 죄수 호송 차량에 실려서 압송된다. 루트비히가 거칠게 밀려들어갔을 때 차량은 이미 사람들로 가득 차 있었다. 그는 술 취한 두 명의 여자 사이에 서 있었다. 그녀들은 거리낌 없이 담배를 찾으려고 그의 몸을 더듬는다. 자동차가 덜컹거리면서 그곳을 떠난다. 경찰 본부를 향해 간다.

널찍한 안마당에서 자동차는 우아하게 곡선을 그리면서 지하실 계단 바로 앞에 멈추어 선다. 짐짝처럼 실려 온 자들이 다시 성별에 따라 구분된 다음 보안 경찰의 감시를 받으면서 커다란 공동 감방으로 이끌려 간다.

몇 시간 그리고 또 몇 시간이 흘러간다. 경험 많은 자들은 이미 자신들의 불운을 받아들이고, 여러 감옥에서 겪은 다양한 경험을 서로 교환한다. 예비 판결이 내려진다. "무슨 짓을 저질렀지?" "고객의 지갑을 훔쳤어요." 질문을 받은 길거리에서 몸을 팔았던 소년이 대답한다. "전과가 있어?" "없어요." "그러면, 이삼 개월 집행유예야." 그렇게 예비 판결이 내려진다. 경찰이 와서 몇몇 수감자를 호명한다. 그중 에리히 뮐러도 끼여 있다. 예심판사의 사무실로 간다.

관청의 차갑고 아무런 장식이 없는 집무실. 책상 옆에 있는 예심판사는 바쁘게 일하고, 그의 안경알은 번쩍거린다. 조금 떨어진 곳에서 타자기로 조서를 작성하는 여자 직원. 편안한 인상을 주는 젊은 여자다. 분가루와 좋은 비누 냄새가 뒤섞인 희미한 향기가 공기에 실려 루트비히 쪽으로 온다. "당신이 서류는 지니고 있지 않지만, 스스로를 에리히 뮐러라고 주장하는 젊은이요?" 판사가 말을 시작한다. "태어난 때가 …… 마지막으로 거주하던 곳이 …… 맞소?" "맞습니다." 루트비히가 대답하면서 타자수의 하얗고 뾰족한 손가락을 쳐다본다. 그녀는 빠르고 간결하게 타자기에 새 종이를 끼운다. "그러면 물품 보관증과 관련된 이야기는 어떻게 된 거요? 자세히 이야기를 좀 해보시오." '에리히 뮐러'가 이야기를 하고, 판사는 다리를 벌린 채 책상 옆에 서서 겉으로 보기에 긴장을 유지한 채로 주의 깊게 듣는다.

루트비히는 사실에 부합하는 설명을 마쳤다. 사무실에서는 아무 소리도 들리지 않는다. 거리에서부터 알렉산더 광장의 소음이 사무실이 있는 위쪽으로 올라온다. 타자수는 오른쪽 검지 손톱에서 작은 흠을 발견하고는 좀 더 세심하게 손톱을 다듬어주는 미용실을 찾아서 자신의 소중한 돈을 사용하겠다는 결심을 한다. 예심판사는 계속 침묵하면서 철제 자를 휘어서 반원 모양으로 만든다. 그런 다음 아주 갑작스럽고 거칠게 루트비히를 향해 질문을 던진다. "그러니까 에리히 마이어라는 이름을 고수하려는 거로군, 그렇소?" 루트비히는 작은 소리로 "맞아요." 하고 대답한다. 짧은 침묵. "이로써 당신이 거짓말을 하고 있다는 사실을 확실히 알게 되었소!" 판사는 의기양양하게 자리에 앉는다. 루트비히 그리고 타자수도 질문을 하듯 올려다본다. "조서에는 에리히 뮐러라고 진술을 했지. 그런데 방금 나는 이름이 에리히 마이어라는 진술을 고수할 것인지를 물었소. 당신은 그것에 대해 그렇다는 대답을 했소. 도대체 이름이 몇 개요?" 판사는 뒤로 몸을 젖힌다. 루트비히의 머리로 순식간에 피가 솟구쳐 올라서 눈앞이 캄캄해진다. 타자수는 멍청하게 미소를 짓는다. 이제 그녀도 상관의 속임수를 알아챈다. "당신에게 거짓으로 인적 사항을 진술할 경우 엄벌에 처해질 수 있다는 점을 먼저 알려주겠소. 그러니 이제 진실을 털어놓으시오." 루트비히는 손톱자국이 새겨질 정도로 나무 의자의 엉덩이가 닿은 부분을 꽉 움켜쥔다. 판사의 목소리가 멀리서 들려온다. "물 한 잔만 …… 마실 수 있을까요?" 타자수가 물을 가져다준다. 판사는 끈기 있게 기다린다. 그는 자신이 뿌린 씨앗이 곧 싹을 틔우리라는 사실을 잘 알고 있다. "저는 루트비히 L입니다. …… H시에 있는 교화소에서 …… 도망쳤습니다." 판사는 수배자 명단을 들고 자세히 들여다본다. "맞는 것 같군. 언제 H시에서 …… 도망쳤소?" 루트비히는 날짜를 댄다. 그 날짜는 수배자 명단의 진술과 일치한다. 이제 판사는 루트비히가 진실을 말하고 있다는 것을 확신한다. 루트비히가 화물 보관증과 관련해서 자신의 진술을 유지했기 때문에, 그것으로 심문이 끝났다. H시에서 교화소 교육생 루트비히 L의 서류를 요구할 것이다. 나머지는 검찰이 할 일이다. 붉은 증명서가 작성된다. 운명의 증서. 구금 명령! 그를 데려가라는 표시로 울리는 종소리!

경찰이 루트비히를 구치소에 딸린 사무 공간으로 데려간다.

그는 허리 높이의 벽으로 사무실과 분리된, '양우리'라고 불리는 공간에서 기다려야만 한다. "돈이나 귀중품을 지니고 있소?" 사무실 관리가 묻는다. 루트비히는 사기꾼에게서 받은 일 마르크를 관리에게 넘겨준다. 그다음 그는 감옥으로 끌려간다. 그의 눈앞으로 끝없이 이어진 통로, 좌우로 나란히 아주 똑같이 생긴 감방이 있다. 철물을 박아 보강한 갈색의 문 옆에 또 다른 철물이 박힌 갈색의 문이 있다. 수감자의 호출 번호인 동시에 감방의 번호이기도 한 숫자만이 다르다. 감옥 접수처에서 루트비히는 주머니를 비우라는 요구를 받는다. 그가 지닌 모든 것이 압수된다. 그다음 독방에 수감된다. 그리고 그는 홀로 남겨진다. 청색이 바래서 하얗게 된 침대보와 두 장의 담요가 놓여 있고, 펼쳐져 있는 딱딱한 야전 침대. 걸상, 밥그릇, 물컵, 주전자를 놓아두는 벽장. 구석에서 악취를 풍기는 변소. 감방에는 책상을 놓을 만한 공간도 없다.

바깥 복도에서는 징을 박은 교도관의 구두가 타일에 부딪쳐 뚜벅뚜벅 소리를 낸다. 누군가의 눈동자가 문에 달린 작은 감시 구멍으로 안을 들여다보고, 생리적 욕구를 처리하거나 자면서 자유와 여자를 꿈꿀 때에도 수감자들을 감시한다. 루트비히의 감방문에서 들리는 달그락달그락 거리는 소리. 자물통에 꽂힌 커다란 열쇠가 돌아가면서 나는 소리가 전기 충격처럼 루트비히를 힘껏 때린다. "밖으로 나와" 그는 감식과로 자신을 데려갈 사복 경찰에게 인계된다.

계단을 오르내리고, 벽으로 막힌 거대한 건물의 모퉁이와 한번에 전체를 다 볼 수 없을 만큼 긴 통로를 지나간다. 일층의 밝고 커다란 방. 도시 급행열차들이 바람을 가르면서 빠르게 지나간다. "저쪽 안으로 들어가." 성기게 엮은 격자 철망으로 둘러쳐진 공간 안으로 들어가라는 지시가 루트비히에게 떨어진다. 루트비히는 흐느끼고 있는 어린 소녀 옆에 앉는다. 그녀는 아직도 아이나 다름없다. 흐느끼고 있는 이 소녀는 어떤 죄를 저지른 것일까? 어쨌든 키와 몸무게가 측정되고, 지문 채취가 이루어진다. 그리고 위험한 범죄자라도 되는 것처럼 외투를 벗은 상태와 입은 상태로 그녀의 정면과 측면의 모습을 사진으로 촬영한다. 루트비히 차례다. 그는 손가락을 깨끗하게 닦아야만 한다. "닦지 않으면 손가락에 난 땀 때문에 지문 자국이 선명하게 찍히지 않게 돼." 관리가 설명한다. 그는 루트비히의 오른손을 잡고, 미리 롤러로 인쇄용 잉크를 발라놓은 금속판에 손가락 끝부분을 대고 누른다. 그런 다음 그는 모든 손가락을 하나씩 잡아서 끝쪽 마디를 미리 준비해 둔 신상명세서의 특정한 칸에 대고 누른다. 왼손의 지문도 똑같은 방식으로 찍혔다. 그들이 그의 양손 열 손가락의 지문을 분류해서 영원히 보존할 것이다. 이제 사진을

찍으러 간다. 하얀 천이 걸려 있는 공간이다. 루트비히는 네모난 나무 받침 위에 자리를 잡고 앉아야만 한다. 그의 등 뒤에서 수평으로 기준선 역할을 하는 테두리들이 미끄러지듯 위로 움직인다. 마찬가지로 옆쪽의 수직 테두리가 사진 촬영을 당하는 범법자가 똑바로 자세를 잡고 앉도록 위치를 결정한다. 광선이 눈부시게 번쩍거린다. 측면 촬영이 이루어진다. 관리가 손잡이를 움직인다. 루트비히는 몸을 움직이지 않고 앞쪽을 바라보고 앉아 있기만 하면 된다. 모자를 쓴 채로 동일한 과정이 한 번 더 이루어진다. 그리고 루트비히는 감방으로 이끌려간다.

6장

열정적인 방랑자, 프란츠 - 쾰른과 베를린을 왕복
하는 급행열차 밑에서 -

B.A.T.G. 2 열차는 난방이 되지 않는다.

빌리 클루다스는 엄청난 압력에 가슴이 눌려 잠에서 깨어난다. 숨 쉬는 것을 불가능하게 만든 무거운 물건이 그의 몸을 짓누르고 있다. 완전히 잠에서 깨어난 그는 눈을 뜬다. 아무것도, 전혀 아무것도 보이지 않는다. 밑에서는 덜커덕덜커덕 바퀴가 선로에 부딪치는 소리가 난다. …… 덜커덕덜커덕. 서서히 빌리는 자신이 어디에 있는지 깨닫는다. 맞다. 그는 교화소에서 도망쳐 나와서, 무개화차의 짐칸 위로 기어 올라와 톱밥 더미 사이를 파고들어와 누웠던 것이다. 그리고 그의 몸을 짓누르는 것은 쓰러진 톱밥 더미다. 그는 톱밥 더미를 들어 올릴 수 없다. 그는 오랫동안 이리저리 몸을 뒤틀어 빼내려고 애를 썼고, 마침내 몸을 뒤집을 수 있었다. 그런 다음 그는 천천히 기어서 톱밥 더미에서 빠져나온다. 무개화차 차량 끝부분에 묶여 있던 무거운 방수포의 매듭을 풀고 밖을 내다보았을 때, 비로소 그는 시간이 밤이라는 것을 알게 된다. 기차는 소리를 내면서 기분 좋게 달린다.

빌리는 갑자기 그가 타고 있는 화물 차량 뒤편에 설치된 수동 제동기 설비실에서 작열하는 밝은 불꽃이 움직이는 것을 본다. 담배를 피우는 기관사? 아니면 빌리처럼 '무임승차한 방랑자?' 재빨리 그는 다시 방수포를 묶고는 톱밥 더미 틈새에 몸을 끼운다. 그곳이 아직도 가장 따뜻하다. 그는 담배 한 개비와 짓눌린 꽁초 두 개를 갖고 있다. 하지만 마실 것은 아무것도 없다. 우선 그는 조심스럽게 담배를 피운다. 담배를 들고 톱밥에 너무 가까이 다가가지 않도록 주의한다. 이 기차는 어디로 가는 것일까? 휙휙 지나쳐 가는 지역을 보고는 아무것도 알 수 없다. 대체 몇 시간 동안 기차를 타고 이동한 것일까? 앞쪽에서 기차가 경적을 울린다. 한 번 다시 한 번. 그런 다음 제동기에서 날카로운 소리가 난다. 역 구내로 진입한 것은 아니다. 빌리는 역의 이름을 알아내기 위해 다시 몸을 뒤틀어 톱밥 더미에서 나온다. 기차는 노천 선로에 멈추어 서 있다.

조심스럽게 빌리는 손가락 굵기 정도의 틈새를 만들어 제동 설비실 쪽을 살펴본다. 설비실 문이 열리고, 조심스럽게 사방을 살피는 모자를 쓰지 않은 머리가 보인다. 역무원의 모습은 보이지 않는다. 이때 그 남자가 설비실에서 내려와, 아래쪽 땅바닥에서 다시 오랫동안 살핀 다음, 체온을 유지하려고 팔로 자신의 몸통을 감싸 안는다. 빌리는 희미한 윤곽을 제대로 파악하기 위해 어둠을 응시한다. 천천히, 천천히 그는 털이 무성하게 난 얼굴, 재킷, 각반이 덧대어진 운동복을 구분할 수 있게 된다. 절대로 역무원 제복은 아니다. 그 남자에게 말을 걸어야 하나? 아마도 그 남자는 그에게 자신들이 어디에 있는지 알려줄 수도 있을 것이다. 즉흥적으로 결심을 한 빌리는 방수포를 좀 더 위쪽으로 들어 올리면서 낮은 소리로 부른다. "형씨 …… 형씨. 이쪽이요!"

그 인물은 움찔하고는 달아날 자세를 취한다. 다시 한 번 빌리는 그를 부르면서 상체를 밖으로 내민다. 그 사람의 몸에 깃들어 있던 긴장이 서서히 풀린다. 그는 짐칸 차량 쪽으로 가까이 다가온다. 빌리는 초대를 하듯 방수포를 들어서 뒤로 젖힌다. 낯선 사람은 가볍게 펄쩍 뛰어오른다. 방수포를 다시 단단히 묶어 고정하자, 수염이 무성한 그가 손전등을 꺼내서 빌리의 얼굴을 비춘다. 검사 결과에 만족한 것처럼 보인다. "방랑 중인가?" 그가 묻는다. "아니, 베를린으로 가려고 해" 빌리는 정보를 알려준다. 낯선 자는 짧게 웃는다. "베를린으로 간다고? 날이 밝으면 우리는 쾰른에 도착해 있을 거야!"

그 소식에 빌리는 얼굴을 세게 얻어맞은 것 같은 느낌을 받는다. 쾰른? 아는 사람이 아무도 없는 쾰른에서 그가 무엇을 하겠는가? 결과적으로 그는 반대 방향으로 기차를 타고 온 것이다. 지금, 기차가 서 있을 때 내려야 하나? 아니다. 그것은 의미가 없다. "무조건 베를린으로 가야만 하는 거야?" 낯선 자가 묻는다. "응, 베를린에만 도움을 줄 수 있는 동료가 있어." 빌리가 대답한다. "빠르게 공짜로 베를린으로 가는 방법이 한 가지 있기는 하지. 하지만 엄청 위험해, 친구. 많은 사람이 선로 위로 떨어져서 쇠바퀴에 짓이겨져 살점이 한 조각도 남지 않았지." 낯선 방랑자가 이야기한다. 빌리는 여러 가지 질문을 하고, 모든 것을 감행

할 준비가 되어 있다고 이야기한다. 이곳 라인라트 지역에서 그는 굶어 죽거나 경찰에 자수할 수밖에 없지만, 베를린의 사정은 잘 알고 있다. 그곳에서는 모든 면에서 사정이 나쁘지는 않을 것이다. 그는 빨리, 가능한 한 빨리 베를린으로 가야만 한다. 화물열차를 탄다면 일주일 혹은 그 이상이 걸릴 것이다. 낯선 방랑자가 다시 빌리의 얼굴을 비춘다. "잠깐만, 제동 설비실에서 내 배낭을 가져올게."

그가 돌아오자마자 열차 경적 소리가 요란하게 난다. 기차가 덜컹하고 움직인다. 자리를 넓게 만들기 위해 빌리와 낯선 자는 힘을 합쳐서 쓰러진 톱밥 더미를 똑바로 세운다. 낯선 자는 프란츠라고 자기소개를 한다. 수염이 무성하게 났지만 이제 겨우 서른 살이다. 다시 그의 고향 쾰른으로 오고 싶은 욕구를 느낀 열정적인 방랑자 프란츠. 프란츠도 몇 주 후 베를린으로 올 수도 있다. 하지만 어떻게 오늘 그가 그것을 미리 알 수 있겠는가! 빌리는 솔직하게 자신이 교화소에서 도망쳤다는 이야기를 한다. 프란츠는 어둠 속에서 부지런히 무엇인가를 하고 있다. 손전등이 잠깐 스치고 지나가는 순간에, 빌리는 프란츠의 모자 안에 있는 한 주먹 분량의 어떤 것을, 깜깜한 어둠 속에서 손으로 만 담배들을 본다. '이런, 이 사람은 아주 능숙하군!' 함께 담배를 피우면서 프란츠는 빌리에게 최단 시간에 베를린에 가려는 계획을 실행할 수 있는 방법을 알려준다. 그는 먼저 짧게 의도적으로 말을 멈춘다. 그런 다음 그는 간결하게 말한다. "급행열차를 타고 ……" "씨발" 실망한 빌리의 입에서 욕설이 저절로 새어 나온다. "아니, 그게 아니야, 젊은 친구. 급행열차를 타야 해!" 프란츠가 자신의 견해를 고집한다:" 하지만 이봐요, 차표 검사를 하잖아요!" 빌리가 의기양양하게 말한다. "그곳으로는 검표원이 절대로 오지 않지." 프란츠는 여유롭게 웃는다. "검표원은 기차의 객차 안에만 있지. 하지만 자네는 기차 아래에 있는 거야!" 빌리는 동작을 멈춘다. 시속 90킬로미터로 달리는 급행열차 밑에? 불가능해! 도대체 기차 밑 어디에 숨어 있어야 하지? 미친 듯 질주하는 기차 밑에서 무엇을 붙들고 있어야만 하지?

프란츠는 이제 자세하게 설명한다. 기차가 조차장 선로에 세워져 있으면, '무임 방랑자'는 출발하기 한참 전에 기차 밑으로 기어들어가 차축 위에 웅크리고 앉아 있어야만 한다. 지상에서 겨우 반 미터 정도 떨어진 차축에서 여행을 견뎌내야만 한다. 잠이 드는 것은 확실히 죽음을 뜻한다. 하지만 쏜살같이 달리는 기차 때문에 선로에 깔린 자갈 덩어리가 튕겨 올라와서 맞아 죽을 수도 있다. 그게 아니라도 추위와 운동 부족으로 팔다리가 뻣뻣해져서 더 이상 차축 위에서 몸을 지탱할 수 없게 되면 …… 프란츠가 이런 과감한 행동을 묘사할 때 사용하는 언어의 색채는 보기 좋은 분홍빛이 아니다. 프란츠 자신도 아주 긴급한 극한 상황에서만 이 수단을 사용한다고 인정한다. 급행열차 밑에 숨어서 그가 견뎌낸 가장 끔찍한 기차 여행은 바르샤바에서 베를린까지 한 여행이라고 한다. 급행열차 밑에서 바르샤바에서 베를린까지!! "졸장부에게는 분명 화물열차 짐칸으로 뛰어 올라가는 것이 덜 위험하기는 하지." 프란츠가 말을 끝낸다. "그 위험을 감수하겠어." 빌리는 결심하고 말한다. 그 목소리가 영웅적인 것처럼 들리지는 않지만, 어쨌든 그것은 일종의 결심이고, 빌리는 그 결심을 실천하려고 할 것이다. 프란츠는 낯선 쾰른에서 제대로 된 기차 밑으로 빌리를 안내해줄 용의가 있다고 선언한다. 그리고 그는 모험에 필요한 '장비'를 준비하는 것도 도와주겠다고 한다. 프란츠는 대화를 계속하지 않는다. 그리고 빌리도 임박한 모험에 대한 생각에 상당히 깊이 잠겨있었다. 기차는 단조로운 소리를 낸다. 덜커덕 …… 덜커덕 …… 덜커덕 ……

　그들이 선잠에서 깨어났을 때, 방수포의 틈새로 햇빛이 파고든다. 프란츠는 틈새로 몸을 내밀고 방향을 가늠해 본다. "젊은 친구, 시간이 되었어. 기차가 좀 천천히 달리면 뛰어내려야 해. 지금도 여전히 쾰른-베를린 기차를 공짜로 탈 생각을 하고 있어?", 프란츠가 다시 그들의 이전 대화를 언급한다. "변한 것은 아무것도 없어." 빌리가 대답한다. 기차가 경적을 울리고 속도를

늦춘다. 아직 쾰른의 모습은 전혀 시야에 들어오지 않는다. 지금
이 순간 기차가 숲속을 지나고 있다. 프란츠는 빌리에게 어떻게
기차에서 뛰어내려야만 하는지를 일러준다. 기차에서 뛰어내리
자마자 기관차 운전사가 알아채지 못하도록 몸을 바싹 숙이고
땅바닥에 엎드려 있으라고 한다. 기차의 속도가 더 느려진다. 프
란츠가 먼저 뛰어내리고 즉시 몸을 숙여 땅바닥에 대고 납작 엎
드린다. 뒤를 이어 빌리가 뛰어내린다. 하지만 그는 몸을 숙일 필
요가 없다. 힘차게 뛰어내리는 동작으로 생긴 관성 때문에 상당
히 거칠게 땅바닥으로 내던져진다. 둘은 들판을 가로질러 가서
는 곧 대로에 도달한다. 한 시간 후에 그들은 쾰른 철도회사가
운영하는 교외선 정거장에 도달하고, 얼마 되지 않아 쾰른 시내
에 도착한다.

　빌리는 쾰른이나 라인 강에 대해서는 하등의 관심이 없다. 그
는 베를린으로 가려고 한다. 하지만 프란츠는 고향의 정취를 마
음껏 누린다. 프란츠는 빌리가 50페니히도 없다는 것을 알고 있
었지만, 그를 자신의 옛 숙소로 데려간다. 동료애는 방랑자가 당
연히 지켜야만 할 의무다. 숙소에서 그들은 야전 침대가 두 개
놓여 있는 작은 방 하나를 얻는다. 그리고 식당에서는 돼지고기
가 섞인 콩 수프가 담긴 커다란 사발이 그들을 기다리고 있다.
빌리는 다시 사양한다. "그냥 먹어둬" 프란츠가 응답을 하고는

고기를 나누어 준다. 배가 부르자 프란츠는 다시 빌리의 기차 밑 여행에 관해 이야기를 한다. "우선 충분히 휴식을 취해야만 해. 그렇지 않으면 자네는 한 시간만 지나면 차축에서 떨어져 기차 바퀴에 깔리고 말 거야." 프란츠의 충고에 따라 빌리는 내일 저녁에 출발하기로 결정한다. 그런 다음 그들은 부족한 잠을 보충하기 위해 잠자리가 있는 방으로 돌아간다.

빌리는 한 번도 깨지 않고 다음 날 점심때까지 잔다. 그는 저녁에 여행을 시작할 것이다. 점심 식사 후 그들은 다시 출발 준비를 하기 위해 숙소로 돌아온다. 다섯 시간 후에 그는 차축 위에 앉아 있을 것이다. 프란츠는 낡고 얇은 담요를 마련해서 그것을 끈 모양으로 길게 자른다. 빌리는 이런 준비 과정을 설레설레 머리를 가로저으면서 바라본다. '프란츠는 무엇 때문에 기다란 토시를 만들려는 걸까? 그리고 실로 꿰매어 만든 주머니는 어디에 쓰이는 거지?' 프란츠는 그 주머니를 빌리의 머리에 씌운다. 그리고는 주머니의 어디쯤 눈이 있었는지를 기억한다. 다시 주머니를 벗겨내고는 두 개의 구멍을 오려내서 앞을 볼 수 있게 만든다. 바느질을 해서 주머니 아래쪽에 두 개의 끈을 붙인다. 마침내 프란츠가 설명한다. "여행하는 동안 머리에 이 주머니를 뒤집어쓰고 있어. 첫째 그러면 체온이 보존되고. 두 번째 주머니를 쓰지 않으면 얼굴에 기름과 먼지가 몇 센티미터쯤 쌓인 상태로 베를린에 도착하게 될 거야. 그러면 그것으로 즉시 네 정체가 탄로 날 거야." 두꺼운 장갑 한 짝의 용도를 빌리는 알아챈다. 하지만 길게 자른 많은 천의 용도는? 프란츠는 계속해서 얼굴과 마찬가지로 옷도 완전히 더러워질 거라고 설명한다. 그래서 방풍 재킷을 뒤집어 입고, 바지 역시 뒤집어 입어야 한다고 말한다. 베를린에 도착해서는 더러워지지 않은 바깥쪽이 나오도록 다시 뒤집어 입으면 사람들의 눈에 띄지 않을 것이라고 한다.

긴 천들로 다리, 넓적다리 그리고 상체를 감싸고 겉옷을 입어야 한다. "추위 때문에 두르는 거야. 젊은 친구! 이렇게 추운 날에 시속 90킬로미터의 속도라고! 얇은 하의를 입은 자네는 순식간에 나무판자처럼 뻣뻣해지지. 팔다리에서 더 이상 아무런 감각도 느끼지 못하게 돼. 그러고 나면 떨어져 기차 바퀴에 깔려 몸이 으스러지게 되지." 빌리는 고분고분 상의를 벗고 긴 천을 두르도록 자신의 몸을 내맡긴다. 피가 통할 수 있도록 너무 꽉 조여서도 안 되고, 또 너무 헐겁게 둘러서 천이 흘러내려서도 안 된다. 바지를 뒤집어서 다시 입는다. 상체에 조끼와 재킷을 입고 방풍 재킷을 뒤집어 입는다. 재킷 위에 입은 방풍 재킷이 몸에 꽉 낀다. 화물 열차가 정차된 역 구내로 출발하기 직전에 빌리는 독주를 몇 잔 들이켜야만 한다. 독주가 용기를 주고, 혈액이 원활하게 순환되도록 도움이 될 것이다.

막 쾰른-베를린 운행을 시작하려고 이미 연결된 열차의 차량에 들키지 않고 접근하는 것은 역 구내를 아주 정확하게 알고 있어야만 가능한 일이다. 그들이 아직 철로에 다가가지 않는 동안에는 겨울 저녁의 어둠이 그들을 감싸준다. 하지만 그다음부터는 기어가고, 미끄러지듯 움직이고, 장애물을 뛰어넘고 몇 센티미터의 그림자라도 충분히 활용해서 움직여야만 한다. 다행히 그들은 그 일을 성공적으로 해낸다. 그들은 길게 늘어선 차량으로 기어간다. 끝에서 너무 가까운 차량은 안 된다. 그곳은 기차가 너무 심하게 흔들린다. 그렇다고 너무 앞쪽도 안 된다. 앞쪽에 앉아있으면 화차에서 비처럼 쏟아지는 작열하는 석탄재가 기차 밑에 숨은 채 무방비 상태로 웅크리고 앉아 있는 사람에게로 쏟아지는 일이 생길 수도 있다. "여기야." 프란츠는 한 이등 객실 차량 앞에서 멈춘다. '이것과 비교하면 이등칸도 고급이라고 할 수 있지' 빌리는 그렇게 생각하지 않을 수 없다. 그들은 기어서 차량 쪽으로 바짝 다가간다. 프란츠는 넓은 차축 위에서 어떻게 쪼그리고 앉아야만 하는지를 시범적으로 보여준다. 그런 다음 그는 주머니에서 짧은 끈 두 개를 꺼내서 기차 밑 쇠막대에 붙들어 맨다. 그렇게 해서 빌리가 움켜쥐고 붙잡을 수 있는 손잡이가 마련되었다. 다시 프란츠가 시범을 보이고 빌리가 따라 한다. 기차가 서 있는 지금은 모든 것이 아주 쉬워 보인다. 프란츠는 계속해서 가르쳐준다. "베를린에서는 가능하면 진입 구역이 없는 교외의 기차역에서 내린 다음 도망쳐. 절대로 역 구내에서 도망치려고 해서는 안 돼. 그건 너무 위험해. 아니면 차라리 기차에서 여행객들이 내리고 차량이 조차장 측면 선로에 설 때까지 기다려. 자 그럼, 힘내, 행운을 비네! 젊은 친구!" 빌리는 제대로 웅크리고 앉아서 길동무에게 힘차게 손을 내민다. 프란츠는 소리 없이 사라진다.

오랫동안 곧 열차가 출발할 것이라고 추측하게 해주는 일이 아무것도 이루어지지 않았다. 그런 다음 얼마 지나지 않아서 거대한 급행열차의 기관차가 빠르게 차량을 지나쳐서는 기차 앞쪽에 멈추고, 차량들과 연결된다. 빌리는 줄지어 늘어서 있던 객차 차량에 전해지는 충격으로 그것을 감지한다. 곧 사람들이 지나간다. 열차 승무원들이다. 그런 다음 기차는 힘을 억제하면서 천천히 움직인다. 역사 근처. 부르는 소리와 서두르는 동작에서 빌리 클루다스는 이미 기차가 승강장에 들어섰다는 것을 알아차린다. 머리를 축에 대고 비스듬하게 위를 올려다볼 경우에만 바깥 모습을 볼 수 있다. 달려 지나가는 다리, 객차로 올라타는 발과 다리들.

짧은 금속 망치가 점점 가까이 다가온다. 빌리는 차축의 반대쪽 끝부분으로 몸을 바짝 붙인다. 승무원은 고속으로 달릴 때 끔찍한 사고를 일으킬 수도 있는, 혹시 생겨났을지도 모르는 쇠바퀴의 균열을 파악하기 위해 두드려서 소리를 내는 것이다. 갑자기 빌리의 마음속에서 희미하게 소원 같은 것이 생겨난다. '그들이 지금 너를 잡는다면 너는 한 시간 후면 유치장의 나무 침대에 누워있겠지. 그것이 유쾌한 것은 아니지만 …… 그들이 너를 잡지 못하는 경우 한 시간 후에 너는 갈기갈기 찢긴 고깃덩어리가 될 수도 있어.' 오싹한 한기가 그의 등줄기를 타고 흐른다. 그는 두려움을 억누르기 위해 떨리는 손으로 차가운 쇠막대를 힘껏 움켜쥐어야만 한다. 그에게서 일 미터쯤 떨어진 곳에 서 있는 사람들이 아무 근심 없이 대화를 나누고, 친척 아저씨와 아주머니에게 인사를 전해달라는 안부의 인사를 건넨다. 따듯하고 부드러운 여자의 목소리가 소중한 애인에게 열린 객실 창문으로 불어오는 공기에 몸을 직접 노출시키지 말라고 간곡하게 부탁한다. 빌리는 여성용 구두, 갸름한 발목 부위를 본다. '이런, 이런, 어떤 남자가 그녀의 치마 밑을 들여다볼 수도 있다는 것을 그녀가 안다면…….' 그래서 그는 웃지 않을 수 없다. 그러자 두려움이 사라졌다. 지금 그는 오히려 약간의 초초함을 느낄 정도가 되었다고 믿는다. '우리가 여행을 할 수 있도록 이제 이곳을 떠나! 이곳이 지루해지려고 해.'

"승차! …… 승차하시기 바랍니다!" 승무원이 이 객실에서 저

객실로 부산하게 움직이면서 문을 닫는다. 비단결처럼 부드러운 다리가 이별의 키스를 받기 위해 뒤꿈치를 치켜든다. 빌리는 마침내 자세를 바로 하고 쪼그려 앉는다. '빌리, 너는 내일 아침이면 베를린에 도착하는 거야. 다른 것은 있을 수 없어.' 부드럽게 기차가 굴러간다. 천천히 기차가 미끄러져 승강장을 빠져나간다. 이제 전철기가, 수많은 전철기가 나타난다. 매번 그때마다 충격으로 덜컹거린다. 지금도 여전히 기차는 천천히 달린다. 하지만 빌리는 교외를 벗어나자마자 기차가 쏜살같이 달리리라는 것을 감지한다. 이리저리 몸을 비틀고서야 빌리는 담배에 불을 붙일 수 있었다. 단추를 풀어 방한 재킷으로 바람을 막아 담배에 불을 붙이기까지 성냥 반 갑이 소모되었다. 이제 출발이다! 이제 달린다! 바퀴의 번쩍거리는 바큇살이 어른거려 희미하게 보인다. …… 그런 다음 더 이상 바큇살은 보이지 않는다. 미친 듯 회전하는 원반만 보인다. 아야! 작은 자갈이 튀어 오른다. 이제 프란츠가 만든 주머니를 머리에 뒤집어쓸 시간이다.

기차는 탁 트인 곳에 있는 선로에 도달하자 미끄러지듯 달려간다. 빌리는 이제 아주 미세한 진동만을, 차라리 규칙적으로 좌우로 흔들리는 움직임만을 느낀다. 몸을 지탱하기 위해 매단 흔들리는 줄을 움켜쥐고 있는 손. 쇠막대기에 꽉 밀착된 다리. 빌리는 살을 에는 듯한 추위를 서서히 느낀다. 날카로운 소리를 내지르면서 지나가는 바람을 느낀다. 머리를 보호하기 위해 뒤집어쓴 주머니의 뚫린 눈구멍으로 짙은 먼지가 파고든다. 천에 뚫린 눈구멍이 뒤통수 쪽으로 가도록 주머니를 돌린다. 이제 보는 것이 무슨 소용이 있는가? 오직 감각으로 막대를 어떻게 꽉 붙잡아야만 하는지를 알 수 있다. 그 밖에 그가 할 수 있는 일은 더 이상 아무것도 없다. 가만히 웅크리고 앉아서, 기다리고, 기다리고, 기다리는 것밖에는 없다. 그리고 계속해서 '내일 아침이면 너는 베를린에 도착하는 거야'라고 스스로에게 속삭이는 것 말고는 할 수 있는 일이 아무것도 없다. 계속 자신에게 무엇인가를, 어떤 것을 속삭이는 것밖에는 없다. 일부터 천까지 숫자를 세는 것. 아니면 아무 시나 소리 내서 낭송하는 것밖에는 없다. 절대 졸아서는 안 된다. 잠이 들면 다음 순간 끝장이 날 수도 있다. 잠들면 왼쪽이나 오른쪽으로 몸이 많이 기울어져 있지 않아도 끝장이다!

얼음처럼 차가운 바람이 점점 옷 속으로 깊이 파고들어, 몸을 감싸고 있는 길게 잘라낸 천 아래에 있는 피부를 물어뜯는다. 쪼그리고 앉아 움직이지 못하는 육체는 유연성을 잃고, 경직되고, 감각을 상실한다. 빌리는 더 이상 자신의 손이 굳어서 줄을 쥐고 있다는 사실조차 느끼지 못한다. 그는 더 이상 손가락을 움직일 수조차 없다. 그는 더 이상 자신이 차축 위에 앉아 있다는 것을 느끼지 못한다. 그는 오직 자신의 몸이 대포에서 발사된 것처럼 엄청난 속도로 앞쪽을 향해 날아가고 있다는 것만을 느낀다. 가끔 그는 자갈이 튀어 그의 몸을 때릴 때면 둔중하고 고통스런 타격을 느끼지만, 그것은 진짜 고통이 아니다. 그는 글자 그대로 물리적 자아, 시공간과 분리되었다. 그는 대체 얼마나 오랫동안 기차를 타고 달려온 것인가? 한 시간인가? 네 시간인가?

바람을 가르며 내는 휘파람 소리를 듣고서 빌리는 기차의 속도가 줄어든 것을 안다. 그는 머리에 뒤집어쓴 주머니를 약간 위로 쳐든다. 빛과 어둠이 휙 스쳐 지나간다. 그다음 전철기 때문에 기차가 덜컹하고 흔들린다. 기차는 커다란 역으로 들어선다. 빌리는 몇 분의 정차 시간을 이용해서 좁은 공간에서 팔다리를 가능한 한 많이 움직인다. 앉은 자세도 바꾼다. 기차 밑에 달린 상자에 기대서 달리는 동안 사지를 조금이나마 움직일 수 있게 자세를 고쳐 앉는다. 그는 기차와 승강장 사이로 난 좁은 틈으로 밖을 내다본다. 어디에서도 지명을 알려주는 표식이 보이지 않는다. 지명을 알리는 소리도 들리지 않는다. 제한된 시선으로 볼 수 있는 곳 어디에서도 시계가 눈에 띄지 않는다. 그는 사람들의 다리만을 본다. 그에게 아무것도 알려주지 않는 다리만을 본다. "승차하십시오! ……" 기차는 미끄러지면서 역을 벗어나서는 재빨리 온 힘을 다 쏟아부으면서 결코 만족할 수 없다는 듯 곧장 미친 것처럼 속도를 올려서 질주한다.

빌리 클루다스, 상황이 이보다 더 나빠질 수 없다고 믿으면 …… 네가 제국 철도 회사에서 쾰른-베를린을 운행하는 기차 요금을 이렇게 쉽게 속여 떼어먹을 수 있다고 믿는다면 …… 그렇다면 너는 잘못 생각한 거야! 왜 너는 너에게 호의를 갖고 있는 선생에게 덤벼들어 때리고, 당연히 받아야만 할 처벌을 피해서 달아난 것이지? 처벌! 그 말이 일으킨 울림을 듣고 있지? 그래, 처벌이야! 여기 나는 듯 달리는 이곳 급행열차 아래에서 너는 벌을 받고 있는 거야. 바로 여기서! 아무것도 느끼지 못하는 살덩어리인 네가 점점 차가워지는 쇠막대를 움켜쥐고 있는 바로 이곳에서! 이제 드디어 고집불통인 너의 저항이 꺾이겠지. 요란한 기차 소리를 향해 커다랗게 울부짖어. 네 몸에서 일 미터쯤 위에 있는 객차 안에서 푹신한 쿠션에 앉은 사람들은 그 소리를 듣지 못해. 자유를 바라는 너의 열망. 건물 통로에서 여자와 진한 키스를 하고, 자유로운 사람처럼 햇살이 밝게 비추는 거리를 걷고, 선생이 마음 내키는 대로 따귀를 때릴 수 있는 훈육생으로는 더 이상 살지 않겠다는 너의 갈망. 자기들 취향에 맞는 인간으로 만들기 위해 이루어지는 훈육으로부터 벗어나려는 이 모든 욕구. 너는 이 밤을 견뎌내야만 그런 욕구를 성취할 수 있어. 그런데 밤이 지속되는 동안에는 죽음이 한순간도 너의 목덜미에서 떨어지려고 하지 않을 거야.

기차는 전철기 때문에 덜컹거린다. 그리고 진입 금지 신호 때문에 억지로 멈춰 선다. 객실 창문으로 한 아이가 몸을 내밀고 밝고 쾌활하게 새벽을 향해 소리친다. "엄마 …… 조금 있으면 베를린에 도착해! ……" 정적 속에서 들리는 아이 목소리. 베를린이라는 단어가 빌리 클루다스의 마음속에서 마지막 활기를 끌어모은다. 그래서 그는 겨우 기차 밑에서 기어 나올 수 있었다. 그는 쌓인 침목 사이에서 무너지듯 털썩 주저앉는다. 기차가 덜컹거리면서 움직이면서 사라진다. 다시 한 번 빌리는 버둥거리면서 몸을 일으킨다. 그는 이곳에 오래 머물 수 없다. 저쪽 편, 사용하지 않는 선로에 빈 차량이 길게 줄을 이루고 서 있다. 그곳으로 가야만 한다. 더 이상 똑바로 서서 걸을 수 없다. 돌팔매질을 당한 개처럼 기고, 미끄러지면서 빌리는 차량이 있는 쪽을 향해 움직인다. 도중에 빗물을 받는 통이 서 있다. 물, 바짝 마른 목구멍을 적실 수 있는 물! 차량에 기대서 몸을 일으켜 세우고, 문을 옆으로 밀치고, 차량 안으로 몸을 잡아당겨 들어가서, 다시 문을 닫는 행동은 엄청난 노고를 필요로 한다. 문을 닫는 것과 거의 동시에 그는 말을 수송하면서 사용했던 축축하게 젖은 짚단 위로 무너지듯 쓰러진다.

다시 인공 불빛이 역 구역을 비추고 있는 늦은 오후에 빌리 클루다스는 고통스러운 허기와 갈증으로 잠에서 깨어난다. 끔찍한 밤을 무사히 넘겼다는 의식으로 그는 뼈가 욱신거리는 아픔을 극복할 수 있었다. 차량 안의 어둠 속에서 그는 옷을 벗는다. 많은 도움이 되었던, 몸에 두른 천을 풀어서 내버리고, 바지와 방풍 재킷의 먼지를 털고, 다시 옷을 뒤집어 제대로 입는다. 그는 짚으로 신발을 닦는다. 그런 다음 조심스럽게 문을 밀어 열고는 밖을 살핀다. 아무도 보이지 않는다. 멀리 서 있는 전등의 불안정한 불빛 속에서 그는 거울 속의 얼굴을 바라본다. 맙소사! 보호하려고 주머니로 머리를 뒤집어썼지만 얼굴 전체에 두꺼운 먼지가 뒤덮여 있었다. 빌리는 조심스럽게 물통으로 다가가서는 모래와 물을 사용해서 얼굴과 손을 씻는다. 거울을 들여다보았을 때 그는 아주 말쑥하게 보이는 것은 아니지만, 사람들 사이에 섞여 있으면 더 이상은 더러움 때문에 눈에 띌 정도는 아니라는 것을 알게 된다.

이제는 들키지 않고서 역 구역을 벗어나야 한다. 전철기 조정실과 숙소를 지난다. 모든 그림자 속에는 눈에 띄지 않았던 역 직원이 숨어 있을 수도 있다. 빌리는 미끄러져 넘어지고 기어서 선로를 가로질러 간다. 그다음 그는 전철기 조종실을 지나가야만 한다. 그는 그 공간에서 장치를 조작하고 있는 두 명의 직원과 번쩍거리다 꺼지는 붉은 등과 녹색 등을 분명하게 구분한다.

그 공간을 지난다. 이제 가파른 비탈을 오르고, 가시철조망이 설치된 담장을 조심스럽게 뛰어넘는다. 그러자 그는 인적이 드문 길 위에 있다. 지나가던 한 행인이 그에게 베를린으로 가는 지상전차를 타기 위해 걸어가야만 할 방향을 알려준다.

베를린, 베를린 …… 그 이름이 그에게는 음악처럼 들린다. 마치 다른 곳도 아닌 베를린에서 풍성하게 차려진 식탁과 부드러운 침대가 빌리 클루다스를 기다리고 있기라도 한 것처럼. 그는 아직 담배 두 개비와 45페니히를 지니고 있다. 담배 한 개비에 불을 붙인다. 첫 모금에 연기를 깊이 들이마시자 쾌적함에 저절로 신음 같은 소리가 난다. '아 담배 한 개비가 이렇게 멋질 수도 있군.' 전차를 타기 위해 그는 달리고 싶을 정도다. 하지만 아픈 뼈마디가 몸을 학대하는 모든 새로운 움직임에 격렬하게 저항한다. 그래서 계속해서 천천히 걷는다.

6시 반경에 뮐러 슈트라세에 도착해서 빌리는 전차에서 내린다. 그는 학창 시절 친구의 집으로 가려고 한다. 어쩌면 그의 어머니가 빌리에게 자신의 집에서 하룻밤 자는 것을 허락할지도 모른다. 삼 년 동안 빌리는 베를린을 떠나 있었다. 오토 파겔스가 아직도 뮐러 슈트라세에 살기를 바란다. '그런데 몇 번지였지? 여기 이 집이 틀림없어. 여기에 아직도 채소 보관 지하실이 있군.' 그곳에서 학생이었던 그들은 상한 사과와 배를 구걸해서 얻어먹곤 했다. 두 번째 마당, 5층, 중간에 있는 집에 오토가 살았다. 하지만 이제 코발레프스키라는 이름이 적힌 마분지 조각이 붙어있다. 그럼에도 빌리는 문을 두드린다. 단정하지 않은, 임신으로 배가 튀어나온 임산부가 문을 연다. "파겔스라……. 파겔스. 그녀는 전에 이곳에 살았지만 쫓겨났어요. 그녀는 항상 많은 남자들을 집에 데려왔어요. 그래서 주인이 그녀를 참을 수 없게 되었죠. 그리고 그녀는 아들 오토를 교화소로 보내버렸어요. …… 대충 그래요." "오토 역시 …… 고맙습니다. 부인……." 오토 파겔스는 베를린에서 빌리가 찾아가 도움을 청할 수 있는 유일한 사람이었다. 그런데 이제 그도 어느 시설에 수용되어서 자유를 꿈꾸고 있다. "베를린 …… 아 베를린……."이라고 읊조리는 꿈을.

아래 빵집에서 빌리는 마지막 남은 동전 두 개를 주고 빵을 사서는 허겁지겁 쑤셔 넣는다. 이제 어디에서 밤을 보내지? 그 문제는 해결되지 않았다. 그는 오래 헤매고 다닐 수 없다. 그는 그것을 분명하게 느낀다. 그는 뮐러 슈트라세에서 일어나는 분주하게 일을 하는 모습을 전혀 알아보지 못한다. 그는 비틀거리면서 앞으로 걸어간다. 프리드리히슈트라세 북쪽 지역의 찬란함에도 아무 관심이 없다. 빌리는 비틀거리면서 슈프레 운하를 따라 걷는다. 벌써 9시 반이다. 티어가르텐으로 가야만 할까? 그는 이미 그곳에서 겪게 될 추위를 미리 느낀다. 하지만 이제 더 이상 걸을 수가 없다.

크론프린츠우퍼에 B.A.T.G. 2라고 적힌 모래 상자가 놓여 있다. 모래가 반쯤 차 있다. 빌리는 상자 속으로 기어들어가서는 무거운 뚜껑을 다시 덮는다. 마지막 담배를 피우고 그는 차가운 모래 속에 몸을 파묻는다. 대도시 베를린은 빌리 클루다스를 위해 아주 형편없는 침대를 마련해놓았다. ……

7장

슈트라세 80f. 구역 X. 2. -

16명의 소년 패거리가 생일을 축하한다.

의형제단과 친한 다른 패거리의 우두머리인 울리의 생일이다. 그는 스물한 살 성년이 되었다. 그 의미는 이제는 더 이상 교화소와 청소년 담당관청이 그에게 무서운 힘을 발휘할 수 없게 되었다는 사실이다. 결론적으로 말하자면 그것은 오랫동안 바라던 커다란 사건이며, 성대한 연회를 벌여서 축하할만한 가치를 지닌 사건이다. 오늘 밤 연회가 열릴 것이다. 울리는 의형제 단원 전부를 정식으로 초청했다. 열한 시부터 십오 분 간격으로 세 명씩 무리를 이룬 의형제 단원들은 콜로니에슈트라세와 슈트라세 80f. 구역 X. 2.에서 기다려야만 한다. 그곳에서 그들은 어떤 소년의 안내를 받아 축하연회가 열리는 곳으로 안내될 것이다. 경찰의 주목을 받지 않도록 항상 약속된 시간에 세 명만 그 자리에 있어야 한다. 다른 사람들은 흩어져서 차례가 될 때까지 콜로니에슈트라세에 있는 건물들의 통로에서 기다려야만 한다.

조니, 콘라트, 에르빈이 먼저 간다. 열한 시를 알리는 종소리가 울리자 그들은 슈트라세 80f. 구역 X. 2.라고 적힌 거리 표지판이 달린 가로등 기둥 옆에 서서 기다린다. 그렇지만 표지판에 적힌 이름과 맞는 거리는 어디에도 없다! 성자 도마 사도처럼 믿기를 잘하는 사람이 표지판에 언급된 방향을 따라서 네 걸음만 내디디면, 그는 그 길로 접어드는 대신에 가시철조망 담장에 걸려 옴짝달싹 못하게 될 것이다. 왜, 무슨 목적으로 이런 표지판을 설치했는지는 베를린 건축 담당 부서만이 알고 있을 비밀이다. …… 사방에 아무도 보이지 않는다. 건물들이 아직은 이 지역까지 밀고 들어오지는 않았다. 나대지, 집시들의 수레, 작고 커다란 정자, 썩은 두꺼운 판자와 순전히 수십 년간 지속된 관습에 따라 절반쯤 무너진 채 방치되어 있는 울타리들. 이곳이 울리와 그의 패거리들의 고향이다. 흔적도 소리도 없이 사라지기 위해 마련된 것 같은 이런 지역이.

이때 울리가 보낸 아이가 온다. 그들은 서로 안면이 있다. 철조망이 쳐진 담장과 나무 담장 사이 어딘가에 구멍이 나 있다. 네 아이는 더듬거리면서 구멍을 지나다가 깊이 파인 진창에 빠진다. 안내자가 앞장서고, 나머지 다른 사람들이 전부 앞사람의 상의 끝자락을 잡고서 오리걸음으로 어둠 속을 더듬으며 앞으로 나간다. 물웅덩이에 발이 빠져 첨벙 소리가 났지만 계속 간다. 그리고 터져서 속에 든 내용물이 비어져 나온 매트리스에 발이 걸려 엉키고, 쓸모가 없어져 버려진 부엌의 자기 그릇과 잔해 더미에 걸려 넘어진다. 결코 길이라고 말할 수 없는 길 위를 무엇인가가 휙 가로질러 지나간다. 고양이, 토끼 혹은 쥐일 수도 있다. 마침내 그들은 어두운 정자 앞에 멈춰 선다. 안내자가 열쇠 구멍으로 구호를 속삭인다. "뱃속의 심한 허기, 목구멍의 불타는 갈증" 허기와 갈증을 맞아들이기 위해 문이 열린다.

갑자기 불어 닥친 공기로 엄청 짙게 피어오른 담배 연기가 소용돌이처럼 격렬하게 돈다. 세탁장 안에서처럼 공기가 요란하게 움직이면서 뒤섞인다. 생일을 맞이한 울리는 축하의 인사와 작은 선물을 받는다. 그리고 그는 손님들에게 자리를 잡고 앉도록 요청한다. 새로 온 손님들은 서서히 질이 낮은 담배 연기에 익숙해진다. 어떤 가구도 이곳과는 어울리지 않는다. 게다가 가구를 놓을만한 공간도 없을 것이다. 생일에 초대된 손님들은 거친 나무 바닥에 놓인 몇 장의 담요와 감자 자루 위에 쭈그리고 앉아 있거나 누워 있다. 벽 가장자리에는 오렌지 상자가 뒤집힌 채로 놓여 있었는데, 그 상자 위에는 아주 긴 제단용 초가 타고 있다. 그 옆에는 독주와 포도주가 가득 찬 십수 개의 병이 있다. 다른 쪽 벽에는 축음기가 있었는데, 소리를 죽이기 위해 말안장으로 쓰이는 담요가 씌워져 있었다. 또 다른 의형제 단원들을 데려오기 위해 안내자가 나간다. 그들과 마지막으로 온 두 아이도 다시 한 번 서로 몸이 닿을 정도로 바짝 몸을 당기면서, 즐거운 듯 감자 자루에 자리를 잡고 앉는다. "루트비히는 어디에 있지?" 울리가 묻는다. 조니가 이야기한다. "사라졌어. 일주일이나 되었지. 어떻게 된 일인지 아는 사람이 아무도 없어……." 루트비히가 사라진 것이 결코 자발적인 행동이 아니라는 점은 누가 보아도 분명하다. 그들은 아마 경찰이 그를 낚아채 갔을 것이라고들 추측한다.

열여섯 명의 청소년 패거리가 정자에 모여 있다. 누군가가 축음기에 음반을 걸고 다시 담요로 전축을 덮는다. '그를 축하하자!' 라는 노래가 코맹맹이 소리처럼 들린다. 울리를 위한 축하의 노래다. 브랜디 병을 차례대로 돌린다. 마지막으로 병을 잡은 아이는 아주 적은 양의 술만을 마신다. "목구멍의 불타는 갈증", 나이가 열다섯에서 열여덟 사이인 아이들의 목구멍에서 이는 불타는 갈증. 몇 명만이 그 아이들보다 나이를 더 먹었다. 알코올을 원하는 이 탐욕이 그냥 단순한 과시욕인가? 브랜디 다음으로 자두주가 나온다. 과일주도 즉시 없어진다. 그다음 담배가 분배된다. 밖에서부터 문이 열린다. 보초 교대가 이루어진다. 모두가 반 시간 씩 보초를 선다. 모든 사람이 춤곡이 녹음된 음반에 고무되어 낮은 소리로 따라 부르고 휘파람을 분다.

담배 연기 때문에 제단용 촛불이 펄럭거리면서 탄다. 촛불에 줄이 연결되어 있다. 그 줄은 벽을 따라서 문에 뚫린 구멍을 통과해서 밖으로 이어져 있다. 간단하면서도 조용한 경보장치다. 낯선 자가, 예를 들면 그 구역의 경비원이나 경찰이 정자로 접근을 하면 바깥에 있던 보초가 줄을 당긴다. 그러면 초가 넘어진다. 어둠. 모두 가만히 있어야만 한다. 하지만 도대체 누가 한밤중에 이런 곳으로 오겠는가? 기분전환과 뱃속의 공복을 채우기 위해 두껍고 커다란 판 모양의 초콜릿을 돌린다. 모두 앞사람이 남긴 이빨 자국에 자신의 이빨 자국을 추가로 새긴다. 이제 성년이 된 울리는 지난 몇 년 동안 경찰, 청소년 담당 관청, 기관의 선생들과 벌인 치열한 싸움에 관해 이야기한다. 그들은 그에게 자유도, 거리도, 술집도, 유원지도, 여자아이들도 허용하지 않았다. 그는 그런 금지에 저항했다. 그는 자신을 가두려는 반대자들에 대항해서 맨발과 맨손으로 저항했다. "심한 굶주림으로 죽을 수도 있겠지! 하지만 원하는 것을 할 수 있다면 죽어도 좋아!"

바깥에서 목소리가 커진다. 보초의 목소리와 낯선 두 명의 목소리다. 하지만 경보용 촛불은 꼿꼿하게 서 있다. 울리가 손을 뻗어 심지를 잡아 촛불을 끈다. 밖에서 들려오는 목이 졸려 컥컥거리는 소리. 보초의 목소리다. "울리! …… 울리. 모두 나와!" 문이 바깥쪽에서 잠겨 있다. 보초가 열쇠를 가지고 있다. "창문을 가린 천을 떼어내!" 울리가 창문을 겨우 빠져나가서 밖으로 나간다. 다른 네 명의 아이가 따라간다. 그들이 곧 상황을 정리할 것이다. 밖에서 침입자를 제압하려고 벌어진 짧은 싸움. 거의 소리가 들리지 않는다. 보초가 풀려나고, 문이 열린다. 그다음 다섯 명의 구원자가 두 명의 낯선 아이들을 끌고 정자 안으로 들어온다. 새로운 보초가 준비를 하고 밖으로 나가고, 촛불이 다시 실내를 비춘다. 그 아이들을 끌고 불빛이 비치는 곳으로 간다. 낯선 자들이 아니다! 울리를 노리고 있던 적대적인 패거리에

속한 단원들이다. 하지만 그들은 종종 이곳에서 밤을 보내곤 하던 울리가 혼자 있을 것으로 추측하고, 그를 심하게 두들겨 패주려고 급습을 했던 것이다. "나와 싸우기를 원해? 좋아 그러면 싸워주지." 울리가 결정한다. "하지만 남자대 남자끼리 일대일로 결투를 하자! 보초를 서다가 습격을 받은 아이가 한 사람을 맡기로 하고, 울리가 또 다른 아이를 상대하기로 결정된다. 물론 주먹만을 쓰는 싸움이다.

방 가운데에 싸울 수 있는 공간을 만들어 주기 위해 모두 벽쪽으로 바짝 붙어 앉는다. 울리가 먼저 시작한다. 눈 깜짝할 사이에 끝난 싸움이다. 모두 아쉬워한다. 울리의 강력한 주먹질에 상대편은 빈 병들 사이로 나가떨어진다. 병 하나가 단단한 머리통에 부딪쳐서 깨진다. 생명에 지장이 있는 것은 아니지만, 많은 피가 흐르는 이마의 상처. 그 아이는 완전히 나가떨어졌다. 그는 상처에 손수건을 대고 누르고, 그의 '적'이 건네준 4분의 1리터의 독한 술이 담긴 잔을 받는다. 이제 두 번째로 싸워야 할 아이들 차례. 두 아이는 맹렬하게 서로를 향해 달려든다. 둘 중 권투에 대해서는 아는 자가 아무도 없다. 그들은 타작하듯 주먹을 마구잡이로 휘두르면서 서로를 때린다. 그 결과 쥐어뜯긴 머리카락 다발이 공중에 날리고, 싸울 때 흘리게 마련인 코피가 터진다. 지켜보던 아이들의 웃음과 농담. 싸우는 아이들도 피가 묻은 얼굴을 하고 거칠게 웃는다. 싸움이 우습게 되어 버렸다. "이제 그만해." 울리가 결정한다. 그는 오늘 생일이고 자신의 적을 용서한다. 두 번째 아이도 잔이 차고 넘칠 정도로 따라준 독주를 받아 마신다. 그런 다음 두 아이는 물러난다. 그들이 술자리 장소를 폭로하지 않으리라는 것을 모두 알고 있다. 폭로를 하면, 그들은 몇 시간 후 뼈가 부러져서 샤리테 병원에 누워있게 될 것이다. 배신은 오직 피로써만, 적절한 양의 피로써만 씻어낼 수 있는 법이다.

축제를 계속하자! 술병들을 이리저리 돌린다. 비워진 병들이 한 개씩 구석으로 날아간다. 축음기는 싫증도 내지 않고 계속 소리를 낸다. 점점 더 커지는 여러 목소리가 뒤섞인 요란한 소리. 알코올! 바닥에 있던 아이들은 놀라울 정도로 빠르게 요란한 소리를 내는 파충류가 된다. 이때 누군가가 혼돈 속으로 한 마디 단어를 내던진다. "여자!" 절규처럼 모든 아이들의 욕망이 확 타오른다. 맞아, 여자! 콜로니에슈트라세와 바트슈트라세 모퉁이에는 매춘부들이 하루도 빠지지 않고 오래된 단골 자리를 지킨다. 두 아이가 나갔다가, 사십은 충분히 되어 보이는 여자와 함께 돌아온다. 미친 것처럼 행동하는 열여섯 명의 남자아이와 여자 한 명. 매춘부에게 십 마르크 지폐를 던져주는 것으로 울리가 즉시 가격 흥정을 끝낸다. "모두를 상대하는 조건이야!" 고귀한 손님이자 친한 패거리의 우두머리인 조니가 끔찍한 춤을 시작한다. 그런 다음 생일을 맞은 아이 그리고 모든 아이들이 …… 매춘부는 안락의자 위에 여러 장을 겹쳐서 깐 감자 자루 위에 누워서 연달아 담배를 피우고, 더 이상 다른 것에는 관심을 보이지도 않는다. 한 시간 후 그녀는 십 마르크를 번다. 그녀는 출구로 가기 위해 죽은 것처럼 엉켜서 누워 있는 사내아이들의 몸을 밟고 넘어가야만 한다. 정자는 조용하다. 제단용 초가 연기로 흐릿해진 장면을 여전히 비추고 있다. ……

8장

꽃과 친절은 감옥에 어울리지 않는다 -

"판결을 받아들이겠소?"

'이제 나는 어떻게 될까?' 절망적인 구금 상태에서 루트비히는 스스로에게 묻는다. '답은 분명해. 네가 저지르지도 않은 일로 몇 달 동안 감옥에 갇혀 지낸 다음 다시 교화 기관으로 이송되겠지. 의형제 단원들이 어떻게 생각할까? 그들이 그가 어디에 있는지 궁금해할까?' 그가 그들에게 소식을 전할 수 있는 가능성은 없다. 이런 고통스런 생각을 거쳐서 힘들게 도달한 결론 중에 어느 것에서도 한 줄기 희망의 빛을 볼 수 없다. 그는 침대 위로 몸을 던지고 경련하듯 침대보의 거친 천을 물어뜯는다. 그리고 마음의 짐을 어느 정도나마 덜어주는, 거침없이 터져 나오는 울음을 억누르지 못한다.

문에 뚫린 작은 구멍을 통해서 안을 감시하는 간수에게 이런 모습은 아주 익숙한 것이다. 그는 먹고, 마시고, 잠자고, 생리적 욕구를 해결하고, 소리 없이 속으로 흐느끼는 것에서부터 히스테리에 걸린 것처럼 정신없이 울부짖는 것에 이르기까지 모든 종류의 우는 모습에 익숙하다. 경우에 따라서 수감자의 생각을 딴 곳으로 흩트려 놓을 수도 있는 파리를 마지막 한 마리까지 잡아 없애버림으로써 죄수 스스로가 녹초가 되어 무너지는 이런 수감 방식은 간수에게는 고마운 일이다. 구치소에서 보내는 구류 기간 중 생기는 이런 자기학대로 예심 판사는 종종 피곤한 심문 과정을 건너뛸 수가 있다. 구치소에 갇혀 녹초가 된 자는 순순히 모든 것을 털어놓는다. 그리고 구류라는 현대적인 고문을 피하고 빨리 법정에 세워져 판결을 받기 위해서라면 그 이상의 것도 털어놓을 것이다.

다음 날 아침 루트비히에게 다음과 같이 지시가 떨어진다. "채비를 마치고 …… 모아비트 구치소로 갈 거야." 십수 명의 다른 구금자들과 함께 그는 사무실에 딸린 유치장에 갇힌다. 관리가 서류를 보면서 이름을 부른다. 모든 이름 뒤에는 별로 위안이 되지 않는 단어가 추가로 따라붙는다. '테겔 감옥'이나 '플뢰첸제 감옥' 혹은 루트비히의 이름이 불렸을 때처럼 '모아비트 구치소'가 추가되는 단어들이다. "모두 밖으로 나가!" 모두들 호송차에 올라탄다. 호송차는 각 감옥을 거쳐 가는 여행을 시작한다. 환기를 위해 만든 작은 틈새로 루트비히는 몇 센티미터 크기의 알렉산더 광장을 본다. 그리고 곧 첫 번째 목적지인 모아비트 구치소에 도착한다. 자동차에 동승한 보안 경찰이 이곳으로 배정된 죄수와 관련 서류를 감옥 접수처에 넘겨준다. 다시 한 번 루트비히는 일층에 있는 사무실 창을 통해 자유로운 사람들, 맹렬하게 달려가는 자동차, 찌르릉 종을 울리며 달려가는 지상 전차를 본다. 그런 다음 다시 이루어지는 전형적인 요구 사항. "따라와!" 유리 천장이 덮인, 꽃으로 장식된 통로로 사무실 건물과 감옥이 연결되어 있다. 관리가 문 하나를 연다.

꽃과 친절이 갑작스럽게 끝난다. 이제부터 감옥이다. 희미하고 어둡게 보이는 짙은 회색빛. 적나라하게 드러난 철골 구조물 속에 체계적으로 설치된 계단이 첨탑처럼 높이 솟아, 어둠 속으로 사라진다. 한 층 한 층 높게 쌓인 건물이다. 감옥 안에는 감방이 별 모양으로 배치되어 있고, 한가운데에 높이 솟아있는 감시탑에서 감시가 이루어진다. 조금이라도 의심스러운 기미가 보이면 감시탑에서 경계경보가 날카롭게 울린다. 푸른 죄수복을 입은 보조 간수들이 통로의 반짝거리는 리놀륨 바닥을 더 번쩍거리도록 닦고 있다. 마루를 닦는 금속제 솔을 천천히 밀고 당기고, 계속 밀고 당긴다. 이곳에서는 시간이 많다. 몇 년 적어도 몇 달의 시간은 있다. 간수장이 감시 구멍을 통해 제풀에 뻗어버린 사나운 죄수를 살핀다. 서류를 잔뜩 짊어진 변호사들이 강도 살인자나 외화를 밀반출한 자에게 자신들을 소개하기 위해 서둘러 접견실로 간다. 작은 무리를 이룬 구치소 수감자들이 줄과 열을 맞춘 채 목욕탕으로, 의사에게로, 자유 시간을 보낼 운동장으로 인솔되어 간다. 부산하게 서두르는 행동이 가득한 감옥. 하지만 소리가 죄수 번호를 단 수감자의 목소리인 경우 그 소리는 주저하는 듯한 속삭임이다. 루트비히는 관리자에게로 이끌려간다. 이리저리 이끌려 간다. 백 가지 보안 조처가 이루어지는 이곳 감옥에서 죄수가 자신의 감방 밖에서 한 발자국이라도 내딛는 경우 항상 국가의 권력이 세 걸음쯤 뒤떨어져 그를 따라온다.

"주머니 속에 든 것을 전부 책상 위에 올려놓으시오" 관리자가 명령한다. 루트비히는 상의와 양말도 빼앗긴다. 그다음 감옥이 소유한 물건들로 이루어진 형식적인 축복이 요란하게 소리를 내면서 루트비히 몸 위로 쏟아져 내린다. 담요, 침대보, 상의, 양말, 손수건, 목도리. 모든 물건에 감옥의 직인이 찍혀 있다. 목욕을 하러 간다. "이가 있나?" "없습니다." 관리자는 루트비히가 주저하면서 옷을 벗는 동안 옆에 서 있다. 그런 다음 탐욕스럽게 벗어 놓은 옷가지로 달려든다. 주머니를 뒤집고, 비밀 주머니를 찾고, 바느질을 해서 감춘 물건을 찾으려고 옷을 더듬고, 장화 속을 들여다보고, 현금, 칼, 자살을 할 때 이용될 수 있거나 도주할 때 사용될 수 있는 줄과 끈같이 금지된 물건을 찾아내려는 사냥을 시작한다. 실제로 그는 주머니 구석에서 잊어버리고 꺼내지 않은 자투리 끈을 발견한다. 어쨌든 그것으로 스스로 목을 맬 수도 있다. 자투리 끈은 압수되어 목록에 기록되고, 다른 보관 물품이 있는 곳으로 옮겨진다. 목욕탕에서 교도소장에게로 이끌려간다. 루트비히 N의 감옥 서류가 마련되어 있다. 간수장이 신참 수감자를 감방으로 이끌고 가서, 그에게 교도소 수칙 그리고 아주 '중요한' 취침 준비 방법과 감방 안의 청결에 대해 알려준다.

무거운 문이 자물쇠 고리에 물리면서 찰칵 소리가 난다. 루트비히는 혼자 남겨진다. 그는 침대를 정돈하고, 벽장에 놓여있는 많이 읽어서 너덜너덜해진 책 세 권을 자세히 살펴보고, 쇠창살을 통해 몇 제곱미터 밖에 안 되는 해가 뜬 새파란 하늘을 본다. 앞으로 몇 달 동안 계속 하늘은 몇 제곱미터 크기로 보일 것이다. 그런 다음에는? 몇 제곱미터가 더 늘어날 것이다. 교화 기관의 창 크기만큼 늘 것이다. 하지만 루트비히는 자신이 가장 유리한 도주 기회를 이용해서 교화 기관에서 도망칠 것이라는 점을 이미 알고 있다. '다시 베를린으로 가자! 보관증을 건네주면서 물건을 찾아오도록 거짓말을 한 그 개자식을 반드시 찾아낼 것이다!'

다음 며칠 동안 루트비히는 예심판사로부터 심문을 두 차례 더 받았다. 그런 다음 복잡하지 않은 그 사건의 재판이 곧 열리게 될 것이다. 당연히 그 아이가 지갑과 함께 보관증을 훔친 것이다. "간수, 그 아이를 데려가시오" 루트비히의 감방으로도 방문자가 온다. 강제 노역 감독자는 루트비히가 일할 생각이 있는지 묻는다. 구슬을 실에 꿰맞추는 일이고, 보수도 좋단다. 조금 큰 바늘귀 크기의 구슬 천 개를 꿰면 국가가 10페니히 푼돈을 지불한단다. …… 죄수가 처음 오천 개의 구슬을 꿰고 난 다음에도 미치지 않게 된다면 그렇다는 말이다. 그다음에는 감옥에 소속되어 있는 선생이 와서 루트비히의 학력을 묻고, 즐겨 읽는 것이 무엇인지, 수업에 참여하고 싶은지 묻는다. 개신교 목사가 동료인 가톨릭 신부를 보내겠다고 약속한다. 청소년 담당 관청의 관리는 열심히 무엇인가를 기록한다. 다음 날 루트비히는 교도소 의사에게로 이끌려 간다. "임질이나 매독이 있소?" "없습니다." "좋아, 데려가시오. 다음 사람. 임질이나 매독이 있소?" ……

상당한 대가를 치르고 얻은 1마르크로 루트비히는 담배를 사다 달라는 부탁을 했다. 2페니히짜리 담배가 50개비다. 질이 낮은 담배 냄새가 미세한 문틈을 뚫고서 통로에서 숨을 헐떡이며 작업하고 있던 보조 간수의 코를 파고든다. 그는 주변을 둘러본다. 근처에 간수가 보이지 않는다. 그는 가볍게 루트비히의 감방 문을 두드린다. 그런 다음 틈새에 입을 대고는 루트비히의 감방 안으로 입김을 불어 넣는다. "친구, 너를 담당하는 보조 간수인데. 담배 더 갖고 있어?" 루트비히가 안에서 더 있다고 대답한다. "나중에 저녁 배식을 할 때 담배 몇 개비를 줄 수 있어? 하지만 간수가 알아차리지 못하게 해야 해." 루트비히는 그에게 다섯 개비를 주겠다고 약속한다. 동시에 어떤 생각이 떠오른다. 그는 보조 간수에게 메모를 밖으로 몰래 보내는 것이 가능한지 물어본다. 보조 간수는 가능할 것이라고 생각한다고 한다. 내일과 모레 그의 친한 친구 몇 명이 출소할 것이고, 그들이 메모를 가져다줄 수 있다고 한다. 하지만 루트비히는 연필이 없다. 그래서 그는 문틈으로 내용을 말하고, 보조 간수가 옮겨 적어야만 한다. "리니엔슈트라세에 있는 슈미트 술집의 조니에게. 나는 물품 보관증을 소매치기한 죄목으로 체포되었어. 하지만 나는 소매치기를 하지 않았어. 먹을 것과 담배를 보내줘. 루트비히 보냄" 보조 간수는 모든 것을 약속한다. 하지만 "대신 담배 열 개비를 받아야겠어!" "좋아" 저녁 배식을 할 때 담배 열 개비가 이미 움켜쥘 준비가 되어있는 재소자 신분인 보조 간수의 손으로 미끄러져 들어간다.

삼일 후. 간수가 문을 휙 열어젖힌다. "관리자에게로 함께 가지. 자네 앞으로 온 소포가 있어." '조니가 암호 통신을 받았군,' 루트비히의 머리에 퍼뜩 그 생각이 떠오른다. 맞다. 루트비히가 보는 앞에서 관리자가 소포 상자를 연다. 맨 위에 메모지가 놓여 있다. 루트비히는 즉시 조니의 필체를 알아본다. '사랑하는 루트비히, 청소년 관청에서 너의 불행에 대해 들었다. 그래서 먹을 것과 담배를 보낸다. 항상 너를 생각한다. 이모 엘제가. 조니 이모부가 안부를 전해달라고 한다.' 관리자는 무해한 내용이 담긴 메모지를 그대로 놔두고 숨겨진 암호 통신을 찾기 위해 소포의 내용물을 세심하게 살핀다. 그는 케이크, 초콜릿, 소시지, 담배, 설탕 한 봉지만을 발견한다. 미결수인 루트비히는 그 모든 물건을 감방으로 가져갈 수 있다. 그가 그처럼 행복해하고, 그의 얼굴에서

광채가 나는 것은 단지 생필품을 소유하게 되었다는 사실 때문
만은 아니다. 그것 때문만이 아니라, 밖에 있는 사람들, 즉 조니
와 다른 아이들이 그를 잊지 않고 암호 통신을 받자마자 소포를
보냈다는 사실 그리고 그가 그들과 어울려 함께 있지 않을 때에
도 모르는 척 내버려 두지 않았다는 사실 때문에 그는 아주 행
복했다. 그는 조심스럽게 케이크, 소시지 그리고 다른 물건들을
책장에 놓는다. 보조 간수 일을 하는 재소자는 재빠르게 소식이
전달되도록 다리를 놓아준 대가로 백 개비의 담배 중에서 열 개
비의 담배를 얻게 될 것이다. 만약 간수가 허락한다면 그는 다른
물건 중에서도 일부를 보조 간수에게 줄 작정이다.

  그는 설탕 봉지를 상자에서 꺼내려고 했다. 약간 어설프게 봉
지를 쥐었다. 봉지가 벌어져서 하얀 설탕이 비 오듯 상자 속으로
쏟아진다. 최악의 상황은 아니다. 그렇다. 전혀 나쁜 상황은 아
니다! 오히려 잘 되었다! 빈 봉지를 집어 든 루트비히는 눈이 휘
둥그레져서 안을 들여다본다. 종이봉투 안쪽에 글이 적혀 있다!
봉지는 멋지게 생각해 낸 암호 통신이었다. 루트비히는 감방 문
에 등을 기댄다. 그래서 아무도 감시 구멍으로 안을 관찰할 수
없다. 그런 다음 그는 조심스럽게 봉투의 이음매를 떼어낸다.
"이봐 친구, 무슨 일이야? 대체 무슨 물품 보관증을 말하는 거지?
우리에게 보낸 네 메모 내용을 이해할 수 없어. 무엇 때문에 정체가

드러나서 체포된 거지? 교화소에서 도망친 것 때문이야? 아니면 정말로 물품 보관증과 관련된 일을 저질렀어? 우리가 너를 찾아가서 만날 수는 없어. 첫째 우리는 친척이 아니고, 둘째 몸조심하는 것이 좋아, 이해하겠지? 어쨌든 같은 방법으로 우리에게 네 소식을 알려 줘. 하지만 경찰이 우리의 거처를 알아낼 수도 있으니까 직접 우리에게 편지를 보내지는 마. 그들이 다시 너를 교화소로 보내면, 도망쳐, 도망치라고! 우리는 너를 기다리겠어. 엘제 이모라고 불리는 조니와 의형제 단원 모두가."

루트비히는 암호 통신을 달달 외울 수 있을 때까지 되풀이해 읽는다. 그리고는 봉지를 찢어서 종잇조각을 화장실에 버린다. 패거리의 아이들, 아 그 아이들과 조니! 그들은 진정한 동료다! 그들은 누군가가 진흙탕에 빠져 있을 때 그를 생각한다. 그는 점심 배식 때 주려고 생각하고 있던 담배를 보조 간수에게 건네려고 한다. 제기랄! 다른 자다. 그가 믿을만한 자인지 어떻게 알 수 있겠는가. 이제 조니에게 계속 소식을 전하는 것은 끝장이 났다.

교도소 수칙으로 이루어진 영원히 지속될 것 같은 단조로움 속에서 삼 주가 지나간다. 청소년 전담 재판소의 기소장이 그에게 송달되었다. 기소장 내용: 지갑 소매치기. 내용물: 모 씨의 신분증, 90마르크 현금, 물품 보관증 한 장. 조서에 가짜 서명을 한 고의적 공문서 위조죄 추가. 형법 조항 ○○에 의한 범죄 행위 ……

며칠 뒤 노이에 프리드리히슈트라세에 있는 청소년 전담 법원에서 열릴 예정인 재판 기일에 출석하라는 소환장이 뒤이어 전달된다. 공판 하루 전날 또다시 다음과 같은 과정으로 일이 진행되었다. "준비를 해, 경찰 본부로 갈 거야." 교도소장의 사무실에서 이루어지는 퇴소 신고, 교도소 물품 반납. 그런 다음 다시 호송차 승차. 경찰 본부의 유치장, 접수처 감방과 독방. 다음 날 아침. "채비를 해. 공판장으로 출두하게 될 거야."

본부와 청소년 법원은 지하 통로로 연결되어 있다. "절도죄를 인정하나?" "아닙니다." 증거 채택. 증인. 소매치기를 당한 사람, 물품 보관소의 직원 그리고 루트비히를 체포한 보안 경찰. 청소년 담당 관청을 대표해서 직원 한 명이 참석해 있다. 모든 것이 매끄럽게 잘 진행된다. "검사님 말씀하시죠." "…… 따라서 형량을 …… 합산해서 총 4개월의 징역형을 내려주시기 바랍니다." "피고는 할 말이 있소?" "재판관님 저는 범인이 아닙니다. …… 낯선 자가 제게 주었습……." "다른 할 말은 없소?" "없습니다." "협의를 하기 위해 잠시 휴정을 하겠소." "국민의 이름으로 판결을 선언합니다. 구치소에서 보낸 기간을 복역 기간에 포함시켜 총 4개월의 징역형에 처할 것을 선고합니다. …… 집행유예 3년, H시의 교화소로 이송 …… 피고인 이 선고를 수용하겠소?" 루트비히는 심사숙고한다. 판결을 받아들이지 않는다면, 그는 계속 구치소에 수감될 것이다. '아니야, 교화소로 가더라도 우선 이곳에서 나가자.' "수용하겠습니다." "열한 시 사 분에 확정판결이 이루어졌소." 경찰 본부의 감방으로 돌아온다. 이제 루트비히는 H시로 이송될 때까지 기다리기만 하면 된다.

9장

배고픔은 사람을 맹목적으로 만든다 - 추위 피난
처와 궁핍한 자들의 시장 -

슐레지엔 출신 올가는 그것을 정확하게
받아들이지 않는다.

발틱해(海) 모래사장이나 베를린 근교에 있는 호수인 반제의 모래사장에서 햇볕을 받아 뜨겁게 달아오른, 사각거리는 모래로 맨살이 드러난 배를 덮어달라고 부탁하는 것은 멋진 일일 수도 있다. 하지만 겨울밤에 습기를 먹어 단단하게 덩어리가 진 차가운 모래를 베개, 요, 이불로 사용하는 것은 아주 끔찍하다. 그 때문에 교화소에서 도망을 쳐 온갖 비참함을 다 겪은 사람도 이런 '침대'에서 오래 버티는 것은 불가능하다. 도망친 자가 빌리 클루다스이고, 쾰른-베를린 기차 밑에서 끔찍한 밤을 이제 막 견뎌낸 경우라면 그것은 더욱 불가능하다. 단 한순간도 잠을 이루지 못한 그는 새벽 네 시에 다시 크론프린츠 우퍼에 있는 모래 상자에서 기어 나와, 추위로 몸이 얼어 마비된 상태에서 관절염을 앓는 노인처럼 구부정하게 등을 구부리고 서 있다. 슈프레 운하가 그의 눈앞 어둠 속에서 조용하게 흐르고 있다. 레르터 반호프와 레싱 극장도 있다. 하지만 어디에도 인간적인 삶의 흔적은 보이지 않는다.

그는 알렉산더 광장 옆에 있는 중앙 시장 실내 공판장에서는 항상 새벽 이 시간에 물품을 운반하기 위해 보조 일꾼을 필요로 한다는 사실을 떠올린다. 어쩌면 그는 그곳에서 몇 푼이라도 벌 수 있을 것이다.

화려한 거리 운터 덴 린덴은 가장 남루하게 차려입은 방랑자에게도 개방되어 있다. 만약 그렇게 하는 것이 재미있다고 느낀다면, 방랑자는 지금 브란덴부르크 문에 있는 예전의 '황제의 문'을 지나서 갈 수도 있다. 바이마르 공화국에서는 그것이 가능했다. 신분적 특권은 더 이상 허용되지 않는다. 우리는 모두 동등한 권리를 지닌 시민이다.

실내 공판장으로 들어가는 입구 앞쪽에는 사내들이 커다랗게 무리 지어 서 있다. 그들은 상인들이 자신들을 한두 시간 임시 일꾼으로 선택해주기를 바라며 서 있다. 시간이 갈수록 기회는 점점 줄어든다. 상인들의 주머니에서는 더 이상 은전이 부딪치면서 나는 소리가 들리지 않는다. 그들 자신도 임시 일꾼에게 줄 푼돈조차 아껴야 할 정도로 상황이 어렵기 때문에 웬만하면 혼자 고생을 하고 힘든 일도 스스로 도맡아 처리한다. 빌리 클루다스는 같이 고통을 겪는 다른 사람들에 대해 주의를 기울이지 않은 채 서 있지만, 자신이 이곳에서 단돈 얼마라도 벌 수 있을 것이라고 더 이상 믿지 않는다. 이때 공판장에서 여자 상인 한 명이 소리를 친다. "남자 한 명 …… 이쪽으로!" 빌리가 그곳으로 달려간다. 그의 뒤를 쫓아서 무리 전체가 달려간다. 모두 여상인을 둘러싼다. 무리 속에서 들려오는 목소리가 커지고 위협적이 된다. "저 자가 여기서 무엇을 하는 거지? 저 자는 외부인이야. …… 우리들의 일자리를 빼앗고 있어. …… !" 누군가 빌리의 옆구리를 힘껏 가격한다. "이봐 꺼져! 두들겨 맞고 싶어?" 사람들이 빌리를 밀쳐내려고 시도한다. 처음에는 성공한다. 빌리는 무리 속에 파묻혀 보이지 않는다. 여상인은 이미 한 명을 선택했다. 하지만 지금도 무리의 다른 자들이 계속해서 빌리를 출구 쪽으로 밀쳐낸다. 그러자 그는 정체를 알 수 없는 분노에 사로잡힌다. 빌리는 어떤 남자를 향해 갑자기 달려들어서 몸으로 그를 밀쳐 쓰러트린다. 무리 전체가 내뱉는 분노의 고함소리. 다른 두 명의 남자가 동료를 돕기 위해 끼어든다. 빌리는 상대를 때리기 위해 맹목적으로 사방으로 주먹을 휘두른다. 그는 코피가 터져 나오는 것을 느낀다. 하지만 상관없다. 그의 주먹이 그를 공격하는 세 명의 얼굴을 가격한다. 지난 며칠 사이에 쌓였던 모든 절망이 주저 없이 미친 듯한 분노의 모습을 띠고서 분출된다.

갑자기 구경하던 무리가 부산하게 움직인다. 빌리를 공격하던 자들을 포함해서 모든 사람들이 공판장을 가로질러 다른 쪽 출구를 지나 도망친다. 숨을 헐떡거리고 코피를 씻어내며 빌리는 그 자리에 서 있다. '왜 그자들이 갑자기 싸움을 멈춘 거지?' 이때 그는 두 명의 시장 담당 경찰관이 자신이 있는 곳을 향해 오는 것을 본다. '제기랄! 달아나자!' 가까운 판매대에 바구니와 상자가 피라미드처럼 쌓여 있었기 때문에 그는 경찰관의 시야에서 벗어날 수 있었다. '그들이 너를 여기서 잡는다면, 자유는 끝이야, 빌리!' 그는 달리고 달린다. 배불리 먹어 안락함이 몸에 밴 경찰관은 벌써부터 적극적으로 행동하는 것을 포기한다. 알렉산더 광장 역 화장실에서 빌리는 코피를 닦는다. 격렬하게 치고받는 싸움. 피 때문에 그는 맹목적인 감정에 빠진다. 빌리는 누군가가 몇 조각의 빵을 순순히 내놓으려고 하지 않을 경우 그를 때려눕힐 수도 있을 것이다.

날이 밝았다. 아직 굶주리는 육백만 명의 실업자 무리에 속하지 않은 소수의 사람들은 서둘러 밥벌이를 할 수 있는 곳으로 간다. 너무 늦게 도착하면 안 된다. 사장의 기분이 나쁠 수도 있다. 백화점과 가게들은 터질 것처럼 물건으로 가득 찬 보관함을 연다. 판매원이 진열창 앞에 쳐져 있던 차양막을 잡아당겨 올린다. 모든 상품이 쳐다보는 사람의 입에 침이 고일 정도로 아주 유혹적인 모습으로 진열되어 있다. 하지만 입에 고인 침으로 배가 부르게 되지는 않는다. 구경하는 것만으로 배가 부르게 되지는 않는다. 열린 문을 통해 거리로 풍겨오는 생필품의 냄새로 배가 부르게 되지는 않는다! 그 모든 것이 타인 소유의 풍요로운 음식을 배가 터지도록 먹고 싶다는 욕구를 불러일으켜서 쳐다보는 사람을 더욱 분노하게, 미치게 만든다! 빌리는 갑자기 생필품 가게 안에 서 있다. 그는 어떻게 자신이 가게 안으로 들어왔는지 알지 못한다. 그는 소시지, 구운 고기, 치즈, 베이컨, 맛있게 보이도록 배열된 샐러드, 생선 통조림으로 가득 찬 내부의 유리 진열장 앞에 서 있다. 판매원이 묻는다. 빌리가 요구한다. "······ 빵 한 개, 맞아, 우선 빵 한 개, 커다란 빵을 통째로 주세요. 그리고 버터, 4분의 1파운드, 여기, 소시지도 4분의 1파운드. 베이컨도. 할버슈타트 소시지 통조림 한 개, 정어리 통조림 한 개 ······" 판매원이 자르고, 노란 버터를 지나칠 정도로 정확하게 사각형으로 자르고, 버터에 장식적인 눈금을 새겨 모양을 낸다.

빌리는 정신을 차린다. 그는 여기서 뭘 하고 있는 거지? 무엇때문에 적어도 5마르크는 지불해야 하는 물건을 주문한 거지? 그는 돈이 한 푼도 없다! 일 페니히도 없다. 그는 점원에게 소리친다. "돈 갖고 오는 것을 잊었어요. ······ 곧 다시 올게요." 그리고는 거리로 달려나간다. 끝없이 긴 거리를, 프롤레타리아가 사는 잿빛 거리를 서둘러 간다. 그는 점점 더 사나워지는 허기를 느끼며 길을 걷는다. 빌리는 곧 다시 생필품을 파는 가게의 진열창 앞에 서서, 뚫어지게 진열창을 들여다본다. 마침내 그의 눈앞에서 모든 것이 희미하게 사라진다. 가게 안으로 들어가 구걸을 해야 하나? 그는 천천히 무거운 발걸음을 제빵 가게 쪽으로 옮겨 놓는다. 하지만 문가에 이르자마자 분홍빛 피부의 판매원이 내는 목소리가 그를 맞이한다. "공짜로 줄 것이 아무것도 없어!" 빌리, 그녀는 벌써 네 모습만 보고도 네가 빵을 살 푼돈조차 없다는 것을 알지.

그는 성큼성큼 길을 가로질러 건너고, 단 한 순간도 주저하지 않고 버터 가게 안으로 들어간다. 그가 유일한 '손님'이다. 내부의 진열창에는 손에 잡힐 듯 값싼 소시지 더미가 우쭐거리면서 모습을 드러내고 있다. '이례적인 할인, 소시지 일 파운드에 88페니히.' 빌리는 우선 버터 반 파운드를 달라고 요구한다. 그리고 단추를 풀러 방풍 재킷과 재킷을 연다. 판매원이 버터통 쪽으로 몸을 돌린다. 한 손으로 빌리는 고리 모양의 소시지를 움켜쥔다. 동시에 그는 힘을 줘서 뱃살을 잡아당겨 생긴 바지 틈 사이로 소시지를 집어넣고는 재빠르게 가게 밖으로 달아난다. 판매인이 지르는 고함 소리를 듣지도 못하고, 잽싸게 모퉁이를 돌아 달아나고, 미로처럼 얽힌 거리들을 지나쳐 간다. 그제야 비로소 그는 주변을 살필 엄두를 낸다. 쫓아오는 사람은 없다. 그를 관찰하는 사람도 없다. 그는 계속 걷는다. 속이 텅 빈 그의 배를 가린 앞쪽 바지 틈새에 훔친 소시지가 끼어있다. 갑자기 그는 지나가는 승합 버스에 올라탄다. 차장이 객차 안에서 요금을 받자, 그는 다시 버스에서 뛰어내린다. 이제 그는 소시지를 먹을 엄두를 낼 수 있게 된다.

어느 건물의 야외 계단에서 그는 소시지를 꺼낸다. 아마 소시지 무게는 2파운드는 될 것이다. '그렇다면 너는 1마르크 76페니히의 소시지를 훔친 거야. 훔친 게 아니고, 강탈한 거지. 빌리' 이제 생각은 그만! 손으로 고리 모양의 소시지를 잘라서 반으로 나눈다. 이빨로 살코기와 기름을 물어뜯는다. 그리고 약간 기름기가 많은 소시지 덩어리를 아주 즐겁게 씹어 잘게 부순다. 동물적 안락함으로 두 눈은 감겨져 있고, 코로는 거친 숨소리와 시끄러운 소리가 새어 나온다. 적은 월급을 받는 공무원이 가장인 4인 가족은 그만한 양의 소시지로 일주일은 충분히 지낼 수 있을 것이다. 하지만 소시지를 살 수 있는 돈을 벌어야 할 필요가 없는 그런 도둑, 그런 강도는 한 번에 2파운드의 소시지를 먹어 치운다. …… 배가 어느 정도 채워지자 굶주림으로 정신이 나간 상태에서 저지른 행위가 불러일으킬 수도 있는 결과를 걱정하는 마음이 생긴다. 빌리는 주위를 살피면서 그 자리를 떠나 거리를 거닌다. 그리고 스스로에게 질문한다. '다음에는 어디서 먹을 것을 구하지? 또 훔쳐야만 하나? 안 돼. 절대로 안 돼! 차라리 굶어 죽겠어. 차라리 제일 먼저 만나는 경찰에게 자수를 하겠어.' 그는 잠을 자려는 거지! 급행열차 밑에서 뜬 눈으로 보낸 밤. 모래 상자 속에서 보낸 하룻밤. …… 노숙자 쉼터에는 갈 수 없다. 그곳에서는 서류를 요구한다. 그리고 숙소는 하룻밤 자는데 최소 50페니히를 받는다. 그는 50페니히는 있어야만 한다. 그러면 모든 것이 잘 될 것이다. 그러면 그는 하룻밤을 푹 잘 수 있을 것이다.

잠을 푹 자고 나면 모든 것이 더 이상 그렇게 절망적이지는 않을 것이다.

50페니히. 하지만 그 돈을 어디서 구하지? 팔만한 어떤 물건이라도 갖고 있는가? 방한 재킷? 혹시 유대인 고물상이라면 그것을 받고 50페니히를 줄지도 모른다. 하지만 겨울이 시작도 되지 않은 지금 외투나 재킷 없이 어떻게 견디나? 아마 야외에서 하룻밤을 더 지내야 할 것이다. 삼 일째 잠을 자지 않고 견딜 수 있을까? 없다. 그것을 사려는 사람이 있다면, 재킷을 팔아야만 할 것이다. 첫 번째 상인이 보기에 그 옷은 더 이상 쓸 수 있을 만큼 상태가 양호한 것이 아니다. "추위 피난처에 있는 실직자에게나 팔아보시오." 그 상인이 충고한다. "추위 피난처요? 그곳이 어디에 있습니까?" 빌리가 묻는다. "이곳 아커슈트라세 모퉁이를 돌면 있는 엘자서슈트라세에 있는 전차 보관 창고요. 쉽게 찾을 수 있을 거요."

방치된 전차 보관 창고에 마련된 추위 피난처보다 더 절망적인 것이 또 있을까? 마당에 있는 시계가 이미 모든 것을 말해주고 있다. 시곗바늘은 4년 전부터 한 시 십사 분을 가리키고 있다. 피난처는 지난해 추위에 떨던 마지막 사람이 창고를 떠났을 때 상태 그대로다. 끔찍하게 더럽고 불결한 상태 그대로다. 오전인데도 창고는 이미 사람들로 가득 차 있다. 출구 바로 옆에 엉성하게 꿰맞춘 탁자와 걸상이 있다. 커피 판매대에서 5페니히를 주면 한 사발의 커피를 얻어 마실 수 있다. 따로 5페니히를 더 내면 두 개의 마른 빵을 얻을 수 있다. 때가 껴서 밖이 보이지 않는, 한 번도 닦은 적이 없는 창틀의 유리창. 돌바닥에서 마른 먼지가 인다. 정말이지 온기를 찾아온 많은 폐병 환자들에게 적합한 '건강한' 체류 장소라고 할 수 있을 정도다. 짧은 통로가 진짜 추위 피난처라고 할 수 있는 창고로 이어져 있다. 맞다. 이곳은 따뜻하다. 아주 따뜻해서 연옥처럼 끔찍하게 악취가 풍긴다! 씻지 않은 수백 명의 몸, 닳거나 더러워진 옷에서 풍기는 냄새와 질 나쁜 담배 연기가 이런 열기 속에서 모락모락 피어오른다.

공간 전체가 베를린 구호기관들이 좋아하는 색으로 칠해져 있다. 석회벽에 바른 회색빛이 도는 초록색, 짙은 녹색의 유성물감. 수천 명의 사람들이 등을 기대고 서서 마모되고, 닳아 없어지고, 깎이고 더러워진 벽. 먼지가 두텁게 쌓인 유리 천장을 뚫고 햇살이 드문드문 빈약하게 안을 비춘다. 서너 개의 이글거리는 난로가 여기저기에 따로 설치되어 있다. 길게 뺀 연통이 사방으로 온기를 실어 나른다. 벽 옆, 공간 한가운데, 좌우 쪽 통로를 제외한 모든 공간에 의자들이 줄지어 놓여 있다. 더럽고 끈적거리는 몇 개의 문을 지나면 여자들이 머무는 공간과 화장실이 나온다. 그것이 전부다. 구호기관이 좋아하는 회색빛이 도는 녹색

벽에는 최소한의 장식도, 비록 값싸지만 기쁨을 주는 색채도 없다. 사방에 오물, 먼지, 종이 쓰레기가 널려 있다. 오래 사용했다는 것을 보여주는 표시, 힘들게 회칠을 해서 덮어버린 몰락의 표시다. 도시 베를린이 가난한 시민들에게 베푼 '선물'인 피난소를 '즐기면서' 수백 명의 젊은 사내아이들과 남자들이 절망적이고 삭막한 공간에, 기온이 30도까지 올라간 불결한 공간에 모여 있다. 그들은 서로 몸을 바짝 붙인 채 의자에 누워 있거나 앉아 있다. 그리고 다른 통로에도 사람들이 꽉 차 있어서 두 손을 사용해야만 겨우 그들을 헤치고 앞으로 나갈 수 있었다.

벽에 쓰인 커다란 글씨: 거래 행위 절대 금지. 통로에서만 거래가 이루어진다. 통로가 중고 옷 거래가 이루어지는 유일한 장소다. 넝마 시장, 허섭스레기 시장이다. 누구든, 가난한 사람은 누구든 다른 가난한 사람에게 무엇인가를 팔거나 교환하고자 한다. 생각할 수 있는 모든 것, 상상을 뛰어넘는 모든 것, 새것과 헌것이 교환 물품으로 제공된다. 신발, 양말, 상의, 팬티, 컬러, 넥타이, 위아래 짝이 맞지 않는 바지와 조끼, 정장 일체, 여름용 외투, 겨울용 외투, 실내용 남성 웃옷, 남성용 모자, 여성용 모자와 여성용 속옷. 되풀이해서 읽느라 너덜너덜해진 악한(惡漢) 소설과 싸구려 담배, 값싼 설탕 부스러기와 구걸해서 얻은 빵 조각. 모든 것, 모든 것이 제공된다. 인간의 몸을 제공하는 행위에 대해서도 전혀 거리끼지 않는다. 화장실에서 젊은 사내들은 20페니히나 한 움큼의 담배를 받고 자신의 몸을 제공하기도 한다. 지붕이 덮인 마당을 바라볼 수 있는 창가에는 의도적으로 혼란을 피해 거리를 두고 떨어져 있는 일단의 남자들이 앉아 있다. 그들 사이에 젊은 사람은 없다. 사십 대나 그 이상으로 나이를 먹은 남자들뿐이다. 그들에게는 저마다 해야만 할 어떤 일이 있다. 한 남자가 기운 팬티를 입고 앉아 바지 여기저기를 계속해서 바늘로 꿰매고 있다. 여러 명의 남자가 자신들의 바지를 꿰매고 있다. 수십년 동안 해온 노동으로 등이 굽고 뻣뻣해진 한 노인이 자신의 망가진 구두를 원래의 모양으로 고쳐보려고 시도한다. 감동적일 정도로 인내심을 발휘하면서 그는 가위 끝으로 덧댄 가죽에 구멍을 뚫고, 얇은 철사로 터진 틈을 엮어 붙인다. 한쪽에서는 끈질기게 카드놀이를 하고, 다른 곳에서는 수수께끼를 푼다. 한쪽 구석에서는 토론하는 무리의 소란한 회의가 열린다. 통로에서는 판매자가 다른 판매자를 밀치고 떠민다. 한 사람이 소리친다. "조끼요, 흠잡을 데가 없어요. 35페니히!" 관심을 보이는 사람이 멈추어 선다. 팔려고 하는 조끼는 어디에 있나? 그는 여전히 조끼를 몸에 걸치고 있다. 관심을 보인 사람이 옷을 걸친 사람 주위를 돌면서 조끼를 자세히 살피고, 이것저것 트집을 잡고, 25페니히와 담배 세 개비를 주겠다고 제안한다. 거래가 정상적으로 진행된다. 판매자는 조끼를 벗고, 재킷 단추를 채워서 맨몸을 가린다. 한 아이가 역시 상태가 양호한 신발을 갖고 비슷하게 거래를 한다. 그는 신발을 벗어서, 그것을 형편없이 찢어진 신발 한 짝과 현금 1마르크를 받고 교환한다. 아무도 그런 거래 때문에 놀라지 않는다. 모두들 너무나 잘 이해하고 있다. 현금 1마르크는 빵한 개와 반 파운드의 마가린을 의미한다. 추위 피난처에서는 '은행 업무'도 이루어진다. 누군가가 1마르크가 필요하다면, 다른 사람이 그에게 1마르크를 빌려준다. 그리고 그는 채무자의 실업 수당 수령 카드를 담보물로 받는다. 내일 수당 지급일에 그들은 구호관청 회계 창구 앞에서 만난다. 그리고 채권자는 채무자가 빌려준 1마르크와 빌려주는 조건으로 받기로 한 50페니히의 이자를 지불할 때까지 채무자를 시야에서 놓치지 않고 주시한다.

입구 쪽 현관에서 빌리 클루다스는 방풍 재킷을 벗어, 사람들이 머무는 공간으로 들어가서 통로의 '거래인'들 사이로 끼어든다. 그는 몇 분 동안 가만히 동료들의 장사 요령을 들여다본 다음에, 커다랗게 소리를 지르면서 알아들을 수 없을 정도로 혼잡한 목소리 속으로 섞여든다. "방한 재킷이요, 흠잡을 데 없이 완벽해요. 단돈 1마르크!" "흠잡을 데 없는 방한 재킷이 1마르크, 외투 대용품이 겨우 10페니히 동전 열 개요!" 얼추 20분이 지나서 그는 관심을 보인 사람과 가격을 둘러싸고 치열한 신경전을 벌인다. 빌리는 동전 열 개를 원하는 반면, 구매자는 아홉 개를 제시한다. 빌리의 엄청난 고집에 화가 난 젊은 실업자는 재킷을 걸쳐 본다. 다행히도 재킷은 잘 맞는다. "깎아줄 거요?" "1마르크요" 빌리는 감정의 동요 없이 말한다. 그런데 처음에 빌리는 그 가격의 절반만 받을 수 있다고 해도 재킷을 넘겨줄 작정이었다. "여기 1마르크가 있소. 노회한 고집쟁이 같으니라고!" 이처럼 엄청나게 행복한 표정을 지으면서 1마르크짜리 돈을 관찰하는 경우를 보는 일은 매우 드물 것이다. 그는 돈을 손바닥으로 꽉 움켜쥐고서, 그 주먹을 바지 주머니에 찔러 넣는다. 1마르크! 숙박료로 50페니히 그리고 담배 열 개비에 20페니히? 맞다! 오래된 빵이 싸니까 10페니히로 빵을 살 수 있겠지? 맞다! 내일을 위해 20페니히를 아껴두자. 그는 즉시 동료 상인에게서 담배 열 개비를 산다. 20페니히에 열 개비다. 끔찍하게 질이 낮은 담배지만, 연기가 피어나고, 담배 향기가 나고, 만족감을 준다.

추위 피난처의 손님들에 익숙해진 아커슈트라세의 빵집 주인은 10페니히를 받고 오래된 빵 8개와 으깨어진 케이크 두 개를 덤으로 준다. "정말 고맙습니다." 빌리는 아주 행복해져서 말한다. 케이크까지 얻었다. 으깨어졌든 제대로 된 모양이든 뱃속에 들어가면 다 똑같다. 빌리는 또다시 5페니히를 희생한다. 추위 피난처의 커피 판매대에서 그는 5페니히를 주고 우유를 탄

커피 한 사발을 얻는다. 쾰른을 떠난 이후 빌리는 따뜻한 음식을 먹어본 적이 없다. 천천히 즐기듯 그는 행복한 미소를 띤 표정으로 더러운 탁자 옆에 앉는다. 그리고 우선 소시지 껍질, 담배꽁초, 구겨진 종이를 손바닥으로 쓸어 바닥으로 떨어트린다. 케이크 조각을 놓기 위해 깨끗하게 치워진 식탁. 그는 뭉그러졌지만, 그렇다고 맛이 덜한 것도 아닌 케이크 덩어리를 눈앞 식탁 위에 놓는다. 맨 마지막에 후식으로 케이크를 먹을 것이다. 먼저 네 개의 빵을 입안으로 쑤셔 넣는다. 이빨로 딱딱해진 빵을 깨물어 잘게 씹는 동안, 갑자기 빌리는 훔친 소시지를 다시금 생각하지 않을 수 없었다. 씹어서 잘게 부서진 빵조각이 그의 입에서 미어져 나온다. 왜 그는 곧장 자신의 재킷을 팔 생각을 하지 못했을까? 그랬다면 그가 도둑질할 필요가 없었을 텐데. 판매원 여자는 분명 엄청 놀랐을 것이다. 그리고 분명 그녀가 손해를 물어내야만 했을 것이다. ……

뜨거운 커피가 불덩어리처럼 그의 목을 타고 흘러내린다. 아아, 마침내 다시 뜨거운 것을 먹을 수 있게 된 것은 좋은 일이다. 그리고 이제, 케이크를 먹을 차례다. 케이크? 마지막으로 그가 케이크를 먹은 것이 언제였지? 교화소에서는 커다란 축제일에만 슈톨렌* 과자가 나왔다. 각자 두세 조각씩 배급을 받았다. 그리고 그 케이크는 설탕 자루 옆에 있었던 빵처럼 단맛이라곤 하나도 없었다. 하지만 여기 이 케이크는! 이런 것이 진짜 케이크지! 케이크 위에는 분홍빛을 띤 부드러운 것이 뿌려져 있다. 그리고 안에는 크림이 가득 들어 있다! 빵집 주인은 멋진 사내. 이 모든 것을 단돈 10페니히를 주고 얻은 것이다. 이제는 담배에 불을 붙이고, 사람들이 추위를 피해 머무는 공간인 건물 안으로 가서 이글거리는 난로 쪽으로 아주 가까이 다가간다. 대피소는 세 시까지 문을 연다. 그는 아직 두 시간가량 불을 쬘 수 있을 것이다.

빌리는 어떤 사내아이 옆으로 가 앉는다. 아직도 어린아이와 같고, 열다섯 혹은 열여섯 살쯤 되어 보인다. 키가 작은 그는 간절하게 원하는 눈빛으로 빌리의 담배를 쳐다본다. 빌리는 그의 시선을 느끼고, 그에게 담배 봉지를 내민다. 작은 아이는 담배를 받은 보답으로 어린 시절에 겪은 자신의 고단한 삶에 관해서 이야기를 해야만 할 것 같은 의무감을 느낀다. 이곳 베를린에 그의 어머니가 살고 있지만, 그는 어머니 집에 살지 않는다. 차라리 그는 추위 피난처로 도망을 치고 밤에 숙소를 전전하는 생활을 선택한다. '무엇 때문이지?' 빌리는 속으로 그렇게 묻는다. 어린아이의 입에서 거칠고 끔찍한 이야기가 튀어나온다. "내 엄마는 창녀야. 그녀는 몸을 팔러 나가는데, 게다가 그녀는 하나밖에 없는

---

* 대개 크리스마스 때 먹는, 건과류나 마지판 등이 속에 박혀 있고, 가루 설탕을 뿌린 독일 케이크.

우리의 방을 두 명의 다른 창녀에게 세를 주었어. 그리고 그녀들이 남자 손님들을 방으로 데려오지. 우리 엄마도 그랬어. …… 그리고 그 상태에서 나는 방을 나누기 위해 친 커튼 뒤로 가 잠을 자야만 했어. …… 그래서 차라리 집을 나와 버렸어. ……" 빌리는 그의 어머니가 적어도 그에게 돈을 주고 지원을 해주는지를 묻는다. "아, 엄마는 모든 것을 술을 마셔 없애버려. 항상 럼주를 마시지. 언제나 물을 타지 않은 순수한 럼을 …… 그리고 지금 엄마는 병원에 갇혀 있어. 매독에 걸렸거든." "그러면 오늘 저녁은 어디에서 자려고 해?" 빌리가 묻는다. "오늘은 아마 슐레지엔 출신의 올가에게로 가야 할 거야. 그녀는 숙박비로 40페니히만 받거든." "나도 거기서 잘 수 있을까? 나도 머물 곳이 없어" "당연하지. 친구." "여기 문을 닫으면 어디에서 시간을 보낼 수 있지?" 빌리가 계속 질문한다. "아하, 그렇다면 9시 반까지 시립 도서관으로 공부를 하러 가자. 그곳도 따뜻해. 거기서 신문이나 소설을 읽을 수 있어. 의자도 있고 아주 밝아." 추위 피난처가 문을 닫는 정각 세 시에 어린 빌리는 -그의 이름 역시 빌리다-새로 알게 된 친구 빌리와 함께 '공부'를 하러 도서관으로 간다.

예전에 왕의 마구간이었던 곳에 세워진 도서관에는 신문 열람실이 딸려 있다. 열람실 이용은 무료로 모든 사람에게 개방되어 있다. 겨울에 열람실은 아주 인기가 많아, 사람들로 넘쳐나는 경우가 자주 있기 때문에 하루에도 몇 번씩 잠시 문을 닫을 수밖에 없었다. 이곳은 쾌적할 정도로 따뜻하다. 천장이 높고 하얀 홀에는 빛과 깨끗함으로 번쩍번쩍 거린다. 모든 벽에는 신문이 빼곡하게 걸려 있다. 감독하는 관리는 오후 시간에 이곳이 추위 피난처의 특징을 너무 뚜렷하게 드러내지 않도록 관리 감독을 한다. 비난으로 가득 찬 표정을 하고서 책상을 두드리는 관리는 집게손가락으로 잠이 든 사람들을 지적하고, 비난받아 마땅한 그들의 행동에 주의를 준다. 그렇게 낙인이 찍힌 사람의 얼굴은 뻔뻔함의 정도에 따라서 다르기는 하지만 뻘겋게 달아오른다. 그리고 이전보다 세 배 정도 열심히 신문 연재소설을 읽는다. 작은 빌리는 이곳을 잘 알고 있다. 그는 잡지 〈짐플리치시무스〉와 〈청춘〉을 가져와서는 재미있게 읽는다. 빌리 클루다스는 잠들지 않고 계속 깨어 있는 것이 어렵다고 느낀다. 그는 슐레지엔 출신 올가의 숙소 매트리스를 간절하게 원한다.

정각 8시 45분에 열람실 감독자는 신문을 제자리에 걸어놓으라고 재촉한다. 몇 분 후에 많은 열람자가 어디로 가야 할지를 알지 못한 채 인적이 없는 브라이테슈트라세 위에 서 있다. 아무런 계획도 없이 돌아다녀야 하는 괴로운 밤이 그들의 눈앞에 펼쳐져 있다. 아침 7시에 아커슈트라세에 있는 추위 피난처의 문이 열리고, 마침내 오래전부터 건물 앞에 모여 기다리고 있던 사람들이 안으로 들어갈 수 있게 될 때까지.

슐레지엔 출신 올가는 베를린 동부 지역에 지하실 방을 소유하고 있다. 그녀는 뒤편의 공간 두 곳을 조금도 안락하지는 않지만, 값이 싼 숙소로 꾸몄다. 텅 빈 공간에 밀짚을 담은 자루 몇 개를 마련해 놓은 것을 실내 설비라고 할 수 있다면……. 하지만 숙소 여주인이 겨우 40페니히를 받고 무엇을 더 제공해야 한단 말인가? 베를린에 수천 개나 있다고 알려진, 고약한 냄새가 나는 전형적인 마당 중 하나로 작은 빌리가 나이가 많은 동료를 이끈다. 많은 사람들이 다녀서 반들반들 닳아빠진 계단을 밟고 아래쪽으로 내려가자 습하고 차가운 썩은 냄새가 훅 불어와 그들의 몸을 휘감는다. 슐레지엔의 올가는 부엌 난롯가에 앉아서 여러 벌의 남자 바지 여기저기를 바느질해서 기우고 꿰맨다. 잠을 자러 온 사람들의 바지다. 지금이 아니라면 언제 그 옷을 수선할 수 있겠는가? 바지 주인이 더러운 덮개 밑으로 잠을 자러 기어들어간 지금이 수선할 수 있는 유일한 시간이다.

잠자러 온 누군가가 필요한 40페니히 돈을 모으지 못한 경우, 올가는 가끔 자신에게 말을 거는 것을 허락하기도 한다. 하지만 그 사내아이가 그녀의 맘에 들 경우에만……. 하지만 올가는 이제 우두둑 소리가 나는 앙상한 뼈마디만 남은 노파다. 그래서 숙박비와 관련해서 그녀가 가끔 보여주는 관용적인 태도는 사내아이들에게는 아주 무시무시한 공포의 대상이다. 돈이 없는 아이들이 잠을 자려고 숙소로 올 엄두를 내는 경우는 아주 드물다. 그는 어떤 일이 그에게 닥칠지 알고 있는 것이다. ……

"안녕, 얘들아" 올가는 다정하게 인사한다. 그리고 다시 검은 눈동자를 닳아서 너덜너덜해진 바지 쪽으로 돌린다. 둘은 저마다 40페니히 동전을 세어 놓고, 별다른 준비도 없이 자신이 누울 곳을 선택할 수 있다. 벽에 아직 남아 있는 더러운 벽지에는 곰팡이가 무성하게 피어있다. 눈매가 예리한 사람이라면 밀짚을 담은 자루가 닿을만한 높이의 벽지에서 손가락에 눌려 죽은 빈대의 역겨운 핏자국들을 셀 수 없을 정도로 자주 볼 수 있을 것이다.

청소년, 남자 그리고 노인이 몸을 웅크린 채로 자리에 누워서, 삶의 비참함을 잊은 채 잠들어 있다. 잠을 자면서 벌어진 입안에 아직도 빠지지 않고 번쩍거리는 젖니가 있는 청소년, 일을 할 수만 있다면 이보다 더 나은 잠자리를 얻을 수 있을 튼튼한 팔을 지닌 성인 남자. 보는 사람으로 하여금 저절로 이보다는 나은 곳에서 자야만 할 것 같다는 생각이 들게 만들 정도로 노쇠한 모습의 노인. 70세 노인의 겨울옷만을 살펴보자! 옷은 너무 크고 헐렁하다. 그리고 다 찢어진 신발 속에 양말도 신지 않은 그의 발이 감추어져 있다. 그는 바지를 수선해주겠다는 올가의 제안을 거부했을지도 모른다. 겨우 끈과 옷핀만으로 연결한 넝마조각은 더 이상 값비싼 실을 사용해서 수선할만한 가치가 없다. 노인은 좀이 슬어 실오라기가 풀린 스웨터 상의를 입고 있다. 가슴 부위에는 활기찬 서체로 Mifa라는 자전거 상표가 새겨져 있다. 아마도 동정심을 느낀 자전거 타는 사람이 그 노인에게 스웨터를 선물했을 것이다. 재킷은 전혀 없고, 모양과 색을 알 수 없게 된 낡은 외투가 재킷을 대신한다. 아주 길고, 가늘고, 주름진 목이 스웨터에서 위로 비어져 나와 있다. 움푹 들어간 새처럼 생긴 얼굴 모습은 이미 무덤에 누워있는 시신의 모습이라고 말할 수도 있을 정도다.

새로운 손님이 와서 말없이 밀짚 자루에 몸을 던진다. 슐레지엔의 올가는 바느질을 마치고, 그 바지를 몸을 덮은 옷가지 위에 올려놓고는, 이제 잠자리 공간 두 곳에 켜 놓았던 작은 램프를 끈다. 더 이상 사람이 오지 않을 것이다. 그녀는 오늘 번 돈을 세고, 그 돈을 혼자서만 알고 있는 은밀한 장소에 숨겨둔 우유 냄비에 넣는다. 올가는 천천히 듬성듬성 남은 황록색의 머리카락에서 바늘을 하나씩 뺀다. 그리고 듬성듬성 남은 머리카락을 말아 올리고, 튼튼하게 땋아 묶는다. 수도관 옆에 놓인 침대 속으로 뜨거운 물을 채운 주머니가 들어간다. 젊은 아이들은 오늘 모두 돈을 지불했다. …… 그런 다음 환상적일 정도로 다양하고 화려한 속옷을 벗기 시작한다. 가볍지만, 단단한 노파의 몸무게를 받아들일 때에도 침대에서는 삐걱거리는 소리조차 나지 않는다. 올가는 다시 한 번 힘들게 몸을 일으킨다. 세탁할 때 쓰는 냄비 뚜껑을 문에 기대어 놓는 것을 잊었던 것이다. 잠을 자러 온 사람 중 누군가가 우유 냄비에 든 돈을 노리고 부엌으로 살그머니 들어오려고 하면, 문에 기대어 놓았던 뚜껑이 쓰러지면서 요란한 소리를 낼 것이고, 슐레지엔의 올가에게 경보를 보낼 것이다. ……

10장

"이봐, 빨리 달려!" - 하켈베르크 씨는 잘못이 없다
- 다시 자유 - 전화를 걸기 위해 필요한 10페니히 -
접선 장소인 식초영화관 -

"우리는 그 작자를 붙잡을 거야."

루트비히에게 판결이 내려진 다음에 또다시 이틀이 지났다. 구치소의 당직 경찰관이 종의 줄을 잡아당긴다. 날카롭고, 잔인한 소리가 잠들어 있는 감옥의 무거운 침묵을 찢는다. 그다음 그 관리가 통로를 급하게 지나간다. "기상! 기상!" 그는 보조 간수들이 감방에서 나올 수 있게 문을 열어주고, 보조 간수들이 수감자들에게 신선한 물을 가져다줄 수 있도록 차례대로 감방 문을 연다. 새로운 날이 시작되었다.

　루트비히는 대야를 들고 안으로 들어가려고 한다. 이때 경찰 한 명이 사무실에서 그가 있는 감방으로 온다. "떠날 채비를 해. 9시에 호송인이 데리러 올 거야" "어디로 가죠?" "H시 교화소" 그런 다음 루트비히는 다시 혼자가 된다. 그러니까 다시 H시로? 전혀 좋은 소식이 아니지만, 이 소식만으로도 루트비히는 기분이 좋아진다. 마침내 감옥에서 나가게 된 것이다. 10시간의 기차 여행. 베를린에서 멀리 떠나가는 것이지만, 기분 전환, 지난 몇 달 동안 영원히 지속될 것 같았던 단조로움에서 벗어날 수 있는 기분 전환이다. 다른 모든 것은 곧 분명해질 것이다. 그는 H시에서 늙을 때까지 머물러 있지 않을 것이다. 그것만큼은 분명하다. 그는 서둘러 단정하게 옷을 차려입고, 광이 나도록 구두를 닦고, 빗질을 하고, 옷매무새를 가다듬는다. 마침내 보조 간수가 정체를 알 수 없는 걸쭉한 커피와 아무것도 바르지 않은 맨 빵 조각을 가져온다. 아직도 성장하고 있는 몸이 항상 느끼는 허기로 그는 마른 빵을 순식간에 해치운다. 그의 단단한 앞니는 오랫동안 씹을 필요가 없다. 루트비히는 떠날 준비를 마치고 삐꺽 소리를 내면서 흔들거리는 걸상에 앉아서 갇힌 개처럼 밖을 향해 귀를 기울인다. 그는 흥분했고, 뺨은 붉게 달아올랐으며, 눈은 반짝인다. 오랫동안 그런 적이 없었다. 반 시간 후면 그는 다시 밖으로 나가고 …… 알렉산더 광장을 지나갈 것이다. 당연히 호송인과 함께 갈 것이다. 그는 멀리서 조폐창의 건물을 볼 수 있을 것이다. 어쩌면 아는 사람을 보게 될지도 모른다. 이때 갑자기 어떤 생각 때문에 그의 목이 막힌다. 기차에 탈 때까지 호송인이 그에게 수갑을 채울까? 그는 그것을 견디지 못할 것이다! 무슨 일이 있어도 절대 안 돼! 루트비히의 감방 문은 잠겨 있다. "준비는 됐나?" 접수 감방에서 루트비히는 빼앗겼던 물건을 전부 되돌려 받는다. 연필, 작은 칼, 담배 조각, 성냥 그리고 작은 메모 공책. 그런 다음 그는 모든 것을 빠짐없이 받았다고 서류에 서명을 해야만 한다. 그는 사무실에 딸린 유치장에서 호송인을 기다려야만 한다.

　루트비히는 환기 구멍을 통해 들려오는 알렉산더 광장의 윙윙거리는 소음을 듣는다. 구두를 신은 발이 또각또각 소리를 내면서 거리를 지나간다. 저주를 퍼붓는 운전사의 목소리, 사무원아가씨의 웃음소리 그리고 조간신문을 사라는 선전 문구를 외치는 단조로운 소년의 목소리. 심장이 터져 나올 것처럼 뛴다. 그의 손이 떨리고 흥분으로 땀이 배어 축축해진다. 곧 밖으로 나갈 것이다. 곧. 그는 사무실에 있는 경찰관들을 건너다본다. 침착하고 온순한 남자들이 사무용 책상 앞에 앉아서, 서류, 서류, 서류를 처리한다. 감옥. 가두는 것이 그들의 직업이고, 그들이 생활하는 환경이다. 그들은 사람을 풀어주는 것만큼 기꺼이 다시 사람들을 가둔다. 들어오고 나가는 것. 그것에 그들의 마음은 조금도 움직이지 않는다. 그것을 결정하는 건 서류다.

키가 작은 남자가 급하게 서두르면서 사무실로 들어온다. 흘러내린 각반에 싸인 짧고 단단한 다리, 가벼우면서도 따듯한 상의 아래에 있는 살이 오른 상체. 흥분한 것처럼 계속 미세하게 떨리는 코안경을 코에 건, 친절해 보이는 붉은 얼굴은 전혀 경찰관의 모습으로 보이지 않는다. 그가 훈육생 루트비히 N의 호송인임을 증명하는 서류를 건넨다. 모든 것이 정상이다. 그에게 상당한 양의 서류가 넘겨진다. 그러고 나서 그는 서류와 훈육생을 제대로 인수받았다는 증명 서류에 서명을 해야만 한다. 베를린 경찰에게 루트비히는 종결 처리된 사건이다. 그는 유치장에서 풀려나 호송인에게 인계된다. 뚱뚱한 그 남자는 그 아이를 잠시 쳐다본다. "자 함께 가지. 안녕히 계십시오, 여러분들."

아래, 경찰 본부 마당에서 그는 멈춘다. "이제 잘 들어, 루트비히. 내 이름은 하켈베르크야. 알겠지만, 너를 H시의 교화소로 데려가야만 해. 이제 전철을 타고 포츠담 광장 기차역까지 간 다음, 안할터 반호프로 갈 거야. 원래 이곳 베를린에서는 자네를 결박해야만 해. 여기 이 물건 보이지." 그리고 그는 루트비히에게 수갑을 보여준다. "하지만 수갑을 채우면 어떤 모습이겠나? 그러니까 자네, 아주 합리적으로 행동하고 서툰 짓을 할 생각은 그만둬. 달아나려고 시도를 하면, 즉시 자네에게 수갑을 채우겠어. 우리가 서로 의견 합의를 본 거지?" 루트비히는 얌전하게 "예"하고 대답한다. 그리고 하켈베르크 씨가 막 불을 붙이려고 하는 시가를 간절한 눈빛으로 바라본다. "담배를 피우고 싶나? 담배 몇 개비를 살 수 있는 곳이 있는지 보기로 하지." 호송인은 루트비히의 구걸하는 눈길에 반응을 보인다.

이제 그들은 거리의 번잡함 속으로 섞여 들어가 걷는다. 다른 경우에는 아무런 관심이 없어 보이는 하켈베르크 씨가 시가를 즐겁게 빤다. 그리고는 루트비히에게 철도 여행을 하기 위해 필요한 행동 수칙을 알려준다. 루트비히는 다시 발바닥 밑에서 길을 포장한 돌들을 느낀다. 몇 달 동안 침대를 벗어나지 못했던 병자처럼 어지럽다. 많은 사람들, 가게들, 저쪽 편에 있는 티츠 백화점. 처녀들 …… 아 맞아, 처녀들. 몇 발자국 걸음을 옮긴다.

지하철 계단까지. 담배 가게에서 하켈베르크 씨가 담배 열 개비를 산다. "여기 있어, 루트비히. 피우게." …… 루트비히는 '고맙다'는 말도 꺼내지 못할 정도다. 누가 그를 이렇게 친절하게 대하고 담배를 선물로 주겠는가? 거의 믿을 수 없는 일이다. 루트비히가 담뱃갑을 열어볼 엄두를 내기도 전에 하켈베르크가 먼저 성냥불을 켜서 그의 얼굴 앞으로 내민다. 그러자 그의 가슴이 뜨거워져 저절로 말이 터져 나온다. "고맙습니다. …… 정말 고맙습니다, 하켈베르크 씨. 오랫동안 아무도 저를 이렇게 친절하게 대해주지 않았습니다. ……" 그가 담배를 피우지 못하고 지낸 것이 얼마나 되었을까? 그는 연기에 목이 걸려 쿨럭 기침을 한다. 그는 연기를 깊이 들이마시고, 다시 짙은 구름 모양을 몸 밖으로 뿜어낸다.

이때 그들이 타고 갈 기차가 들어온다. 엄청난 인파에도 불구하고 하켈베르크 씨는 루트비히를 항상 자신의 곁에 두는 일을 매우 훌륭하게 해낸다. 그는 루트비히에게 서류철과 작은 가방도 주었다. '도망치려고 하면 그는 먼저 그 물건들은 내던져야만 해. 그러면 나는 즉시 그를 붙잡을 수 있지.' 그는 그렇게 생각한다. 프리드리히슈타트 역에서 그들은 기차를 갈아타야만 한다. 중앙의 지하 환승역에 있는 사람들은 두려운 마음이 들 정도로 엄청나게 많다. 모두들 바쁘게 오고 간다. 서둘러 마주 보고 오다가 뒤섞인다. 베를린 사람들은 타야 할 기차를 놓치는 것을 좋아하지 않는다. 기차를 놓친다는 것은 2분을 더 기다려야만 한다는 의미다! 실업자조차 역으로 들어서는 기차 위로 급하게 뛰어오른다. 운 좋게 일하던 과거의 습관이 아직 몸에 배어 있어서 그런 것이다. 항상 ……

　루트비히는 가방과 서류철을 가지고 조금씩 몸을 움직여 인파를 뚫고 걸어간다. 그의 옆에는, 항상 그를 잡을 준비를 한 채 하켈베르크가 서 있다. 그들은 긴 터널, '결핵을 일으키는 통로'를 지나가야만 한다. 두 명의 젊은이가 인파를 뚫고 사람들을 밀치면서 앞으로 나간다. 그들은 터널 건너편 승강장에 있는 기차를 타기 위해서 아무도 배려하지 않고 사람들을 밀치면서 앞으로 나간다. "이봐, 빨리 좀 걸어! 달리라고!" 그중 한 명이 외친다. 그런 다음 인파가 그 두 사람을 삼킨다. "이봐, 빨리 좀 걸어" 그 말이 루트비히에게 아득한 느낌을 불러일으키고, 그의 마음을 일깨운다. 그 말이 그의 옆구리를 쿡쿡 찌른다. '지금이야, 이봐, 빨리 걸어, 달려, 도망쳐, 달아나, 도망쳐!' 열 개비의 담배를 고마워했던 마음은 사라진다. 다른 감정, 자유를 향한 강렬한 충동이 모든 것을 휩쓸어 버린다.

　철썩! 서류철과 가방을 하켈베르크 씨의 다리 앞쪽으로 던져서 그의 앞길을 막는다. 루트비히는 주먹을 사용해서 인파를 뚫고서 길을 만들고는 재빠르게 계단을 내려가 터널 쪽으로 달아난다. 양팔을 사용해서 사람들의 무리를 가르면서, 몸을 이리저리 흔들고, 모든 빈틈을 비집고 들어가서, 벽을 따라서 계속 달린다. 벽 쪽에 가장 쉽게 공간이 생긴다. 아무도 젊은이의 성급함에 대해 놀라지 않는다. 그저 옆구리에 가해진 가격, 뒤꿈치를 밟는 행동에 대해서 욕을 해댈 뿐이다. 루트비히의 내면에서 고함소리가 터진다. '이봐, 이제 달려 …… 달려 …… 달리지 않으면 그가 다시 너를 붙잡을 거야!' 동시에 그는 순간적으로 곰곰이 생각한다. '어디로 달아나지? 만약 기차가 서 있다면 안으로 들어가자. 그렇지 않으면 거리로 올라가서 지나가는 합승 버스 위로 뛰어오르자.' 승강장. 기차가 막 출발한다. 벌써 속도가 제법 난다. 문 쪽으로 …… 어느 정도 기차를 쫓아서 달린다. …… 훌쩍 뛰어오른다! 도움을 주려고 뻗은 손들이 그를 잡아서 객차 안으로 끌어당긴다. 헉헉거리면서 그는 사람들 사이에 서 있다. 기차는 서쪽을 향해 질주한다. 지금 검표원이 차표를 검사하러 온다면, 루트비히, 너는 끝이다.

그러면 하켈베르크 씨의 상황은? 그는 할 수 있는 모든 행동을 한다. 짐을 그대로 놓아두고, 뒤에서 힘겹게 침을 집어삼키고서, "멈춰! 멈춰!" 하고 소리를 지른다. 막 기차가 떠났다는 것이 그의 불운이다. 승강장에서 근무하는 관리는 멈추라는 그의 외침을 기차와 연관 지어서 이해하고는 하켈베르크 씨가 기차로 뛰어오르려 한다고 믿었다. 자기 의무에 충실한 그는 하켈베르크를 잡아서 끌어당기고, 꽉 붙잡았다. 저지를 당해서 약간 어안이 벙벙해진 하켈베르크 씨-그것은 충분히 이해할 수 있다-가 모든 것을 설명하기도 전에, 루트비히는 멀리 도망쳐버렸다. 짐만은 아직 구할 수 있었다. 결국 그는 다시 경찰 본부로 돌아가서, 서면 보고서를 작성해야 한다. 그것은 그의 잘못이 아니다. 호송 서류에는 다음과 같이 명백하게 적혀 있다. '경우에 따라 수갑을 채우지 않을 수도 있다'고.

　루트비히는 기차를 타고 세 정거장을 간다. 그런 다음 기차를 갈아타고 다른 방향으로 간다. 그리고 다시 기차를 갈아탄다. 계속해서 검표원이 기차에 올라오는 즉시 객차에서 내릴 준비를 한 채 그는 문가에 선다. '이제 어떻게 하지? 패거리에게로 돌아가자!' 베를린에서 혼자서는 아무것도 할 수 없다. 그는 5페니히 동전 한 푼도 없다. 그는 의형제 단원들의 고향이나 진배없고, 경찰 본부에서도 아주 가까운 '조폐창' 지역으로 갈 엄두를 내지 못한다. 그러나 조니나 패거리 중 누군가에게 어떻게 소식을 전하지? 그는 슈미트 가게로 전화를 걸 수도 있을 것이다. 이 시각이면 틀림없이 패거리 중 누군가가 그곳에 있을 것이다. 하지만 전화를 걸 동전이 없다! 기차가 질주를 한다. 루트비히는 역 이름조차 알아볼 수 없다. 어디서 동전을 구하지? 건너편 의자에 임자가 없는 오늘 치 신문이 놓여 있다. 거의 펼쳐보지도 않은 새 신문이다. 루트비히는 그것을 집어 든다. <B.Z.>*다. 좋은 생각이 번개처럼 루트비히의 머릿속을 스치고 지나간다. 어떤 역에 멈춰 선다. 게준트브루넨 역이다. 그는 재빨리 기차에서 내린다. 빛이 비치는 위쪽으로, 브루넨슈트라세로 올라간다. 그는 바트슈트라세 방향으로 간다. 시계를 보고, 신문 판매대를 들여다본다. 없다. 석간신문이 아직 도착하지 않았다. 이곳 먼 북쪽 지역에서 '그 신문'은 항상 오후 1시 반쯤이나 되어야 배달된다.

다시 루트비히는 사방을 둘러본다. 보안 경찰? 보이지 않는다. 이제 그는 과감해진다. 그가 외친다. "정오의 B.Z.요! …… 정오의 B.Z. 사세요!" 그리고 팔을 쭉 뻗어서 신문을 몸 앞으로 내민다. 그렇게 네 번을 외친다. 그렇게 해서 신문을 처분할 수 있었고, 전화를 걸 동전을 얻었다. 게준트브루넨 역의 전화박스로 돌아간다. 그는 슈미트 가게로 연결되는 번호를 암기하고 있었다. 패거리의 누군가가 전화를 받기도 전에, 그는 음악 소리를 듣는다.

---

* '베를린 신문'을 의미한다. 울슈타인 출판사가 1904년부터 1943년까지 발행했던 독일 최초의 가두판매대에서 팔았던 대중 석간신문.

분명 트럼펫과 북소리다. 행복한 미소가 그의 얼굴을 스쳐 지나간다. 오랜된 고향 슈미트 가게. 그다음 누군가가 전화를 받는다. 조니다! 조니가 듣고, 길게 질문하지 않는다. 단지 "지금 어디야? 어디서 만날까? 곧장 택시를 타고 그리로 갈게." 하고 말한다. 루트비히는 '**식초 영화관**'으로 와달라고 말한다. 조니는 잘 알고 있다. 늦어도 15분이면 그가 올 것이다. 그러면 문제가 해결될 것이다.

그렇다면 식초 영화관은 무엇인가? 브루넨슈트라세와 볼타슈트라세가 만나는 길모퉁이에 커다란 식초 공장이 있다. 그 지역 모든 곳의 공기에는 항상 자극적인 식초 냄새가 섞여 있다. 행인들은 입을 꽉 다물고 숨을 멈추고 지나간다. 식초 냄새로 그들의 입에 침이 고인다. 그래서 식초 공장 옆에 있는 영화관이 식초 영화관으로 불리게 된 것이다.

루트비히는 아직도 몹시 불안해한다. 그래서 어느 건물의 통로로 들어가서, 그곳에서 택시가 영화관 앞에 멈춰 서는지를 주시한다. 그가, 조니가 왔다. 그는 무엇인가를 찾는 것처럼 주변을 살핀다. 루트비히가 쏜살같이 거리를 가로질러 간다. "안녕, 조니!" 그는 기쁨을 억제할 수 없다. 몇 방울의 눈물이 눈에서 떨어지고, 재빨리 손등으로 눈물을 닦는다. 조니는 그런 상황을 잘 알고 있다. 그는 루트비히에게 힘차게 손을 내밀고, 그를 끌고 술집으로 들어간다. 잠시 진정을 하고 난 다음, 루트비히는 눈에 띄지 않는 평범한 빵집에서 이야기를 하게 될 것이다. 맥주와 코냑을 마신 후 루트비히는 다시 어느 정도 차분해진다. 그들은 작은 카페로 자리를 옮긴다. 뒤쪽 방에는 그들이 유일한 손님이다. 루트비히는 안심하고 모든 이야기를 털어놓을 수 있다. 우선 훌륭한 원두커피와 생크림을 얹은 케이크가 나온다. 루트비히가 오랫동안 본 적이 없는 것들이다. 그가 이야기한다. 슈테티너 역에 있던 사내에 대한 이야기로 말을 시작한다. "우리는 그 작자를 붙잡을 거야." 조니가 말한다.

반 시간 후 조니는 모든 것을 알게 되었다. 며칠 동안 루트비히의 사정은 약간 위험할 수도 있을 것이다. 경찰이 그를 찾으려고 할 것이다. 그리고 만약 루트비히가 잡힌다면, 당연히 집행유예도 취소될 것이고, 사 개월을 감방에서 보내야만 할 것이다. 하지만 크게 보면 그 일은 그렇게 나쁜 것은 아니다. 루트비히는 강력 범죄자가 아니다. 그리고 패거리 중에서 다섯 명이 이미 교화소에서 도망쳐서 '수배자 명단'에 이름이 올라가 있고, 그래서 쫓기고 있는 중이다. 관청들은 달아난 훈육생 때문에 대규모로 검거 행동을 취하기에는 해야 할 일이 너무 많다. 관리들은 그들에게만 신경을 써야 할 필요성을 느끼지도 못할 것이다……

11장

영화관: 잠자는 곳 - 유원지, 엘리와 술집 '고래' -

엘리는 수시로 섹스 상대를 바꾸는 여자 인가?

아침 7시에 빌리 클루다스는 어린 빌리가 흔드는 바람에 잠에서 깨어난다. "엄청나게 눈이 내렸어. 서둘러, 거리 청소부에게로 가자. 그들은 눈이 내리면 항상 임시로 일꾼을 뽑아서 써." 빌리는 금세 정신을 차린다. 옷을 입으면서 그는 어제 남은 빵을 억지로 씹어 삼키고, 동료에게도 건네준다. 부엌에서 그들은 수도꼭지 밑으로 머리를 들이민다. 슐레지엔의 올가는 관대하게도 물기를 닦아낼 천 조각을 내어준다. "빨리 서둘러!" 어린 빌리가 주의를 준다. "재킷을 입고, 옷깃을 세우고 모자를 써. 가자, 빌리" 마당에서 갑자기 어린 빌리가 눈이 녹아 질퍽하게 된 진창에 멈춰 선다. "그런데, 너 서류는 있어? 서류를 제출해야만 하는데." 서류라고? 끝났군, 빌리 클루다스. 교화소 사람들은 교육생이 도망을 칠 때 서류를 함께 주지는 않는다. 어린아이는 순수한 동료애를 발휘해서 "그러면 나도 안 갈래!"라는 말을 내뱉으려고 한다. 이때 그에게 어떤 생각이 떠오른다.

그는 흥분으로 유쾌해져서 제대로 말을 할 수가 없다. "아직 20페니히가 있지, 그렇지? 그것으로 우리 긴 빗자루 막대를 사자. 프리츠는 틀림없이 우리에게 나무 상자 뚜껑을 공짜로 줄 거야. …… 그러면 올가의 집에서 그것에 못질을 해서 넉가래를 만드는 거지. 올가 할머니는 빗자루, 아주 낡은 빗자루를 갖고 있을 거야. 그런 다음, 빌리, 우리는 가게로 가서 '좋은 아침입니다.

가게 앞 인도에 눈이 쌓여 사람이 다닐 수 없을 정도군요. 여기서는 손님이 파리처럼 앞으로 날아가서 고꾸라져 코를 처박을 수도 있어요. 약간의 푼돈을 주시면 저희가 깨끗하게 눈을 치워드리겠습니다. ……' 그러면 빌리, 오후가 되면 몇 마르크는 벌게 될 거야. 멋진 생각 같지 않아?" 그들은 재빨리 가장 가까운 잡화점으로 달려간다. 빗자루 막대는 15페니히다. 그리고 비누를 담았던 상자의 나무 뚜껑은 공짜다. 슐레지엔의 올가가 낡은 빗자루와 몇 개의 못을 내놓을 때까지 그녀에게 아양을 떨고, 그녀를 달랬다. 순식간에 넉가래가 조립되었고, 두 명의 빌리는 잽싸게 밖으로 달려나간다.

브레스랄우어슈트라세로 간다. 딱 들어맞는 시간이다. 상인들이 가게를 열고 아직도 약간 잠에 취한 채 가게 앞에 서서는 쌓인 채 녹아 진창이 된 지난밤의 선물을 본다. 세 번째 가게에서 눈을 치워주겠다는 거래 시도가 성공한다. 가냘픈 잼 가게 여주인이다. 빌리 클루다스는 처음으로 그 넉가래를 사용하고, 어린 빌리가 뒤에서 빗자루로 남은 눈을 긁어내서 쓸고, 가게에서 길에 뿌릴 재를 얻어 온다. 반 시간이 지나자 더러운 눈이 제거되었고, 가게 여주인은 각자에게 30페니히와 부서진 사탕 한 봉지를 준다. 개시를 해서 번 돈이다. 옆 지하실 우유 가게도 즉시 눈을 치우도록 일거리를 준다. 넓지 않은 면적이다. 두 사람 몫을 합쳐 30페니히다. 저편 커다란 세탁 가게는 30페니히도 지불하려고 하지 않는다. 대신 창백한 견습생 여자아이를 거리로 보낸다. "계속하자, 빌리." 어떤 곳에서는 일이 잘되고, 또 어떤 곳에서는 잘 안 된다. 어떤 곳은 이미 청소가 되어 있고, 또 어떤 곳은 10페니히를 벌기 위해 혀가 닳도록 이야기를 해서 설득한다. 다섯 시간 후 두 아이는 프랑크푸르터 알레의 위쪽에서 옷소매를 걷어붙이고 일을 한다. 장사는 더 어려워진다. 도처에서 깨끗한 인도가 반짝거린다. "이제 그만할까, 빌리?" "그래야 할 것 같은데, 빌리" 값싼 음식점에서 점심을 먹는다. 수프와 아주 소량의 야들야들한 푸딩이 곁들여진, 제대로 된 따뜻한 음식을 먹는다. 그런 다음 현금 수입 결산이 이루어진다. 음식값을 제하고도 각자의 주머니에 4마르크와 몇십 페니히의 돈이 남는다. 빌리 클루다스는 몇 년 동안 그렇게 많은 돈을 만져본 적이 없다. 그들은 도구를 슐레지엔의 올가 집에다 맡긴다. 내일 다시 눈이 내릴지 누가 알겠는가. 올가는 사탕 부스러기 한 봉지에 즐거워한다. "여기 오늘 저녁 숙박비 80페니히를 미리 받으세요."

주머니에 찔러 넣은 주먹에 약간의 돈이 쥐어져 있으면 베를린은 전혀 다르게 보인다! 겨우 4마르크인데도 그렇다. 눈을 반짝이면서 빌리 클루다스는 그의 동료 옆에서 거리를 걸어간다. 그들은 배가 부르고, 담배를 지녔고, 이미 숙박비도 지불했다.

그런데도 아직 주머니에서 남은 동전이 부딪쳐서 짤랑 소리를 낸다. "이봐, 영화관에 가지 않을래?" 작은 아이가 묻는다. "뮌츠슈트라세로 가자, 프리츠코우 영화관 입장료는 40페니히밖에 안 해." 뮌츠슈트라세에서 대낮에 영화를 상영하는 프리츠코우 영화관은 그저 격렬하게 싸우는 서부영화나 범죄영화를 상영하는 영화관 역할만 하는 게 아니다. 그곳은 40페니히의 입장료를 지불할 수 있는, 그나마 사정이 나은 사람들에게는 몸을 녹이고 잠을 잘 수 있는 장소이기도 하다. 40페니히를 내면 누구든지 아침 10시부터 저녁 11시까지 앉아 있을 수 있고, 하루에 여섯 번씩 반복되는 똑같은 영화를 보거나 잠을 잘 수도 있다. 원하는 대로 할 수 있다. 그곳 단골손님의 은어로 말하자면 단지 두 시간 영화관에 앉아있자고 입장료를 내고 들어오는 게 아니라는 것이다. 프리츠코우 영화관에서는 '**숙박비**'를 지불하고, 그에 걸맞게 오랜 시간 의자를 차지하고 앉아 있는 것이다. 좁은 영화관에는 항상 터질 듯 사람들이 꽉 들어차 있다. 바싹 붙어 앉은 아이들과 젊은이들 중 일부는 흥미롭다는 듯, 다른 일부는 이미 지루하다는 듯 소리가 잘 나지 않는 화면을 응시한다. 그리고 다른 사람은 숙박비로 지불한 비용을 뽑으려는 듯 벌써 잠을 잤다. 옆 사람 몸에 살짝 기대거나 앞사람이 앉아 있는 의자 등받이에 상체를 기울이고 조끼 단추를 세는 것 같은 자세를 하고 잠을 자고 있다.

빌리 클루다스는 입을 벌린 채 넋을 잃고 화면을 응시한다. 그에게 이 단순한 영화 상영은 일종의 기적이다. 그는 지금까지 유성 영화에 대해서 들어본 적이 없었다. 그리고 화면에 보이는 젊은 여자들 …… 그들의 몸매는 엄청나다. …… 걸을 때마다 신체의 모든 부위가 심하게 출렁거리면서 흔들린다. …… 그녀들이 세련된 신사들에게 몸을 던지고 격하게 키스하는 것을 …… 제기랄! 그리고 노래를 할 때면 들리는 감미로운 목소리가 …… 춤을 추면서 짧은 치마를 던지듯 위로 추어올리는 것을 보면! 빌리 클루다스는 의자에서 불안하게 이리저리 몸을 흔들고, 얼굴은 달아오르고, 그는 땀이 밴 손가락을 흥분으로 길게 잡아당긴다. 저런 여자와 한 번만이라도 같이 있을 수 있다면 …… 그런 여자를 보고, 만약 …… 휴식 시간에 그는 어린아이에게 벌거벗은 여자를 본 적이 있는지 주저하면서 묻는다. 클루다스는 나체를 제대로 본 적이 없다. 어디서 볼 수 있겠는가?

사람들이 열여섯 살 때 그를 교화소로 보냈다. 그곳에 누군가가 뚱뚱한 여자의 나체 사진을 잔뜩 갖고 있었다. 그 아이는 저녁마다 침대가 있는 커다란 강당에서 담배, 소시지 한 조각 혹은 점심에 나온 고기 배식을 받은 대가로 동료에게 그 카드를 빌려주곤 했다. 그러면 아이들은 좀 더 자세하게 관찰하기 위해 카드 그림을 들고 창가로 갔다. 반 시간 동안 그들은 그곳에서 사진에 찍힌 나체를 바라보았다. 그리고 나중에 침대에서 …… 그러니까 대체 어떻게 하면 좋을까? 그리고 아주 어리고 밝은 금발과 여자아이처럼 부드럽고 하얀 피부를 지닌 오토 켈러만. 사람들은 그를 오틸리에라고 불렀다. 오틸리에를 얻고자 하는 자는 돈을 지불해야만 했다. ……

그런데 어린 빌리의 사정은 그것과는 전혀 달랐다. 그의 사춘기는 빌리가 자고 있는 방에서 남자들과 성관계를 맺는 그의 어머니 때문에, 손님을 방으로 데려오고 가끔 술에 취해 그의 침대로 다가오던 세입자 창녀들 때문에 망가졌다.

"자, 꼬맹이 빌리야. 곧 너도 그렇게 될 거야 …… 가만히 있어. 꼬맹이야 …… 귀여운 놈, 가만히 있어. 이놈아"

스무 살이 된 빌리 클루다스가 오직 지저분한 사진과 동료들의 추잡한 말을 통해서 알고 있었던 성의 '신비로움'이 훨씬 조악한 상황 속에서 살았던 열세 살 어린 빌리에게는 뚜렷하게 자신의 본 모습을 드러냈다.

그들은 영화관을 나서서 다시 뮌츠슈트라세로 나섰다. 빌리 클루다스는 모자를 눌러 쓴, 돈으로 살 수 있는 여자들의 얼굴을 들여다본다. 그리고 부르는 소리에 즉각 반응하도록 몸에 밴 여자들의 미소가 그의 몸을 건드리면, 가슴과 엉덩이가 자랑을 하듯 요란하게 움직이면, 관능을 자극하는 열기가 그의 내면에서 펄펄 끓어오르고, 온몸을 간질이면서 훑고 지나간다. 그 열기에 목이 바짝 마르고, 다리가 후들거린다. 그러면 주머니 속에 든 축축한 손이 동전을 만지작거린다. …… 그 돈이면 여자 한 명은 충분히 차지할 수 있을 것이다. 하지만 그는 어린 동료에게 부끄러움을 느낀다. 혼자였다면 저항할 수 없었을 것이다. 만약 혼자였다면 …… 어린 동료가 묻는다.

"이제 뭘 할까?" "여자아이들이 많은 곳에 갈 수 있지 않겠어?" 빌리의 반문이다. "유원지에 갈까?" 어린 동료가 제안한다. "그곳에 여자들이 있어?" "물론이지. 원하는 만큼……. 화장실 뒤에서는 50페니히면 돼." 사정을 훤히 꿰고 있는 아이의 대답이다.

쉴링브뤼케 옆에 있는 슐레지엔 유원지. 동베를린에 사는 모든 패거리들이 모이는 엘도라도 같은 환락이 넘치는 오락장이다. 매일 애인을 둘러싸고 치정 싸움이 벌어지는 현장. 베를린에서 가장 끔찍한 지역. 학교에 다니는 여자아이들. 퇴학당한 아이들. 구타. 공중그네 타기 다섯 번. 경마장에서 말타기 혹은 계절에 따라 제공되는 아이스크림이나 감자전. 매춘을 하는 미성년자 중에서 경험이 쌓인 아이들은 현금 지불만을 고집한다. 성행위가 이루어지는 화장실 뒤편. 머리카락이 이마 위로 흘러내려오도록 뻔뻔하게 모자를 머리 위쪽으로 치켜 쓴, 입가에 담배를 문 열네 살에서 스무 살쯤 된 남자들이 열둘에서 열여덟 살쯤 되는 여자들의 줄 사이를 지나가며 살핀다. 눈빛-단지 눈빛만이 아니고-이 여자의 몸을 더듬는다. 몸의 주인은 고마워하고 우쭐거리면서 모든 것이 잘 드러나도록 자신에게 주어진 역할을 충실히 수행한다.

공중그네 앞에 풍만한 몸매를 지닌 예쁘장한 열여섯 살 여자아이인 엘리가 서서 휙휙 지나가는 곤돌라 그네를 간절한 눈빛으로 바라보고 있다. 어린 빌리는 엘리를 알고 있다. "그녀와 사귀고 싶어?" 그가 빌리 클루다스에게 묻는다. 재빠르고 완벽하게 소개가 이루어진다. 빌리는 세 번 탈 수 있는 탑승권을 끊어서 엘리와 함께 곤돌라에 올라탄다. 조종간이 휙 당겨진다. 그러자 곤돌라가 몇 번 흔들리고 난 다음 위쪽에 설치된 공중 발판을 건드릴 정도로 높이 올라간다. 주인이 온 힘을 다해서 브레이크를 밟아야만 한다. 그네에 앉아 있던 엘리는 겁을 먹은 것처럼 애교를 부리며 빌리의 무릎을 움켜쥔다. 다시 한 번 타고, 한 번 더 탄다. 그런 다음 그들은 다시 땅 위로 내려선다. 엘리는 몸을 쭉 편다. 그리고 심하게 흐트러진 머리카락을 매만져 가다듬는다. 그리고 욕망에 굶주린 빌리에게 자신이 얼마나 성숙한 몸을 지녔는지 보여준다. 그 남자아이는 잘 생겼고, 그리고 힘이 있다.

…… 나이 많은 빌리가 그의 새로운 '신부(新婦)'에게 무엇을 빚지고 있는지 이미 잘 알고 있던 어린 동료 아이가 여자아이를 초대해서 감자전을 먹으러 가자고 말한다. 그 어린 동료가 어쩔 줄 몰라 하며 뚫어지게 앞만 바라보고 있는 나이 많은 친구를 대신해서 그녀를 초대한 것이다. 감자전을 먹은 다음 빌리는 '강철 호수'에서 빌린 작은 썰매에 올라타서 엘리 옆자리에 앉는다. 곡선으로 휘어진 빙판길에서 엘리는 옆에 앉은 빌리가 자신의 부드러운 몸을 느낄 수 있도록 훌륭하게 자신에게 주어진 역할을 마무리한다. 술꾼처럼 빌리는 비틀거리면서 썰매에서 내리고, 엘리의 팔을 잡아 자신의 몸에 지그시 댄다. '어린 빌리는 어디로 갔지? 마침 그가 가서 잘 되었어. 올가의 집에서 다시 볼 수 있겠지.' 엘리가 무엇인가를 마시고 싶어 한다. "어디로 갈까?" 빌리가 묻는다. 그들은 유흥장 바로 앞에 있는 술집 '고래'로 간다.

맥주를 파는 커다란 술집에는 1월 1일부터 12월 31일까지 일년 내내 독한 맥주의 원료가 되는 호프를 엮어 만든 화환이 매달려 흔들거린다. 분위기를 살리는 트럼펫과 북이 악단에서 수석 바이올린의 역할을 맡아 지휘를 한다. 그들은 주인에게서 가능한 한 음악 소리를 커다랗게 내도록 모든 감각과 의상을 집중하라는 엄격한 명령을 받았음이 분명하다. 자신들의 자리를 유지하려는 욕구를 충족시키기 위해서라도 그들은 성공적으로 그 일을 수행해야 한다. 왜냐하면 사람들로 가득 찬 술집에서 손님들은 술에 취해 내지르는 유쾌한 고함소리와 소란스러운 행동을 즐기기 때문이다. 이미 오래전에 바닥을 긁으며 이리저리 움직이는 의자들이 술집의 개별 탁자 사이로 난 좁은 통로를 점령했다. 술집 전체가 북적거리는 혼란 자체이고, 품질이 좋은 순수한 외국산 담배가 아닌 나쁜 담배를 피워 생긴 짙은 연기가 자욱하게 끼어 있었다. 길이 사라진 초소 위에서 길을 찾는 보이스카우트 단원과 같은 종업원들이 모든 통로 사이에 서 있다. 그의 열 손가락에는 모든 물리적 중력법칙을 거스르면서 맥주 '조끼'들이 들러붙어 있다. 양팔에는 떨어지지 않도록 각각 팔오금으로 눌러 고정시킨 무거운 돼지족발을 담은 타원형 접시가 들려 있는 경우도 있다.

경찰이 야간 순찰을 도는 늦은 저녁 시간까지 연주하려면 지금은 무조건 연주를 끝내고 악기를 내려놓고 쉬어야만 한다는 사실을 연주자들은 잘 알고 있다. 그래서 북 연주자에게 특별히 강한 소리를 내서 연주를 끝내도록 눈짓을 보낸다. 그 신호대로 연주가 끝난다. 사람들의 무리가 사납게 고함을 지르는 기괴한 모습이 일이 초 가량 더 지속된다. 무리를 이룬 그 사람들의 성대는 요란한 악단과의 거친 싸움을 통해서 제대로 단련되어 있다. 그런 다음 자신들의 고함 소리에 몹시 놀라서 술집이 조용해진다. 한순간의 정적을 뚫고 높고, 힘차지만, 듣기 좋은 여자아이의 목소리가 파고든다. "시가요, 담배요, 초콜릿이요!" 담배를 파는 아이의 목소리다. 빌리는 손짓을 해서 그녀를 부른다. 자신을 위해서는 담배를, 엘리를 위해서는 초콜릿 한 판을 산다. 바로 그때 종업원이 주문한 맥주가 담긴 커다란 500미리 잔을 가져온다. 지불을 하고 나자 빌리에게 남은 돈은 이제 20페니히다. 그에게는 아무래도 상관없다. 엘리는 외투를 벗고, 얇고 헐렁한 새빨간 옷을 입은 몸을 사내아이에게 드러낸다. 그 옷이 아주 커다란 소리로 그녀의 몸이 지닌 장점을 알려주는 것 같다. 엘리는 이글거리는 눈빛으로 뚫어져라 빌리를 쳐다보고, 그가 앉은 자리로 가까이 다가온다. 그 사이 누군가가 기부한 맥주를 마시고 새로 기운을 차린 악단이 다시 연주를 시작한다. 손님들도 다시 서로의 얼굴을 향해 고함을 지르고, 분명 건강한 활력이 넘쳐나는 자신들의 풍부한 성량을 즐긴다.

　11시에 빌리는 엘리를 집으로 바래다준다. 엘리는 집안의 모든 일을 혼자서 처리하는 가정부다. 그녀를 고용한 주인은 일층에 산다. 그리고 엘리는 마당 쪽으로 창이 난 작은 방에 얹혀산다. 미친 듯 뛰는 심장을 진정시키면서 빌리는 아주 깜깜한 마당에 서서, 아래층 어디에선가 창문이 열릴 때까지 기다린다. 몇 분 후에 그는 엘리의 방에 앉아 있다. 그들은 이야기를 많이 할 수 없다. 주인은 일찍 잠자리에 든다. 하지만 …… 빌리는 그곳에서 나무토막처럼 뻣뻣하게 말없이 앉아있다. 두려움, 당혹감. 여자를 원하는 욕구가 소용돌이치고, 급하게 움직이고 혼란스럽게 뒤섞인다. 그는 엘리가 옷을 벗는 모습을 지켜본다. 그리고 빨간 옷에서 하얗고 포동포동한 두 개의 팔이 피어나는 것을 본다. 희미한, 완전히 정신을 빼앗는 따뜻한 여자의 살 냄새가 그의 주위를 감싸서, 그는 참지 못하고 한숨을 내쉰다. 엘리는 이불 밑에서 마지막 남은 속옷을 벗기 위해 털썩 침대에 주저앉는다. 마침내 그녀의 부드러운 나체가 그의 몸에 찰싹 달라붙고, 그녀가 거의 아이를 낳은 여자들처럼 풍부한 가슴 사이로 그의 달아오른 얼굴을 누르자, 몇 년 동안 교화소의 규율 때문에 내부에 고여 있던 고통스런 성적 욕구가 거의 짐승 같은 울부짖음으로 발산된다.

두 시간 후 빌리는 어린 사내아이처럼 의기양양하게 조용한 밤거리를 천천히 걷는다. 그의 내면에서는 위대한 체험이 노래를 부르면서 환호성을 지른다. 동료들이 진흙탕으로 끌고 가서 더럽히는 것을 수천 번쯤 들었던 위대한 체험. 오랫동안 교화소 구금 생활을 하느라 그에게는 금지되었던, 하지만 그의 본능은 원하던 그 위대한 체험. 그가 잠 못 이루고 괴로워하는 밤이면 화려한 색채로 눈앞에 그려보았던 위대한 체험. 작고, 뚱뚱한 엘리의 팔에서 겪은 위대하고 아주 멋진 체험…….

빌리는 행운아다. 그는 엘리와 함께 낮에 번 돈 전부를 썼다. 아침에 어린 빌리가 그의 옷자락을 쥐고 흔든다. "빨리 일어나, 또 눈이 왔어!" 눈이 왔다고? 그러면 그는 다시 돈을 벌 수 있다! 넉가래와 빗자루를 들고 나간다. 일을 하면서 어린 빌리는 엘리와 함께 어떻게 밤을 보냈는지 묻는다. 하지만 빌리는 대답을 회피한다. '그렇게 멋진 일은 가슴속에 담아두고 말하지 말아야 해. 아, 엘리…….' 넉가래가 기름을 칠한 듯 매끄럽게 움직이고, 빗자루는 그 속도를 거의 따라오지 못한다. 그리고 오후가 되자 그들은 합쳐서 거의 10마르크를 벌었다.

삼일 후. 새로 눈이 내리지 않았다. 그래서 빌리는 몇 푼의 돈을 아껴서 사용한다. 아침에 빌리는 녹초가 되어 잠에서 깨어난다. 온몸이 쑤신다. 그에게 무슨 일이 생긴 것인가? 그가 어린 친구에게 몸이 쑤신다고 설명하자, 그 아이는 혼자서 미소를 짓고는 묻는다. "벌써 자세히 살펴봤어?" 자세히 살펴본다고? …… 살펴본다고 무엇을? "네가 엘리와 잠을 잔 게 분명해!" 곧 어린 빌리는 큰 빌리가 임질에 걸렸다는 것을 확인한다. "당장 의사에게 가. 14일이 지나면 더러운 병이 사라질 거야" "의사? 하지만 나는 돈도 필수 서류도 없어." "없어도 돼. 빌리. 전부 공짜야."

오후 늦게 어린아이가 그를 쾰른 공원 근처의 커다란 건물로 데려간다. 수위가 번호표를 나누어주고, 뒤쪽 건물로 가라고 지시한다. 홀에는 거의 백 명쯤 되는 어린 사내아이들과 성인 남자들이 당황하거나 무덤덤하게 미소를 지으며 대기하고 있다. 열여섯에서 스무 살 이하의 청소년이 압도적으로 많다. 빌리의 번호가 호명되자 간호사가 그를 진찰실로 안내한다. 그곳에 환자용 침대가 놓여 있다. "어떤 이름으로 할까?" 공무원이 묻는다. 빌리는 주저한다. "개인 신상을 말할 필요는 없어. 진료 기록 서류를 작성하기 위해서는 어쨌든 이름이 필요하기 때문에 그런 거지." 공무원이 용기를 북돋아 준다. "슈뢰더" 빌리는 신중하게 생각해서 말한다. 그는 작은 회색 카드를 받는다. '**베를린 시립 의료보험 공단. 진료 분야 C, 슈뢰더 씨**' 라고 적혀 있다. 그런 다음 그는 커다랗고 하얗게 칠해진 홀로 안내되어 간다. 그 홀은 여닫을 수 있는 이동식 벽으로 여러 개의 작은 진찰실로 나누어져 있다. 각각의 진찰실에는 책상 하나, 검사용 의자 그리고 다른 의약 기구들이 있다.

한 의사가 빌리를 진찰한다. "어디에서 병에 걸렸나?" 빌리는 침묵한다. "그녀를 의사에게로 데려갈 수 있도록 그 사람의 이름을 말해줄 수 없나?" 무슨 말을 해야 할까? 엘리를 배신해야 하나? 안 돼. 내가 직접 그녀를 이곳으로 보내겠어. "그 여자아이의 이름을 모릅니다. …… 유원지에서 알게 되었어요. …… 그 아이가 어디에 사는지 모릅니다." 수시로 섹스 상대를 바꾸는 것으로 의심되는 인물, 이름과 주소 불명, 의사가 진료 서류의 '감염 원인'란에 적는다. 'H. w. G.' 수시로 섹스 상대를 바꾸는 것으로 의심된다는 뜻을 지닌 의료기관의 줄임말이다. 그 줄임말은 매춘 혐의를 받고 있는 사람들에게도 적용된다. 의사는 간호사 한 명을 진찰실로 부른다. "혹시 모르니 이 사람의 혈액을 채취해서 검사실로 보내세요." 빌리의 왼쪽 팔에서 채취한 혈액은 검사실로 보내져서 그곳에서 바서만 반응 조사를 받는다. 삼일 후에 빌리는 임질 이외에 엘리에게서 기념물로 매독을 함께 받았는지 알 수 있을 것이다. ……

진료실로 보내는 치료 의뢰서와 함께 빌리는 '성병 환자들을 위한 소책자'를 받는다. 그 책자에는 인생의 지혜가 뚝뚝 묻어나는 다음 문장이 적혀 있다. '성병으로부터 가장 확실하게 보호를 받는 방법은 결혼 전에 모든 성교를 피하는 것이다.'

12장

저 많은 돈이 어디서 났을까? - 아넬리제, 패거리
의 애인 - 레켈러 지하 술집과 쥐 조련사 파울레 -
뮐렌슈트라세에서 패거리들이 벌인 집단 패싸움 -

고트헬프, 패거리의 대부

루트비히가 갇혀 있는 동안 패거리 안에서는 많은 것이 변했다. 모든 아이들이 새 옷을 입고 있다. 몇 명, 프레트, 조니 그리고 한스는 머리 꼭대기에서부터 발끝까지 새 옷으로 단장했다. 좋은 정장과 겨울 외투까지 입었다. 돈도 있다. 조니는 즉시 의형제 단원들 사이에서 루트비히를 환영하는 연회를 열기로 한다. "루트비히가 감방 생활을 잊어버리도록 하기 위해서"라고 한다. 루트비히는 42마르크를 받는다. 그는 자신의 외투와 소소하게 필요한 물건을 구입해야 한다. 그가 모험을 감수하고 혼자의 힘으로 자유를 얻은 날 저녁에 그를 맞이하기 위해 술집 순회가 거창하게 열릴 예정이다. 동료 모두가 루트비히가 돌아온 것을 진심으로 기뻐한다. 그리고 그가 지하철에서 아주 과감하게 호송인을 따돌리고 도망을 쳤다는 사실 때문에 모든 사람이 그의 서열이 몇 단계는 올라간 것 같다고 느낀다. '위험한' 물품 보관증이라는 사실을 속이고 그것을 루트비히에게 준 슈테티너 반호프의 그 자식은 그들의 손에 걸리면 뼈도 못 추리게 될 것이다. "아주 비열한 새끼야. 만약 그놈이 조용히 루트비히에게 다가와서 '이것은 위험한 보관증인데, 이걸 주고 가방을 가져다줄래?, 이익은 반반으로 하자'라고 말했다면, 그 제안은 솔직한 것이라고 할 수 있지. 하지만 그렇게 …… 그 자식이 우리의 손에 걸리기만 하면!"

루트비히는 도망친 날 저녁에 여러 술집을 다니면서 모습을 드러내는 것에 두려움을 느낀다. 서류가 없으면 사소한 검문에도 붙잡힐 수 있다. 서류, 서류 …… 조니는 곰곰이 생각한다. 그런 다음. "루트비히, 같이 좀 가자." 그들은 그레나디어슈트라세로 간다. 베를린의 게토 지역, 은밀하고 엄청난 일들과 숙소들이 있는 거리. 조니는 지하실 가게 앞에 서 있는 유대인 노파와 몇 마디 말을 나눈다. 그녀가 지하실에서 어린 사내아이를 부르고, 무슨 심부름을 시킨다. 몇 분 후 그 아이는 기름때에 절은 카프탄 옷을 입은 작고, 풍상에 시달린 표정을 지닌 어떤 유대인과 함께 돌아온다. 노인의 수염과 머리카락은 희끗희끗하게 센 녹색이고, 엉켜서 떡이 져 있다. 작은 눈이 불안하게 이리저리 주변을 살핀다. 유대인은 조니와 루트비히에게 가게 안으로 들어오라고 요구한다.

'가게'라는 명칭은 듣기 좋으라고 무책임하게 붙인 말일 뿐이다. 쌓여 있는 물건은 십 마르크만 주면 몽땅 살 수 있는 것들이다. 형편없이 쪼그라든 과자 몇 개, 흔하게 볼 수 있는 마늘 그리고 유대인 관습에 맞게 깨끗한 재료로 만든 마가린 꾸러미. 가게는 그저 핑계일 뿐이다. 물품 보관창고가 있어야 할 필요가 없는, 벌이가 더 좋은 다른 사업을 감추기 위한 위장 외투일 뿐이다. 그들은 창이 없는 어두운 뒤쪽 골방으로 간다. 유대인은 더 이상 소파라고도 할 수 없는 낡은 소파 위에서 루트비히와 조니 사이에 자리를 잡고 앉는다. 늙은 장물아비는 경건하고 겸손하게 그러면서도 아무것도 모른다는 듯 핏줄이 검게 비치는 손을 얌전히 포갠다. "신사 양반들이 원하는 게 뭡니까?" "여기, 내 친구가 서류가 필요하오." 조니가 말을 시작한다. "서류라 ⋯⋯ 오 ⋯⋯" 벌써 노인은 주저하면서 의심을 한다. 위조 서류는 곤란한 물건이다. 조니는 등록증이나 실업 수당 수령 증서를 얻는 대가로 15마르크를 주겠다고 제안한다. 노인의 손가락은 초조하게 카프탄을 이리저리 잡아당긴다. 돈에 대한 욕심과 두려움이 팽팽하게 균형을 이룬다. 없다고, 서류를 갖고 있지 않으며, 자신은 정직한 사람이라고 말한다. 그렇다고 ⋯⋯ 하지만 ⋯⋯ 그는 서류를 마련해 줄 수 있는 누군가를 알고 있다고 한다. "그러면 속히 그리로 갑시다." 조니가 그의 말을 끊는다.

그 '누군가'가 마당 쪽으로 난 건물 5층에 사는 늙고 주름이 자글자글한 노파임이 밝혀진다. 우선 노인이 노파와 많은 말을 주고받는다. 동유럽 출신 유대인이 쓰는 사투리 유대어와 표준 유대어, 독일어가 끔찍하게 뒤섞인 말이다. 그런 다음 노인이 징징대는 목소리로 그녀의 집에 누군가가 살았고, 경찰에 전입신고를 했으며, 문제가 될 만한 소지가 전혀 없다고 조니와 루트비히에게 이야기한다. 하지만 어느 날 그 사람이 더 이상 나타나지 않고, 늙고 정직한 여인에게서 집세를 떼어먹고 달아났다고 한다. 그가 아주 더러운 상의, 모자 그리고 담배 상자에 경찰서 전입신고서, 납세 증명서, 세례 증명서가 포함된 몇 가지 서류만을 남겨놓았다고 한다. "그 서류들을 좀 보여주시오." 조니가 요구한다. 전입 신고서에는 1908년에 쾨니히스베르크에서 태어난 아우구스트 칼바이트가 그레나디어슈트라세에 있는 집에 월세로 살고 있다는 내용이 적혀 있다. 루트비히는 1912년에 태어났고, 도르트문트 사람으로 쾨니히스베르크가 어디에 처박혀 있는지 전혀 알지 못한다. 하지만 그 밖에 다른 면에서 보자면 그 증명서는 나쁘지 않다. "그 남자가 살았던 방이 어떤 방이오?" 조니가 묻는다. 노파가 그들을 아주 형편없는 공간으로 이끈다. "방세는 얼마요?" "주당 5마르크요." "그리고 서류는 얼마요?" 다시 두 늙은이 사이에 끝없는, 조니와 루트비히가 소화할 수 없는 지루한 대화가 시작된다. 마침내 서류 값으로 10마르크, 유대인의 수수료로 5마르크를 지불하기로 결정이 난다.

끝났다. 조니는 노파에게 서류 값으로 10마르크와 첫 주 방세로 5마르크를 지불한다. 유대인도 자신의 수수료를 받는다. 루트비히는 새로운 이름과 함께 방도 얻었다. 이제 '아우구스트 칼바이트'는 더 이상 검문을 두려워할 필요가 없다. 물론 그 서류가 경찰본부에서도 통용될 수 있는 것은 아니다. 그곳에는 루트비히의 지문과 사진이 있다. 그리고 진짜 아우구스트 칼바이트가 어떤 불법 행위를 저질러서 수배자 명단에 올라 있을지도 모른다. 어쩌면 심한 불법 행위를 저지른 사내아이일지도 모른다. 그레나 디어슈트라세의 의심스러운 숙소에 머문 것으로 보았을 때 그럴 만한 개연성이 아주 없는 것도 아니다. 하지만 이런저런 '가정'과 '만약의 경우'를 진지하게 받아들여서 위험을 감수하려고 하지 않는다면, 차라리 루트비히는 지금 즉시 경찰본부에 가서 자수를 하는 편이 나을 것이다. 법의 테두리 밖에 있는 삶은 결코 아브라함의 무릎에서 느끼는 안락함과는 다르다. ……

그는 노파로부터 현관문 열쇠를 건네받고는 조니와 함께 외출한다. 뮌츠슈트라세에서 둘은 헤어진다. 루트비히는 외투를 사기 위해 고물상으로 간다. 그리고 조니는 프레트와 '무엇인가를 하려고 한다.' '뭔지 모르지만 그들은 무엇인가를 감추고 있어' 루트비히는 그렇게 생각한다. 나중에 만날 장소는 저녁 8시 알렉산더 광장에서 가까운, 프렌츠라우어슈트라세에 있는 '레켈러' 지하 술집이다.

알렉산더 광장! 베를린 '범죄 세계'의 중심지. 사람들은 범죄 세계를 알고 있다. '베를린 범죄 세계의 환경'이라는 영화를 본 사람 중 누가 그 세계를 모르겠는가? 연미복과 광택이 나는 에나멜 구두를 신고, 부유한 가정집을 터는 고상한 도둑들을 누가 모르겠는가? 살인을 변태적인 시간 보내기로 여기는 무시무시한 금발의 여성 범죄자를 누가 모르겠는가? 그리고 아파치 인디언 춤이 이루어지는 '**동화 같은**' 진짜 범죄자의 지하실, 포마드를 듬뿍 바른 강도, 불꽃처럼 붉게 타오르는 고수머리를 한 몸값 2마르크짜리의 멋진 매춘부를 누가 모르겠는가? 지하실에 모여 이단적인 의식을 거행하는 은밀한 모임과 밟으면 밑으로 푹 꺼지는 비밀의 함정 문을 누가 모르겠는가? 하지만 그것은 상상력이 빈약한 영화감독과 저속한 심성을 지닌 다른 사람들이 만들어 낸 아주 싸구려 착상일 뿐이다. 하지만 유흥을 즐기려는 자들은 바로 그런 것을 요구한다. 그들은 값비싼 칸막이 좌석의 의자에 앉아서 소름을 느끼면서 다른 사람의 처지가 되어 느껴보려고 한다. 그 때문에 '**범죄 세계**'가 촬영되어 영화로 상영되는 것이다. 비참한 사회 속에서 실재하는 베를린의 진짜 범죄 세계는 쿠어퓌어스텐담 같은 번화가의 취향과는 전혀 다르다. 그래서 사람들은 베를린을 위해서 조금 전에 말한 것처럼, 프랑스에서 편안한 삶을 누리는 하느님의 경우처럼 형편이 좋은 '**범죄 세계**'를 고안해냈다. 바라보기만 하면 즉시 드러나는 환경을 피상적으로만 관찰하는 자는 베를린 범죄 세계 전체를 지루해 죽겠다고 생각할 것이다. 흥미로운 것이 전혀, 조금도 없다고 생각할 것이다. 피는 베를린 범죄 세계에서도 아주 특별한 경우에나 볼 수 있는 체액이다. 베를린의 강도들도 죽음을 피할 수 없는 다른 인간들과 마찬가지로 영화관에서 '악마 같은' 범죄자에 놀라 영사막을 쳐다볼 것이다. 살아있는 동안 평생 짧은 자유, 몇 년이라는 긴 세월을 감옥에 갇혀 보낸 생활, 영원히 법을 피해 달아나는 도피 행각 사이에서 살아가는, 그리고 즐거운 며칠을 보낸 다음 그만큼 더 커다란 결핍 속에서 근근이 살아가는 범죄자들의 마음속으로 파고 들어가기 위해서는 아주 세밀한 연구가 필요할 것이다.

스스로 선택한 운명이라고? 항상 그런 것은 아니다. 언제나 그런 것은 아니다! 교화소에서 훈육을 받는 청소년기의 아이들, 미래의 범법자들을 위한 교육 기간은, 빌어먹을!, 결코 '스스로 선택한' 운명이 아니다. 게다가 전과자! 시민 계급이 갖고 있는 편견에서 생겨난 극복하기 어려운, 유리처럼 단단한 장벽과 분노에 찬 복수심으로 수많은 전과자들이 인생에서 실패한다. 다시 질서가 잡힌 삶에 맞추어 살기를 바랐던 수많은 사람들이 실패한다.

우선 오늘날 베를린에는 수백 편의 영화 속에서 사람들이 본, 범죄자가 모이는 지하 술집 같은 것은 더이상 존재하지 않는다는 것은 쉽게 확인된다. 리니엔슈트라세, 마리엔슈트라세, 아우구스트슈트라세, 요아힘슈트라세, 보르지히슈트라세, 그 밖의 다른 길가에 있는 이런 종류의 지하 술집들은 대공황 직후 전부 문을 닫아야만 했다. 그리고 이미 이른 오전 시간에 취주악기가 요란하게 음악을 연주하는 규모가 큰 맥줏집은 한 무리를 이룬 엄청난 숫자의 포주, 노숙자, 우발적 범죄자들이 모여서 기다리는 대기실이다. 하지만 이런 손님들은 술집 주인의 주머니를 윤택하게 만들어 주지는 않는다. 이런 술집들이 지닌 진짜 매력은 매춘이다. 매춘, 오직 매춘만이 이런 가게들을 유지시킨다. 그것이 이곳으로 '손님'들을 끌어들이고, 흥청망청 마시도록 자극한다. 매춘부들은 아직 '혼자' 앉아 있을 때는 아무것도 먹거나 마실 필요가 없다. 그들은 이 탁자 저 탁자로 돌아다니면서 동석을 하겠다고 제안을 하거나, 범죄 세계를 '연구하려고' 술집에 온 손님들에게 독주를 사달라고 해서 마신다. 그리고 이런 술집에서 실제로 '소동이 벌어지면' 그 모든 것은 짜고 치는 것이라고 어느 정도는 확실하게 말할 수 있다. '구경꾼'들이 술을 퍼마시면서 그 안락하고도 무서운 분위기에 빠져드는 데 필요한, 나중에 주변 사람들에게 '멋진 범죄자 술집'에 관한 이야기를 할 수 있도록 미리 각본을 짠 것이다.

범죄 세계라는 주제를 선택해서, 백 퍼센트 유모가 들려주는 동화로 만들어 식탁 위에 올려놓은 것은 연극 무대가 먼저지만, 이제는 범죄 세계가 사람들을 실망시키지 않기 위해 연극 무대를 향해 손을 뻗고, 그에 적합한 언론의 광고란을 이용한다. 중세풍의 미식가 식당 광고와 사교계의 무도장을 알리는 광고 사이에서 그런 광고가 소리를 지른다. '베를린 범죄 세계를 알고 싶습니까? 알렉산더 광장에 있는 유럽에서 가장 유명한 식당으로 오십시오!' '유럽에서 가장 유명한 식당'이 별로 해롭지 않은 '창녀들의 무도회장'이라는 사실이 대체 무슨 문제라도 되는가? 그것은 그냥 사람들이 인용하면서 언급하는 범죄 세계일 뿐이다. '대도시 베를린 만세'라는 말로 범죄 세계의 장이 끝나게 될 것이다. 그것은 지나치게 아름다워서 진실이라고 말할 수 없다.

밤 21시에서 24시 사이에 알렉산더 광장의 모습. 이 혼잡한 인간들 속에서 타락한 갖가지 형태의 매춘이 시작되는 곳은 어디일까? 이제 막 교화소에서 도망쳐 나온 열다섯 살 창녀에서부터 육십 살 먹은 '교활한 늙다리'에 이르기까지 모든 창녀들이 열에 들뜬 것처럼 '고객'을 사냥하러 나선다. 남창(男娼)들은 전부 크게 무리를 지어서 화장실 앞에, 버스 정류소에, 커다란 술집 앞에 모여 있다. 남녀 노숙자들이 몸을 숙인 채 주위를 배회한다. 멈춰 섰다가, 다시 간다. 아무런 목적지도 없이. 그리고 역사 앞 공터에 쌓여 있는 판자 더미에 앉는다. "이곳에서 떠나가!" 보안 경찰의 순찰. 계속, 계속 가라고, 하지만 어디로? 경찰 본부의 거대한 윤곽이 마치 유혹하듯 손짓한다. 그곳에는 먹을 것, 마실 것 그리고 침대가 있다. 하지만 절망한 누군가가 가게 진열창의 유리를 부수고 나서야 그런 것을 누릴 수가 있다.

포주라는 '직업'이 지닌 아주 저열한 모습이 유감없이 드러난다. 알렉산더 광장에만 수백 명의 포주들이 있다. 거리는 그들의 소유물이다. 매춘을 하는 젊은 여자들도 그들의 소유물이다. 그들은 자신들이 데리고 있는 '갈보'가 가는 곳마다 따라다닌다. 그들은 자신이 데리고 있는 '젊은 여자'들의 장점을 떠벌려서, 관심을 보이지만 망설이는 행인들에게 용기를 준다. 지나가는 행인들은 포주에게서 칭찬의 소리를 듣거나 말 거래소의 늙은 말처럼 자세히 관찰을 당한다.

우파UFA 영화관 옆 맥주를 파는 지하 술집에서 고함을 지르는 손님들이 떼를 지어 몰려나온다. 순식간에 교통이 전부 막힌다. 구분이 안 되는 검은 덩어리 형태를 이룬 많은 사람들이 서있다. 그들이 검은 형태를 이루면서 이쪽으로 밀려온다. 무슨 일이 일어난 것일까? 그건 일상이다. 무리를 이룬 그들 가운데 창녀와 포주가 있다. 그는 쉬지 않고 그 여자를 때린다. 그녀는 앞으로 몸을 숙이고, 얼굴을 보호하기 위해 양손으로 얼굴을 가린 채 무리의 가운데에 서 있다. 도살장의 짐승처럼 서 있다. 열광하고 격려하는 소리가 군중 속에서 들려온다. "프리츠, 그녀에게 제대로 한 방 먹어. 엉덩이를 차버려!" 그리고 프리츠는 매에 관해서라면 인색하게 굴지 않는다. 그는 아낌없이 '준다.' 어떤 손도 어떤 입도 그녀를 보호하기 위해 움직이지 않는다. 남자들은 완전히 자기들끼리 쑥덕거린다. 여자가 '매'를 맞는다면, 당연히 그렇게 매를 맞을만한 충분한 이유가 있을 것이라고들 쑥덕댄다. 마침내 경찰이 와서, 사람들로 이루어진 견고한 장벽을 뚫고서 원안으로 들어온다. "무슨 일이지?" "아무 일도 아닙니다." 포주는 그 여자가 자기 부인이라고 자신의 신분을 당당하게 말할 수 있다. 그리고 경찰의 질문을 받고서도 그의 '부인'은 고발을 하지 않는다. 아마도 그녀는 남편이자 포주인 그 남자의 좋은 친구들로부터 병신이 될 정도로 두들겨 맞지 않기 위해 몸을 사리는 것이리라. "아무렇지도 않아요." 그녀는 그렇게만 말한다. 그런데 그녀의 코에서는 피가 멈추지 않고 흘러내린다.

군중은 다시 흩어진다. '매질'이 더 이상 없을 것이다. 흥미가 사그라진다. 그 창녀는 버스 정류소의 기둥에 기대어서 피를 닦으면서 훌쩍거린다. "에디트, 이제 그만 좀 징징거려." 아주 유쾌해진 포주가 그렇게 말을 한다. 그리고 에디트는 입을 다물려고 경련이 날 정도로 애를 쓴다. 하지만 가끔 흐느낌이 입 밖으로 새어 나온다. 그녀는 눈물로 화장이 지워진 얼굴을 다시 꾸미기 위해 립스틱과 분첩을 꺼낸다. 그런 다음 두 사람은 팔짱을 끼고 가까운 레켈러 지하 술집으로 들어간다.

그 술집은 유일하게 남은 범죄자 지하 술집이라는 이름을 내걸 수 있는 술집이다. 하지만 이곳의 설비도 모든 것이 유흥업계의 동향에 맞춰서 이루어졌다. 지금은 범죄 세계가 유행이다. 어둠침침하고 현란한 조명이 있는, 천장이 낮고 둥근 공간. 계속해서 석회로 덧칠한 오래된 벽에서는 끔찍한 곰팡이 냄새가 피어오른다. 피아노 연주자는 뒤엉킨 피아노 줄을 두들기면서 어느 정도 이해할 수 있는 연속적인 음을 끄집어내려고 절망적으로 노력을 한다. 손님은 알렉산더 광장의 주변에서 흔히 볼 수 있는 보통 사람들이다. 그리고 아주 소수의 구경꾼들이 있다. 레켈러 지하 술집은 외부에서 보면 아주 무시무시하게 보인다.

가장 뒤쪽, 제일 어두운 구석의 탁자에 의형제 패거리들이 앉아 있다. 그들 사이에 십칠팔 세쯤 되어 보이는 여자아이가 앉아 있다. 의형제 단원의 새로운 애인인 아넬리제다. 그들이 여전히 루트비히가 이해할 수 없는 방법으로 항상 돈을 지니게 된 다음부터, 아넬리제는 패거리의 공유물이 되었다. 루트비히가 새 외투를 입고 온다. 제일 먼저 아넬리제가 소리가 나게 키스를 하면서 그를 맞이한다. 그들은 처음 보는 사이다. 조니가 루트비히에게 그녀가 이제 한패가 되었다고 설명한다. 다른 의형제 단원들이 "안녕하십니까, 칼바이트 씨"하고 비꼬는 말로 그를 맞이한다. 대체로 루트비히는 손님처럼 환영을 받는다. 아넬리제는

'아무 잘못도 없이 모아비트 교도소에 수감되었던 가련한 사내'의 무릎 위에 앉아서, 기회가 생길 때마다 쓰다듬고 키스를 해서 그를 위로한다. 독주를 한 순배 돌리면서 모두들 엄숙하게 말한다. "루트비히, 너의 건강을 위하여." 그런 다음 그는 이야기를 해야만 했다. 그들이 어떻게 그를 잡게 되었는지를, 심문 과정을, 알렉산더 광장의 경찰 본부 유치장에서 보낸 며칠을, 청소년 전담 재판소의 재판과 그가 어떻게 설탕 봉지에서 '엘제 이모'의 비밀 통신을 알아차리게 되었는지를 이야기한다. 음식이 어떻고, 대우가 어떤지를 그리고 프리드리히슈타트 반호프에서 어떻게 도망을 칠 수 있었는지를 자세하게, 아주 자세하게 이야기한다. 그러니까, 호송인은 분명 점잖은 친구였다. 하지만 어쨌든 자유는 자유다. 전화를 걸 잔돈을 마련하는데 커다랗게 일조를 한 의자 위에서 발견한 신문 'B.Z.'에 대해서 루트비히가 이야기하자 패거리들은 루트비히를 엄청 자랑스러워한다. "제기랄, 정말로 머리가 잘 돌아가는군!" "건배, 아우구스트 칼바이트!" 조니가 덧붙여 말한다. "너를 속인 그 작자를 잡을 수 있기를 바라면서 건배!"

피아노 연주자는 '룸바'*를 연주하겠다고 미리 광고를 했지만, 건반을 두드려 탱고 혹은 블랙 바텀**이라고 말할 수도 있는 이상한 음악을 끄집어낸다. 젊은 여자들은 애인과 함께 춤을 출 수 있는 몇 제곱미터의 공간을 찾는다. 아넬리제도 루트비히를 힘껏 잡아끈다. 이제 그는 '룸바'를 추어야만 한다. 어제 이 시각에 그는 경찰서 유치장의 나무 침대에 누워 있었다. 뱃속에서는 저녁으로 먹은 밀가루 수프에 꾸르륵 소리가 났다. 그리고 유치장 밖 복도에서는 징을 박은 경찰의 구두가 또각또각 요란한 소리를 냈다. "아넬리제, 키스해 줘." 그는 재빨리 그녀에게 속삭인다.

술값을 계산했다. 의형제단은 밖으로 나간다. "멕시코 술집으로 갈까?" "아니, 차라리 거기는 가지 말자." 프레트가 미소를 지으면서 말한다. 뮌츠슈트라세에 있는 '알렉산더 샘물'은 매우 지저분한 술집이지만, 항상 몸이 부딪칠 만큼 사람들로 넘쳐난다. 금속악기에서 들려오는 거친 음악이 맥주잔의 거품을 불어 떨어트린다. 그리고 엄청나게 피워댄 담배 연기에 종이 화환이 계속 흔들린다. 모든 연령대의 청소년 패거리, 조직 범죄단의 조직원, 가장 밑바닥의 매춘 남녀, 부랑 노숙자, 남녀 거지들. 이들 모두가 얼굴에 기름이 번들거리는 가게 주인을 위해 열심히 돈을 제공하는 것이다. 주인은 자기 가게의 엄청난 악취를 더 이상 참지

---

* 쿠바에서 유래한 빠른 리듬의 춤. 1930년 무렵부터 미국과 유럽 각지로 전파되어 사교춤으로 유행했다.
** 미시시피강 기슭에서 살던 흑인들의 춤에서 유래한 4/4박자의 느린 폭스 트로트의 춤이다.

못하고 문 앞에 서 있다. 가게는 엄청나게 많은 사람들로 꽉 차 있다. 늦게 온 손님들은 바람막이 근처에 멈춰 서서, 맥주와 독주를 달라고 고함친다. 패거리는 넘쳐나는 사람들 사이를 이리 저리 헤집으면서 앞으로 나간다. 송곳을 세울만한 틈도 없다. 맨 뒤쪽, 화장실 앞쪽 약간 높은 장소에서 의형제 단원들은 이미 너무 많은 사람들이 앉아서 꽉 차버린 두 개의 탁자에 끼어 앉았다. 사람들은 기꺼이 서로 몸을 바짝 붙여서 그들이 앉을 수 있는 자리를 만들어준다. 루트비히, 아넬리제, 조니와 프레트는 불법 이민자 수용소의 수감자같이 생긴 수척한 사람들 사이에 앉는다. 수척한 자들은 이곳에서 위험한 자신들의 삶을 이루는 사다리를 설탕을 탄 럼주인 콕스와 한 방울의 라즈베리즙을 탄 브랜디를 마시면서 잊으려 한다. 조니는 탁자에 앉은 모든 사람에게 콕스를 한 순배 대접한다. 수용자처럼 보이는 자들도 함께한다. 당연하다. 길고 하얀 수염을 무성하게 기른 노인은 여전히 저녁을 먹는 중이다. 왼손에 반쯤 벗겨진 소시지 끝부분이 들려 있다. 그리고 그는 오른손에 들린 감자껍질 벗기는 칼로 소시지를 한 조각씩 자르고, 작은 빵 조각과 소시지를 함께 칼로 찍어서 입으로 가져간다. 희고 풍성한 머리카락을 지닌 노인의 얼굴은 삼월 전기* 시대를 주제로 다룬 영화의 잔해처럼 보인다. 그런 영화에서는 정원 울타리에 선 얌전한 아이가 5페니히 동전을

착한 노인의 챙 넓은 모자 속으로 던져 넣는다. "이봐요, 할아범, 이제 집으로 돌아가야 하는 거 아니요?" 프레트가 묻는다. "집으로 간다고?" 노인이 잠깐 고개를 쳐들었다가, 이제는 자투리만 남은 소시지 조각으로 다시 시선을 돌린다. 그런 다음 말한다. "오늘 '보스트' 그 작자가 나를 집에서 쫓아낼 거야. 그자가 나흘 치 숙박비를 받아내려고 할 거라고. 이제 끝이야. 두말하면 잔소리지."

차분하게, 객관적으로, '보스트'라는 자가 옳다는 것을 확신하면서, 음식 씹는 소리에 끊긴, 웅얼거리는 그런 말들이 그의 입에서 새어 나온다. 술집의 열기 때문에 땀이 그의 얼굴에 패인 주름을 타고 아래로 줄줄 흘러내린다. 하지만 외투를 벗도록 노인의 마음을 움직일 수는 없다. 아마 그는 외투 밑에 재킷을 입지 않았을 것이다. 그는 모자는 벗었다. 새하얀 머리카락이 귀와 외투 컬러를 덮고 있다. 검붉은 구릿빛이 도는 그의 얼굴에 매를 맞은 개의 눈빛이 자리를 잡고 있다. 두 번째 독주와 시가로 늙은 거지는 약간 자의식을 되찾는다. "할아범은 지금 어디에서 오시는 길이요?" 그는 서베를린, 비템베르크 광장이 있는 지역에서 구걸을 하고 다녔다. 계단을 오르고, 계단을 내려간다.

---

* 독일 문학사에서 1848년 3월 혁명 이전의 시대인 1815-1848년 사이를 가리킨다.

아침 9시부터 그는 돌아다녔다. 총 72페니히, 몇 개의 빵 조각, 그리고 두 개의 레이스 장갑-그는 그것을 자랑스럽게 보여준다-을, 서로 모양이 비슷비슷한 장갑, 즉 두 개의 오른쪽 장갑을 구걸해서 얻었다. 그 지역의 모든 '세련된 신사 양반들'은 그런 것이 없어도 잘 지낼 수 있을 것이다.

어떤 사건을 이야기할 때는 분노 비슷한 것이 그의 목소리에 섞여든다. "어떤 건물 5층에 있는 호텔의 부엌문을 두드렸지. 종업원 한 명이 내게 5페니히 동전을 주려고 할 때, 주인 여자가 나타났어. '일하지 않는 사람들에게 왜 돈을 주는 거야. 이 사람은 아주 건강해. 최소한 침실 양탄자의 먼지라도 털 수 있다고.' 그 할망구가 그렇게 말했어. 그러자 내 속에서 분노가 치밀어 올라왔지. '바닥에 놓고 신발을 문지르는 당신의 낡은 깔개를 주시오. 먼지를 털어드리지.' 나, 허리가 굽은 구스타프가 다섯 층을 내려가서 먼지를 털고, 다시 올라갔지. 그런데 그 할망구가 뭐라고 했는지 알아? '노인 양반, 이제 당신은 아까 그 5페니히를 일해서 번 거야. ······' 그 여자는 고상한 귀부인 흉내를 내고 싶었던 거야!"

그 노인은 골로우슈트라세 숙소에서 나흘 치 숙박비를 지불하지 못했다. 그리고 오늘 최소한 이틀 치 숙박비를 지불하지 않는다면, '보스트'라는 자가 그를 쫓아낼 것이다.

"나이가 얼마나 되었소, 영감?" "일흔 넷…… 아니 여든 둘…… 일흔 살." 그는 더 이상 정확한 자신의 나이를 알지 못한다. 그는 포젠에서 태어났다. 자신이 폴란드인인지 독일인인지도 모른다. 그것이 그에게는 아무래도 상관없는 일이다. 젊어서 그는 우유를 짜는 일꾼이었다. 농장 전체에서 가장 민첩하고 가장 정직한 일꾼이었다고 그는 강조한다. 그런데 나중에 그가 자신을 밀친 암소의 옆구리를 걷어차서 농장의 주인 '나리'께서 그를 해고했다고 한다. 하지만 그것은 아무렇지도 않았다. 그는 군대를 가야만 했다. 그런 다음 방랑이 시작되었다. 독일, 오스트리아, 스위스, 이탈리아, 프랑스와 스페인. 그 모든 나라를 복음을 전파하는 사도처럼 걸어서 다녔다. 수 년, 수십 년 동안. 나이가 들어 전쟁이 일어나기 직전에 다시 독일로 돌아올 때까지. 전쟁 중에는 어떤 탄약 공장에서 노동자로 일했고, 몇 년 그리고 또 몇 년을 다시 유랑 생활을 했다.

마침내 그는 베를린에 도달했고, 또다시 길을 떠나기에는 늙어 호흡이 가빠졌기 때문에 사백만이 사는 이 도시가 그가 걸어야 할 길이 되었다. 부모님이 어디서 돌아가셨는지 그는 알지 못한다. 그의 다섯 형제자매가 아직 살아 있을지도 모르지만, 그들이 어디에 살고 있는지 역시 알지 못한다. 그는 영화관에 가본적이 없다. 그에게 책은 단지 '이야기들이 적힌 어떤 것'일 뿐이며,

그에게 신문은 포장지로서 더 커다란 의미를 지닐 뿐이다. 하지만 오랜 실제 경험을 통해서 그가 배운 것이 한 가지가 있다. 그것은 베를린에서든, 이탈리아에서든 혹은 다른 오버슐레지엔 지역에서든 상관없이 뭔가를 주거나, 선물하는 것은 부자들이 하는 행위가 아니라는 사실이다. 그들은 거지들에게 달려들도록 개를 몰아대거나 요란한 소리가 나도록 세게 문을 닫아 버린다. 당연히 굶주림과 비참함을 알고 있는 가난한 사람들만이 무엇인가를 줄 것이다. 오버슐레지엔 지방의 동료, 이탈리아의 날품팔이나 베를린의 실직자들만이 그럴 것이다. 노인은 내일 주로 노동자들이 거주하는 베딩 지역으로 가려고 한다. 그는 그 지역을 잘 알고 높이 평가한다. "몇 페니히 동전, 동전뿐이지. 하지만 작은 동물도 여러 마리가 싸면 커다란 거름 더미를 만들 수 있어." 그는 말하면서 얌전하게 모자를 다시 썼다. 모자는 옷보다 좀 더 잘 어울린다.

　프레트는 갑자기 관대한 마음이 들어서 노인의 숙박비 마련을 위해 패거리들에게 돈을 걷는다. 성공이다. 2마르크 85페니히나 모았다. 늙은 거지는 처음에는 믿을 수 없다는 듯 5페니히와 10페니히 동전을 집어 든다. 그들은 분명 그를 놀리려고 하는 것이다. 하지만 주머니에 돈을 집어넣자마자 그는 술집을 빠져나간다. 손에 쥔 자가 임자다. 사내아이들이 술을 마시는데 돈을 다 쓰고 난 다음, 그에게 다시 돈을 달라고 요구할지 누가 알겠는가? 그러니까 즉시 사라지는 것이 현명하다. 보스트는 그를 쫓아내지 못할 것이다. 그는 밀린 숙박비를 받게 될 것이다. ……

루트비히는 계속해서 패거리 안에서 생긴 새로운 변화를 알아챈다. 프레트가 갑자기 패거리의 자금 관리자가 되었다. 그리고 모든 단원은 일주일마다 1마르크를 패거리의 공동 자금으로 내야만 한다. 조니, 한스, 프레트, 콘라트는 아넬리제와 함께 바트슈트라세에 있는 불구자이자 전과자인 사람의 집에 숙소를 마련했다. 하인츠, 에르빈, 발터 그리고 게오르크도 두 사람씩 고정 은신처를 마련했다. '그들이 그 많은 돈을 어디서 구한 거지' 루트비히는 곰곰이 생각한다. 그는 물어볼 엄두를 내지 못한다. 그 아이들은 술집을 떠난다. 이렇게 많은 사람들 사이에서는 한 마디도 대화를 나눌 수 없다. 그들은 슐레지셔 반호프로 가서, 그곳에 있는 카페 '칼침'으로 가기로 결정한다.

어떤 이유에서 가게 '칼침'이 술집이 아니라 카페라고 불리게 되었는지 설명하는 일은 피비린내가 풍기는 별명 '칼침'이 생겨난 이유만큼이나 설명하기 어려운 일이다. 손풍금 연주자, 궁정 가수, 자연 과학자라고도 불리는 넝마주이, 대개 어떤 신체적 결함이 있는 남녀 거지들이 그곳의 단골손님이다. 그들은 영양이 풍부한 구운 고기, 최소한 소시지 조각이라도 얻어먹게 될 때에만 칼침 같은 가게를 높이 평가한다. 주인의 특별 요리는 아무도 들어본 적이 없는, 젤리 속에 든 돼지 족발이다. 패거리는 모든 족발 요리를 싹쓸이해서, 긴 저녁 축하연을 거행한다. 살을 발라 먹은 깨끗한 다리뼈가 식탁에 쌓인다. 주인은 은밀하게 빵을 새로 가져오도록 길 건너편 빵 가게로 사람을 보낸다. 모두들 도리깨질을 하는 막노동 일꾼처럼 엄청나게 먹어댄다.

손잡이를 돌려 풍금을 연주하는 불구자가 계산대에 몸을 기대고 있다. 왼팔 소매가 비어서 헐렁하게 축 늘어져 있다. 유일하게 남은 불구자의 오른손이 커다란 독주 잔을 들어 입으로 가져간다. 한 모금. 술로 축축해진 입술이 특이한 모습을 이루고 휘파람 소리를 낸다. 마치 명령이라도 받은 것처럼 상의의 양쪽 주머니에서 커다랗고 하얀 쥐 두 마리가 달려 나온다. 그리고 능숙하게 불구자의 어깨 위로 기어 올라가서는 뒷발을 짚고 일어선다. 주위에 서 있던 손님들의 웃음과 박수. 불구자는 쥐들의 묘기로 사람들의 칭찬을 받는다. 그는 반쯤 채워진 독주 잔을 들고 쥐의 코밑에 갖다 댄다. 두 마리의 쥐가 머리를 잔 속으로 숙이고 감미로운 독주를 조금 홀짝인다. 다시 들리는 휘파람 소리. 쥐들은 얌전히 상의 주머니 속으로 사라진다. 불구자는 만족해서 남은 술을 전부 들이켠다. 그 짐승들이 그의 여정에 동행한다. 음악에 맞춰서 뒷다리를 짚고 일어서고, 불구자의 바지 속으로 사라졌다가 열린 상의 컬러에서 다시 모습을 드러낸다. '쥐 **조련사 파울레**'는 그가 종사하는 업계에서 잘 알려진 인물이다. 그리고 조련한 쥐들의 인기 덕분에 돈벌이가 나쁜 편은 아니다.

　배를 채운 의형제 단원들은 맥주를 앞에 두고 빈둥거리며 앉아 있다. 아넬리제는 불안하게 의자 위에서 이리저리 몸을 흔든다. 불안한 눈빛을 한 채 난로 가까이에 있는 탁자를 바라본다. 그곳에 젊은 사내아이가 앉아서 적개심에 가득 찬 눈빛으로 의형제단을 응시한다. 그리고 그의 눈빛이 아넬리제의 불안한 눈빛과 마주치자, 아넬리제는 더욱 불안해한다. 갑자기 그 사내가 다가와 패거리 앞에 선다. "아넬리제, 이리로 와!" 그 소리는 잔인하고 위협적으로 들린다. 겁먹은 아넬리제가 막 그 말을 따르려 한다. 이때 조니가 벌떡 일어선다. "그녀에게 원하는 게 뭐야?" "너와는 상관없는 일이야, 늙은 원숭이 새끼!" 전혀 친절하지 않은 대답이다. 조니 특유의 재빠르고 순간적인 주먹질에 그 사내아이는 강하게 뺨을 얻어맞는다. 그런 주먹질에 제대로 대처를 하기도 전에, 두 번째 공격이 그를 엄습한다. 그리고 그는 멋지게 곡선을 그리면서 거리로 나가떨어진다. 그는 다시 술집으로 들어올 엄두를 내지 못한다. "아넬리제, 저자가 누구야?" 조니가 묻는다. 아넬리제는 울면서 말한다. "그러니까, 알고 있잖아 …… 프리델 페터스의 패거리 중 한 명이야."

아넬리제가 일주일 전에는 다른 패거리, 즉 프리델 페터스 패거리의 애인이었다. 하지만 프리델과 지내는 삶이 아넬리제에게는 더 이상 쾌적하지 못했다. 돈이 있는 사람이 아무도 없었다. 그리고 어느 날 프리델이 그녀에게 "아넬리제, 네가 우리를 위해 돈 벌러 가야겠어"라고 말했다. 그녀가 조니의 패거리에 들어온 것은 이들이 돈을 갖고 있기 때문이었다. 아넬리제는 중공업 공장을 소유한 기업가의 애인이 했던 것과 같은 행동을 한 것이다. 공장 소유주가 자신에게 줄 용돈을 더 이상 쉽게 마련하지 못하면 공장 소유주의 애인은 당장 은행장에게로 갈 것이다. ……

"그러면 우리는 오늘 밤 소소한 싸움을 치러야 할지도 모르겠군." 콘라트가 생각에 잠겨 말한다. "네 말이 맞겠지." 조니가 대답한다. "프란츠, 커다란 잔으로 독주 10잔만 줘요!" 프레트가 주문한다. 독주는 다가올 싸움을 위해 마시는 것이다. 조니는 손가락에 끼우는 금속 고리를 두 개 갖고 있다. 그는 그중 한 개를 콘라트에게 준다. 그는 원한에 가득 차서 들쭉날쭉한 쇠붙이로 식탁을 힘껏 내리친다.

"독주 10잔 더", 조니가 주문한다. 연달아서 재빨리 마신 알코올로 사내아이들은 반항적이고 호전적이 된다. 하지만 아넬리제를 데려가려고 오는 자가 없다. 여전히 겁쟁이처럼 훌쩍거리는 아넬리제는 자기 때문에 싸움이 일어날 수도 있다는 사실에 기분이 좋아진다. 하지만 지금 술집은 매우 평화롭다.

이런 분위기를 잘 모르는 어떤 젊은이가 술집으로 들어와서 주인과 협상을 한다. 일자리가 없는 재주꾼, 곡예사다. 지금 술집은 터질 것처럼 사람들로 가득 차 있었지만, 그는 주인에게서 자신의 묘기를 보여줄 수 있도록 허락을 받아낸다. 이런 부류의 사람들 속에서는 그런 것이 흥미를 유발한다. 사람들은 자발적으로 곡예를 부리는 데 필요한 의자 두 개를 곡예사에게 내어주었다. 마치 대가족 구성원들처럼 손님들은 모두 그 곡예사를 둘러싸고, 긴장해서 앞으로 벌어질 일을 기대하면서 지켜본다. 등받이 맨 꼭대기를 한 손으로 잡고 물구나무를 서는 묘기다. 술에 취한 외팔이 생쥐 곡예사 파울레가 뒤에서 소리친다. "별것도 아니군. 내 묘기를 한 번 보시지 ……" 곡예사는 '뱀처럼 몸을 자유자재로 휘는' 곡예를 선보인다. 얼굴로 피가 몰려 푸르딩딩하게 변할 때까지 몸을 비틀고 잡아당긴다. 그것이 강렬한 인상을 준다. 모두들 곡예사의 묘기에 사로잡혀 꼼짝도 하지 않는다. 주인도 사람들을 헤치고 다가온다. 그리고 종업원은 주문한 맥주를 쟁반에 둔 채 잊어버려서, 맥주에서 김이 빠진다.

이제 '이빨 차력' 차례다. 곡예사는 먼저 이빨로 끈을 물어 의자 하나를 공중으로 들어 올린다. 그런 다음 두 번째 의자를 올려 무게를 늘린다. 그것이 공연의 절정이다. '이빨 차력'은 엄청난 인상을 준다. 특히 어마어마하게 힘을 쓰고 있다는 것을 곡예사의 얼굴에서 분명하게 알아볼 수 있어서 더욱 그렇다. 얼굴이 일그러지고, 피가 쏠려 붉으락푸르락 변한다. 눈알이 두드러지게 붉어지고, 온몸이 경련으로 떤다. 손님들은 쉴 새 없이 열광한다. 곡예사에게는 돈을 걷으러 다니기에 가장 좋은 기회다. 성공적이다. 현금 1마르크 80페니히. 적절한 능력을 보여주기만 한다면, 거지들도 돈에 대해 인색하게 굴지 않는다. 곡예사는 생쥐 곡예사 파울리로부터 독주를 사겠다는 초대를 받는다. 그는 입 주변에 묻은 피를 은밀하게 닦아낸다. 야만적인 '이빨 차력'으로 그의 잇몸이 찢어졌다.

증명이 된 곡예사의 힘도 의형제 단원의 타오르는 전투 욕구를 가라앉히기에는 충분하지 않다. 프리델 페터스와 그의 동료가 아넬리제를 데리러 오기만 한다면! 이런, 이런, 맥주잔이 날아다니고, 부러진 책상다리가 공중으로 휙휙 날아다닐 것이다! 그런데 아직 아무 일도 일어나지 않는다. 그들이 그렇게 비겁하고 동료가 당한 구타를 복수하지 않고 그대로 넘어가려고 한다면, 그렇게 하라지. "가자, 우리는 충분히 오래 기다려 주었어." "어디로?" "바르슈아우어 브뤼케에 있는 '민헨 아주머니' 집으로 가자." 그곳에는 아마 '남성 동성애자'들이 있을 것이다. 조니가 30마르크가 넘게 나온 술값을 지불한다. '저 많은 돈이 어디서 났을까?' 루트비히는 다시 생각한다.

　조용한 거리에는 숨어서 기다리는 다른 패거리 아이들 모습은 전혀 보이지 않는다. 의형제단은 슐레지셔 반호프를 지나서 죽은 듯이 조용한 뮐렌슈트라세로 접어든다. 그들 앞쪽으로 100미터쯤 떨어진 곳에서 누군가가 서둘러 거리를 가로질러 건너가서, 건물 전면에 드리워진 그림자 속으로 사라진다. 패거리는 네 명씩 이 열로 대형을 이루고 앞으로 간다. 대형 사이에 두려움으로 몸을 떠는 아넬리제와 가장 어린 발터가 있다. 다시 누군가가 차도를 급하게 건너간다. 이번에는 그가 조니로부터 거칠게 두들겨 맞은 사내아이라는 것을 알 수 있었다. "손가락에 끼는 금속 고리 갖고 있지, 콘라트?" "물론이지!" 콘라트가 대답한다. 백 미터를 걸어간다. 뮐렌슈트라세가 폭이 넓어지면서 루멜스부르거 광장으로 이어진다.

　"모두 튀어나와!" 패거리와 아주 가까운 곳에서 요란한 소리가 난다. 의형제단의 앞·뒤쪽 건물의 출입문에서 사내아이들 열두어 명이 뛰어나온다. 조니가 있는 의형제단의 앞쪽 열과 콘라트가 있는 뒤쪽 열이 공격을 받는다. 발터는 아넬리제와 함께 서둘러 거리의 다른 쪽으로 간다. 하지만 발터는 안전한 곳에서 구경만 하고 있을 수 없어서, 신음과도 같은 울음소리를 내고 있는 아넬리제를 홀로 남겨두고는, 서로 엉켜서 싸우고 있는 사내아이들 속으로 깡충거리면 뛰어든다. 조니와 콘라트의 손가락에 끼인 금속 고리가 상대의 턱을 가격한다. 쉭 소리를 내면서 상박근을 때리고, 단단한 두개골을 둔탁하게 때린다. 싸움은 거의 소리 없이 이루어진다. 시끄러워지면 즉각적으로 경찰의 특별 기동대 차량이 그곳으로 출동하리라는 것을 두 패거리 모두 잘 알고 있다. 경찰은 패거리 간에 벌어지는 내부의 파벌 싸움에서는 불청객이다.

조금만 더 밝았으면 좋겠는데! 의형제 단원은 다른 의형제 단원의 옷자락에 걸린다. 그리고 상대편의 사정도 별반 다르지 않다. 상황은 이미 공격자들에게 상당히 불리해 보인다. 손가락에 낀 금속 고리가 그들의 두개골이 견디기에는 너무 단단하다. 이때 총성이 울린다. 탕! 채찍이 공기를 가르는 소리 같다. 발터가 길 옆 하수구까지 데굴데굴 굴러가서는 왼쪽 팔 아래를 다른 손으로 감싸면서 쳐든다. "아야 …… 우우!" 총성, 총에 맞은 아이의 고함 소리는 페터스 패거리에게는 분명한 신호다. 그들은 흩어져서 달아난다. 의형제 단원만이 헉헉거리면서 그곳에 서서, 고집스럽게 밤의 정적을 향해 "아야 …… 우우"라는 비명을 질러대는 발터를 진정시키려고 애를 쓴다.

바로 그때 건물의 창문들이 열린다. 취침용 재킷과 망사 셔츠를 걸친 사람들이 두려움에 차서 "살인이다!", "경찰을 불러!",

"습격이다!"라는 말들을 외쳐 댄다. "달아나자!" 조니가 명령을 내린다. 슬레지셔 반호프 방향으로 달려간다. 조니와 콘라트가 발터를 부축한다. 루트비히와 게오르크가 울부짖는 아넬리제를 질책하면서 거칠게 끌고 간다. 프루흐트슈트라세에서 조니와 콘라트가 택시를 잡는다. 그들은 발터를 밀어 넣고 재빨리 올라탄다. 창밖으로 조니가 외친다. "모두 뒤차를 잡아타고 와 …… 바트슈트라세로!" 그들의 대화는 끝났다. 패거리들은 짝을 지어서 흩어진다. 그들은 짝을 이루어 택시를 타고, 바트슈트라세를 목적지로 삼아 간다.

과거 재소자였다가 지금은 패거리를 세심하게 돌보아주는 아버지와 같은 존재인 고트헬프는 자신의 집에 숙박하는 아이들이 피를 흘리는 발터를 데리고 왔을 때에도 놀라지 않는다. "이런 일이 베를린에서는 종종 일어나지." 그는 그저 그렇게 말하고 상처를 자세히 살핀다. 다행히 총탄이 스치고 지나간 찰과상이다. 콘라트가 야간에 문을 연 약국에서 마련한 붕대를 갖고 온다. 한 명씩 다른 의형제 단원들이 온다. 발터의 상처를 씻겨내고 붕대를 감아준다. 그는 내일 의사에게 가야만 하나? 그것은 위험하다. 의사가 캐물을 것이다. 고트헬프는 유익한 충고를 해줄 수 있다. 그는 영락한 주정뱅이 약사를 알고 있다. 그가 발터를 치료할 것이다. 발터는 아주 만족해한다. 그가 맡은 역할로 그의 기분이 좋아졌다. 그리고 상처가 못 견디게 아픈 것도 아니다. 그는 잠을 자야 한다. 그전에 먼저 그는 제대로 된 독주를 얻어 마신다. "독주는 항상 좋지." 현명한 고트헬프가 말한다.

새벽 세 시다. 콘라트와 조니, 한스와 프레트는 자신들이 사는 집에 왔다. 발터가 방해를 받지 않고 푹 잘 수 있도록 조니는 한스의 침대로 기어들어가 잔다. 고트헬프의 집에서 살지 않는 아이들은 작별을 하고 집을 나선다. 아넬리제는 오늘 밤 루트비히의 소유이고 그와 함께 그레나디어슈트라세에 있는 잠자리로 간다. ……

13장

빌리 의형제 단원이 되다. - 신참 입회식과 시험에
합격하기 위해 보여주어야 하는 행위 - 돈이 나오
는 곳 - 물품 보관증을 건네준 소매치기 - 패거리의
재판 -

"매질을 당한 것에 대해 고맙게 생각해."

이틀 밤 연속해서 눈이 내리는 소박한 행운의 실타래는 끝이 났다. 끝없이 단조롭게 아스팔트를 훑고 지나가는 비, 운 좋게 밑창이 닳은 신발을 소유한 사람이 물에 흠뻑 젖은 헝겊 조각을 양말이라고 두르고 있다고 믿을 정도로 흐물흐물하게 신발을 적시는 비.

빌리 클루다스는 밤중에 노이쾰른 지역의 헤르만 광장에 서서 무심하게 밝게 켜졌다가 사라지는, 건물의 전면을 전부 가리고 있는 커다란 갈색 곰을 보여주는 네온 광고판을 쳐다본다. 갈색 곰은 담배에 불을 붙이고 네온전구로 이루어진 담배 연기를 쾌적하게 뿜어낸다. '베를린은 유노 담배를 피운다.'

슐레지엔의 올가 집에 있는 야간 숙소와는 끝이 났다. 그녀는 그에게 이틀의 시간을 주었다. 그런 다음 그녀는 그녀에게 익숙한 방법으로 밀린 돈을 받기를 원했다. 하지만 그렇게 할 수 없었다. 병 때문에라도 그렇게 할 수가 없었다. 아, 그 병. 그런 병을 얻어야만 하다니, 그것도 처음으로 관계를 맺은 여자에게서 말이다. 다음 날 저녁 그는 몰래 숨어서 엘리를 기다렸고, 쾰른 공원의 주소를 그녀에게 주었다. "내일 다시 이곳으로 올게. 내일 나한테 이런 진료 카드를 보여주지 않으면, 너를 경찰에 고발할 거야." 그는 무뚝뚝하게 위협하고는 갔다. 다음 날 저녁 엘리는 갈색의 카드를 갖고 그를 기다렸다. 그는 카드만을 쳐다보았다.

그는 엘리에게는 아무런 주의도 기울이지 않았다. '먹을 것도 없고, 머물 곳도 없고, 그런데 이런 더러운 병까지 걸렸으니, 더럽게 재수가 없어. 제기랄!' 그는 계속 약을 구질구질하게 갖고 다녀야만 한다. 약을 어디에 보관하지? "삼사일이 지나면 병에서 벗어날 수 있을 거다." 의사는 어제 그렇게 말했다. 혈액 검사도 별 탈 없이 지나갔다. 그는 혈액 채취 삼일 후에 '음성'이라는 검사 결과를 받았다.

이 비만이라도 그쳤으면. 보안 경찰이 그에게 떠나라고 지시를 내릴 때까지 계속 건물 통로에 서 있다. 건너편, 커다란 술집들, 서로 몸이 부딪칠 정도로 꽉 차 있다. '저 안에 있는 자들은 그래도 형편이 괜찮은 편이지. 그들은 유노 담배를 피우고, 먹고, 마시고, 따뜻한 곳에서 쉴 수 있지.' 그가 저 안으로, 맥줏집으로 들어가서, 서서 술을 마시는 탁자에 몰래 서 있어도 될까? 사람이 꽉 들어차 있을 때에는 누구도 그가 아무것도 마시지 않는다는 사실을 알아차리지 못할 것이다. 적어도 젖은 넝마를 말리고 따뜻한 곳에서 머물면서 쉴 수 있을 것이다.

그는 길을 건너 술집으로 들어간다. 손님들 사이를 헤집고 뒤편 화장실 쪽으로 간다. 그다음 그는 천천히 난방 기구 옆에 마련된 탁자 옆의 '자기 자리'로 되돌아갈 것이다. 빈 잔들이 여기저기 많이 널려있다. 그는 방금 잔을 비워 버렸고, 맥주 한 조끼를

더 마실까 하고 곰곰이 생각하는 시늉을 할 것이다. …… 빌리
는 화장실에서 옷매무시를 약간 가다듬는다. 바지와 재킷에서
물기를 짜낸다. 그러자 엄청난 물이 빠져나온다. …… 그는 수도
꼭지 아래에 손바닥을 대고 물을 받아서 후루룩 소리 나게 마신
다. 그러면서 생각한다. '나는 변소에서 내 술을 마시고 있는 거
야.' 포마드를 바르고, 몇 개의 은화를 가진 사람의 자세를 그대
로 흉내 내면서 그는 다시 술집을 가로질러 간다. 그가 '그의 자
리'를 차지할 때 아무도 그를 주목하지 않는다. 그의 눈앞에 반
쯤 채워진 맥주잔이 놓여 있다. '술잔 주인이 어디 갔나? 기다려
보자.'

　그는 난방 기구에 엉덩이를 대고 지그시 누른다. 기분이 좋아
진다. 하지만 곧 몸을 떼어내야만 한다. 축축하게 젖은 옷에서
마치 물 끓이는 커다란 솥에서처럼 엄청나게 많은 수증기가 뿜
어져 나온다. 식탁에서 그의 옆에 서 있던 손님들이 증기를 뿜어
내는 빌리에 대해 무해한 농담을 주고받는다. '그래 웃어라, 멍청
이들아. 너희들은 담배를 피우고 술을 마실 수 있지. 하지만 배
가 고프면, 너희들도 뷔페에서 소시지 한 개라도 얻어먹으려고
할 거야. 분명 너희들은 잠잘 곳도 있겠지.' 빌리 앞에 놓인 반쯤
남은 술잔을 비우기 위해 오는 사람은 아무도 없다. '이 사람은
집에 갔나 보군. 더 이상 마실 수 없을 정도로 퍼마신 것 같군.'

빌리는 뷔페 음식 위에 걸린 시계를 본다. 곧 새벽 두 시다. 일곱 시에 그는 추위 피난처로 갈 수 있다. 아직 다섯 시간이나 남았다. 서서 마시도록 제작된 탁자에서 사람들이 하나둘씩 떠난다. 빌리는 마침내 남아서 김이 빠진 맥주를 자신의 맥주라고 선언한다. 이제 그는 세 시까지는 머물러 있을 수 있다. 아무도 그를 쫓아낼 수 없다.

　새로운 손님, 빌리처럼 젊은 사람이 술집으로 들어선다. 맥주를 따르는 종업원에게서 맥주 한 잔과 스물다섯 개비의 담배를 주문하고, 술과 담배를 집어 들고 빌리가 있는 탁자로 온다. 빌리는 생각한다. '저 친구는 즉석에서 담배 스물다섯 개비를 사는군.' 낯선 자는 자신의 맥주를 마시고, 담배 한 개비에 불을 붙이고는, 빌리를 힐끗 쳐다본다. 둘이 서로를 쳐다본다. '이런, 이 자를 어디에서 보았지?' 둘은 그렇게 생각한다. 빌리에게도 그 사내가 어딘지 낯이 익은 것처럼 보인다. 이 분의 시간이 흐른다. 두 사람은 저마다 '어딘지는 모르겠지만 아무튼 이 자를 보았다'는 생각에 사로잡혀 사라진 기억을 찾기 위해 머릿속의 기억 상자를 뒤진다. 두 청년은 서로를 탐색하며 살핀다. 하지만 아무도 상대에게 먼저 물어볼 엄두를 내지 못한다.

　마침내 낯선 자가 결심을 하고 빌리에게 말을 건넨다. "우리 어디서 본 적이 있지 않아?" "내 생각에도 ……" 빌리가 대답한다.

"H시의 교화소에 있지 않았어?" 낯선 자가 계속 묻는다. 그러자 갑자기 빌리에게 모든 것이 분명해졌다. "루트비히! 어떻게 지냈어?" 빌리도 이제 확실히 알게 되었다. "빌리, 맞지? 2호실의 빌리, 그렇지?" "맞아!" H시에서 도망친 교육생 둘이 서로 만났다. 루트비히는 이년 전에 교화소에서 도망쳤고, 빌리는 이 주일 전에 도망쳤다. "이런 세상에, 이런 일도 다 있군!" "그러게 말이야, 이런 일도 있군, 루트비히!" "자리에 앉을까?" 루트비히가 제안한다. "나는 돈이 한 푼도 없어. 루트비히" 빌리가 말한다. "괜찮아. 자, 빌리. 내가 돈이 좀 있어."

그들은 둘만 앉을 수 있는 작은 식탁을 발견한다. 루트비히에게는 '한 푼도 없다'는 말과 배고픔은 머리카락 굵기만 한 차이도 없이 똑같은 말이다. 그래서 그는 즉시 묻는다. "자, 빌리, 무엇을 먹을래?" 그러면서 그는 빌리 쪽으로 차림표를 민다. "굵은 소시지 혹은 그 비슷한 ……" "소시지로는 당치도 않지! 따뜻한 진짜 음식을 시켜." 그가 직접 차림표를 본다. "삶은 족발. 그리고 그 전에 강낭콩 수프를 먹어" 그가 빌리를 위해서 대신 결정한다. 루트비히는 빌리를 위해서 음식과 맥주를, 자신을 위해서는 코냑을 주문한다. 두 사람의 눈에는 기쁨이 서려 있다. 같은 교화소 출신의 동료를 만났다는 기쁨. 서로가 어떻게 교화소에서 탈출을 감행했는지를 이야기하고 들을 수 있게 되었다는 기쁨.

"너는 우선 먹기나 해", 루트비히가 결정을 하고 H시에서 도망치는 장면을 자세하게 설명하면서 이야기를 한다. "알고 있어? 키 작은 하이니와 내가 어떻게 ……", "상상할 수 있겠어? 어떻게 소장이 ……" 등의 이야기를 루트비히가 물어볼 때면, 양쪽 볼이 불룩하게 튀어나오도록 음식을 입속에 가득 담아 씹고 있던 빌리는 이야기를 재촉하는 동시에 긍정을 하는 듯 "음 …… 음 …… 음!" 하고 소리를 낼 수밖에 없다.

그래서 루트비히가 이야기를 한다. 전혀 알지 못하던 베를린에 도착할 때까지 헤맨 여정을, 굶주림에 시달린 삶을, 철도 차량, 부서진 건물 잔해와 반쯤 세워진 신축 건물에서 보낸 밤을, 비참한 고양이처럼 굶주려 죽지 않기 위해서 몸을 판 짓을, 가끔 어쩔 수 없이 저지른 작은 절도 행각을. 그리고 마침내 의형제 단에 합류하게 된 과정을 이야기한다. 그런 다음 지난 몇 달 동안 겪은 체험과 수감되었던 때를, 그리고 그가 어떻게 호송인을 따돌리고 달아났는지를 이야기한다. "그리고 지금 나는 경찰에 전입신고가 되어 있고, 아우구스트 칼바이트라는 이름으로 지내고 있어." 루트비히가 그의 자세한 이야기를 마친다. 이제 빌리가 지난 몇 주간 자신이 겪은 상황을 이야기한다. 빌리가 겪은 것은 교화소에서 대충 배가 부르기보다는 자유로운 굶주림을 원했던 루트비히와 수백 명의 다른 아이들이 겪는 체험과 많은 점에서 비슷하다. 루트비히가 보기에 빌리가 패거리에 합류하리라는 것은 확실하다. 빌리가 패거리에서 신참으로 수습 기간을 보낼 필요가 없도록 그가 조니와 먼저 이야기해서 조율을 할 것이다. 그러면 빌리는 두 손으로 그 제안을 움켜쥘 것이다. 드넓고 무정하기 짝이 없는 베를린에서 다시 혼자가 된다는 생각에 그는 두려움을 느낄 것이다. 동료와 함께라면 모든 것이 견디기가 조금은 수월하다. 조금 있으면 경찰이 순찰을 돌 것이다. 둘은 팔짱을 끼고 심야버스가 있는 곳으로 간다. 임시로 빌리는 루트비히의 숙소에서 잘 것이다.

다음 날 빌리는 '배후 은신처'에서 패거리들에게 소개되었다. 아이들이 모두 모였다. 발터도 있다. 그는 여전히 왼쪽 팔 아랫부분에 붕대를 감고 있으며, 자신이 영웅이 된 것처럼 느낀다. 조니는 빌리를 자세히 들여다보고, 꼬치꼬치 캐묻는다. 그에 대해 아는 것이 아무것도 없고, 모든 것을 거짓으로 꾸며서 이야기할 수도 있는 낯선 자를 패거리에 받아들인다? 그것은 있을 수 없는 일이다. 하지만 지금 이 경우는 사정이 다르다. 루트비히가 빌리의 신분을 보증한다. 조니는 새로운 단원에 대해서 전혀 반대하지 않는다. 아이들도 자신의 견해를 말해야만 한다. 루트비히가 빌리가 제대로 된 입단 후보자라고 믿는다면, 좋다. 그는 패거리의 일원이 될 것이다. 빌리는 모두에게서 악수를 받고 환영을 받는다. 장엄하게 술잔을 돌려 마시는 것으로 신입 단원 가입이 효력을 띠게 된다.

"패거리 신참 환영식은?" 영웅 발터가 간절하게 묻는다. 빌리는 가장 낮은 지위의 신참 교육 기간 중에 모든 사람의 구두를 닦아야만 하는 임무를 면제받았지만, '**신참 입단식**'은 누구도 면제받을 수 없다. 모든 사람들이 그것을 참고 견뎌야만 한다. 그리고 그가 '**시험을 통과하기 위해 보여주어야만 하는 행위**'이기도 한 신참 입단식에 떨어지면 성공할 때까지 계속 되풀이해야만 한다. 입단식을 통과하지 못하는 자는 누구든 정식 단원으로 패거리에 합류할 수 있는 자격을 얻지 못한 상태로 지내야 할 것이다. 의형제단에서 신참 입단식은 한 시간 안에 오르가슴에 도달하는 성교를 네 번 마쳐야 하는 임무로 이루어져 있다. 패거리 전체 그리고 경우에 따라서는 초청된 손님이 지켜보는 가운데 그것을 달성해야만 한다. 하지만 빌리는 지금 임질에 걸려 있기 때문에 신참 입회식은 의사가 그의 병이 나았다는 진단 서류를 발행해줄 때까지 연기되었다.

밤마다 패거리는 리니엔슈트라세의 '**켈르너 막스**'에 앉아 있다. 루트비히와 빌리가 곧 올 것이다. 조니는 부하들을 내일 동쪽 지역에 있는 백화점에서 '**작업**'할 세 개 조로 나눈다. 내일은 월말이고, 가게와 백화점은 매우 분주할 것이다. 소매치기를 하기에는 가장 유리한 조건이다. 삼인조의 우두머리가 지갑을 '빼내서', 그것을 즉시 두 번째 조원에게 넘겨준다. 그러면 그가 다시 지갑을 세 번째 조원에게 찔러 넣어준다. 세 무리가 각각 백화점의 여러 곳으로 흩어져서 그렇게 작업을 한다. 패거리는 몇 달 전부터 그렇게 작업을 해왔다. 백화점에서, 주말 노천 시장에서 그리고 실내 시장에서.

대개 프롤레타리아 계급의 부인들이 지닌 빈약한 돈주머니가 희생물이 된다. 망사 장바구니, 바구니, 주머니 안으로 손을 집어넣어 지갑을 꺼내기만 하면 된다. 맨 위에 돈지갑이 놓여 있다. 지원금, 주급, 월급 전부가 들어 있다. 프레트가 패거리를 설득해서 소매치기를 하도록 만들었다. 그것은 아주 '훌륭한' 생각이었음이 입증되었고, 그 결과 단원 모두가 항상 돈을 만질 수 있게 되었다. 루트비히가 감옥에 있던 동안 모든 일이 순조롭게 진행되었다. 루트비히가 다시 나타난 날 조니는 잠정적이기는 하지만 루트비히에게 돈의 출처를 알려주지 말라고 엄명을 내렸다. 조니는 루트비히가 즉각적으로 함께 일을 하려고 하지 않을 수도 있다고 의심했다. 그는 우선 루트비히의 마음을 떠볼 생각이다. '돈을 먼저 주어 쓰게 한 다음에 루트비히가 놀라서 물러서려고 하면, 이렇게 말해야지. 원하는 게 뭐야? 너는 우리한테서 이미 많은 돈을 받았잖아! 우리가 그 돈을 복권이라도 당첨되어 받았을

것이라고 생각하지는 않았겠지. 그러니까, 바보처럼 굴지 말고 함께 일하자.'

빌리가 술집으로 들어선다. 루트비히와 함께 오지 않고 흥분한 상태다. "모두 서둘러서 슈미트 가게로 가야만 해. 루트비히가 그곳에서 기다리고 있어. 거짓말로 그를 속여서 물품 보관증을 건넸던 사기꾼을 찾았어!" 이런 빌어먹을! 흥분한 상태. 모두들 서둘러 슈미트의 가게로 간다. 눈에 띄지 않게 무리를 지어서 움직인다. 루트비히는 음악을 들으면서 탁자에 앉아 있다. 조니, 빌리 그리고 프레트가 그의 옆에 앉는다. 다른 아이들은 문 근처에 머문다. 그 젊은 놈이 도망치려고 한다면 …… 그자는 뒤편 자리에 어떤 젊은 여자와 함께 앉아 있다. 스무 살쯤 된 젊은 사내다. 활력이 넘쳐나는 스포츠 정장 차림, 섬세한 외투, 흠잡을 데 없는 차림새다. "그가 분명해, 루트비히?" 조니가 묻는다. "의심의 여지가 없어!" 그러자 조니가 그 탁자로 간다. 그는 짧고 분명하게 우아한 차림의 남자에게 잠깐만 뒤로 같이 갈 것을 요구한다.

구석으로 간 조니는 합류한 루트비히를 가리킨다. "아마 너는 여기 있는 내 동료를 알고 있겠지, 그렇지?" "원하는 게 뭐야? 나는 너희들을 전혀 몰라!" 그 낯선 자가 대답한다. 이제 루트비히는 그의 목소리를 다시 알아챈다. "이제 나를 모른다고 하는 거야?

…… 슈테티너 반호프도 …… 물품 보관증도 ……" 루트비히는 천천히 말한다. 우아한 차림의 남자 얼굴이 벌게졌다가 창백해진다. 그런 다음 그는 뻔뻔함으로 위기에서 빠져나갈 구멍을 찾으려고 한다. "아하, 바로 너야말로 사기꾼이지! 내 가방을 갖고 도망쳤잖아!" 조니의 주먹이 짧고 강하게 그의 턱을 가격한다. "이봐 친구, 이제 잘 들어. 여기 내 친구가 너 때문에 8주 이상을 구치소에서 썩었고 사 개월 징역형을 받았지. 너는 이제 원하는 것을 선택할 수 있어. 곧장 우리가 '녹색 제복'을 입은 경찰관이 너를 체포하도록 신고하거나 아니면 아주 얌전하게 우리를 따라 오던가, 너는 둘 중 하나를 고를 수 있어. 그 일을 깔끔하게 정리해야만 해. 그렇지 않아?"

우아하게 차려입은 그는 창백한 표정으로, 비틀거리면서 벽에 기대어 있다. "너희들과 함께 가자고, 어디로?" "그것은 아무래도 상관없잖아. 너를 죽이지는 않겠어. 자 처리해야 할 일이 있다고 네 여자에게 가서 말해. 그런 다음에 함께 가도록 하지." 그자가 젊은 여자에게로 간다. 조니와 프레트가 문 앞에 선다. "조니, 그를 데리고 어디로 가지?" "콜로니에슈트라세에 있는 울리의 정자로 가자." 프레트가 울리를 찾기 위해서 택시를 타고 먼저 간다. 우아하게 차려입은 그 남자는 조니와 루트비히 사이에 끼어서 간다. 다른 의형제 단원들은 일정한 거리를 유지한 채 뒤따른다.

그들이 정자가 있는 곳에 도착했을 때, 사기꾼을 재판에 회부하기 위해 필요한 모든 것이 준비되어 있었다. 다른 패거리의 우두머리인 울리가 자신의 부하 몇 명과 함께 참석했다. 습격에 대비하기 위해 보초를 세웠다. 이 일과 아무 상관이 없는 울리가 '판사' 역할을 맡는다. 조니가 '검사'고, 루트비히가 '핵심 증인'이다. '피고'는 오렌지를 담았던 나무 상자에 앉아 있다. 그 상자는 얼마 전, 울리의 생일을 축하하기 위해 독주와 함께 가져왔던 오렌지 상자였다. '변호사'로 하인츠가 소환되었다. 피고인은 헤르만 플레트너라고 진술한다. 무엇으로 먹고 사는지 판사 울리가 묻는다. "너희들과는 상관없는 일이야." "교화소에 간 적이 있어?" "쓸데없는 소리 그만두고 나를 가만히 내버려 둬!" 이제 루트비히가 사건의 전말을 설명한다. 헤르만이 아쉴어 가게 앞에서 그에게 말을 걸고, 그에게 보관증과 1마르크를 준 것을, 그리고 그 자신, 루트비히가 어떻게 체포되었는지를 이야기한다. 피고가 발언을 한다. "그 보관증이 훔친 것이라는 것을 나도 몰랐어. 그것을 길에서 주었어."

검사 조니가 말한다. "아주 저열하고 쓸데없는 이야기일 뿐입니다 …… 그가 보관증은 훔친 것이고, 루트비히와 몫을 나누고 싶다고 말을 했어야만 했습니다. 그러면 그것은 아주 깨끗한 거래였겠죠. 하지만 실제로 그는 너무나 비겁해서 직접 불 속에서 밤을 꺼내는 대신 보잘것없는 1마르크를 주고 그 보관증이 적법한 소유물인 것처럼 속여서 죄 없는 사람을 대신 보낸 사기꾼일 뿐입니다. 선처를 받을만한 가치가 없는 부랑자일 뿐입니다. 엉덩이를 벗기고, 개를 때리는 채찍으로 25대를 때리는 처벌을 내려줄 것을 요구합니다. 피고가 그 처벌을 받아들이지 않는다면, 즉각 경찰에 인도할 것을⋯⋯." 처벌 요청을 듣자 헤르만 플레트너는 벌떡 일어선다. 변호사 하인츠는 헤르만이 그 보관증을 주웠을 수도 있는 아주 희박한 가능성을 언급한다. "훔친 것이든 주운 것이든, 결국 같은 것입니다. 어쨌든 저 더러운 자는 속임수를 썼고 루트비히가 그 일을 하다가 잡힐 수도 있다는 것을 알고 있었을 겁니다!" 조니가 하인츠의 말을 끊으면서 말한다. 판사 울리는 협의를 하기 위해 밖으로 나간다. 다시 정자 안으로 돌아왔을 때, 피고인은 울고 있다. 경찰에 넘겨지거나 개 채찍으로 25대를 맞는 것 중에서 선택하라는 판결이 내려진다. 열 대를 맞고 난 다음에는 회복을 위해 10분간의 휴식을 주어야 한다고 한다. 처벌은 즉시 실행되어야만 한다. 헤르만 플레트너는 구석에 웅크리고서 앉아서 징징댄다. "그러니까 둘 중 어떤 것을 원해? 경찰이야 매 맞는 거야?" 조니가 조금도 동요하지 않고 묻는다. 판결을 받은 자는 무릎을 꿇고 엎드린 채로 조니, 루트비히 혹은 손에 닿는 사람은 누구든 붙잡고 말한다. "제발,

제발, 나를 보내줘 …… 너희들에게 줄게 …… 여기, 내 시계 그리고 돈이 있어 …… 20마르크가 넘어 …… 제발 나를 보내줘!" "경찰이야 채찍이야? 이제 그만 결정해!" 울음, 간청, 신음소리, 하지만 대답은 없다. "그러니까, 경찰이군. 루트비히, 같이 가자." 조니가 결정한다. "아니야, 아니야 …… 때려." 결국 그는 차라리 채찍을 택한다.

정자의 실내 공간 가운데로 나무 상자를 밀어 놓는다. "누가 집행할래? 루트비히 네가 할래?" 루트비히는 재빨리 거절한다. 프레트가 자원한다. 외투와 재킷을 벗고 가죽 채찍을 손에 든다. "플레트너, 바지를 벗어!" 판결을 받은 자는 상자 위에 엎드려야만 한다. 두 아이가 다리를 꽉 쥐고, 다른 두 명이 고통의 비명 소리가 새어 나오지 않도록 둘둘 만 바지로 그의 머리를 씌우고 꽉 누른다. 첫 번째 채찍질이 날카로운 소리를 내면서 벌거벗은 엉덩이 위로 떨어진다. 몸이 펄쩍 솟구친다. 네 명의 보조원들은 온 힘을 다해서 몸을 붙잡고 있어야만 한다. 비명 소리가 머리에 씌워진 바지를 뚫고서 가르랑거리면서 낮게 새어 나온다. 바람을 가르는 소리를 내면서 연달아 매질이 내리꽂힌다. 조니는 차갑고 냉혹하게 매질의 횟수를 센다. 루트비히는 고개를 돌린다. 처음 10번의 매질.

10분간 휴식. 플레트너는 상자 옆에 엎드려 있다. 엉덩이에 새겨진 채찍 자국이 피가 맺힌 채 붉게 부풀어 올랐다. "제발, 제발 …… 이제 그만……." 신음이 다시 계속된다. "계속해!" 조니가 명령한다. 이어진 채찍질로 매 맞은 자리의 퉁퉁 부어올라 있던 피부가 갈라져 터진다. 피가 튀어서 허벅지 쪽으로 흐른다. 잔인하게, 때리는 힘을 조금도 빼지 않은 채 프레트는 두 번째로 열 대를 전부 때린다. 엉덩이는 피범벅이 되었다. 풀려난 플레트너는 움직이지 않고 상자 위에 엎어져 있다. "물을 가져와" 조니가 요구한다. 물 반 통을 플레트너의 머리에 쏟아붓는다. 피가 씻겨 나간다. "조니, 이제 그만해." 루트비히가 간청한다. 플레트너가 나머지 다섯 대를 마저 맞아야만 할지 울리가 결정을 내려야 한다. "그를 이제 풀어줘."

처음에 그는 전혀 걷지를 못한다. 일으켜 세워진 플레트너는 곧장 다시 무너지듯 쓰러진다. 누군가 독주를 가져와야 한다. 젖은 손수건을 엉덩이의 맨 살 위에 놓고, 그다음에 처벌을 받은 자에게 바지를 입혀준다. 그는 엎드린 채 어린아이처럼 낮고 약한 소리를 내면서 징징거린다. 일정량의 럼을 마시자 그는 기운을 어느 정도 회복한다. 조니가 그에게 말을 건다. "마지막 다섯 대는 너에게 선물로 준 거야. 그 점에 대해 루트비히에게 고맙다고 해야 할 거야. 우리는 이제 그 일을 다 끝난 일로 여기겠어. 머리가 있다면 너도 그것을 끝난 일이라고 생각해. 알겠지만, 우리는 언제든지 너를 붙잡을 수 있어."

　"매질로 일을 끝낸 것에 대해 그가 고마워해야 하지 않을까?" 아직도 만족하지 못한 프레트가 묻는다. "맞아, 그는 고마워해야 해. 그렇지 않으면 신사답지 못한 거지." 울리가 끼어든다. 헤르만 플레트너는 '고맙다는' 말을 해야만 한다. 그는 절뚝거리면서 울리에게 간다. "고마워……." "아니지, 친구. '매질로 일을 끝내줘서 정말 고마워'라고 정중하게 말해야지." 플레트너는 다시 시작한다. "고마워 …… 정말로 …… 그렇게 …… 매질로 끝내줘서 ……" 프레트는 또다시 모든 사람을 압도한다. 그는 피가 묻어 있는 채찍에 키스를 하도록 플레트너에게 강요한다. 두 아이가 그를 가운데에 세우고 콜로니에슈트라세까지 데려다준다. 그들은 그가 한 발자국씩 판자와 울타리를 잡고 더듬거리면서 걸어가는 것을 지켜본다. …… 패거리의 법정은 비열한 행위를 피로써 보복했다.

14장

패거리가 일을 하러 간다. - 한 시간 만에 번 398
마르크 40페니히 - 빌리와 루트비히가 잠적한다. -

모피가 달린 스모킹 두 벌과 '실루엣'

조니는 루트비히와 빌리만 먼저 데리고 갔다. "오늘 오후 우리는 작업을 하러 가. 너희들은 우선 우리가 어떻게 작업을 하는지 지켜보기만 해. 루트비히, 너는 프레트 조와 함께 가. 그리고 빌리, 너는 나와 함께 가자. 너희들은 오늘은 주의해서 지켜보고, 배우기만 해." 마침내 루트비히는 어떻게 그 돈이 생기게 된 것인지를 알게 되었다. 소매치기를 해서 번 돈이었다! 루트비히는 빌리와 단독으로 이야기할 수 있는 기회를 더 이상 갖지 못했다. 두 사람은 비밀을 알려주는 조니의 말에 침묵한다. 오늘 그들은 그저 수동적인 역을 맡았다. 그들은 지갑을 훔치는 일 따위는 절대로 하지 않을 것이다. 두 사람 모두 속으로는 그렇게 생각하고, 나중에 둘이 따로 이야기를 나누어 보려고 한다.

알렉산더 광장에서 패거리는 동쪽으로 난 길에서 헤어진다. 각 조가 따로따로 움직인다. 루트비히는 프레트를 따라가고, 빌리는 조니 뒤에서 걷는다. 프레트가 이끄는 작업조는 백화점 일층에서 작업하고, 조니가 있는 작업조는 식품부가 있는 장소에서 작업한다. 그리고 콘라트와 한스는 엘리베이터에서 일한다. 루트비히는 프레트가 할인 물품 판매대를 빙 둘러싸고 있는 여성들 사이를 비집고 무리 속으로 끼어드는 것을 본다. 다른 두 아이가 사람들 사이를 헤집고 뒤를 따른다. 프레트는 여자들에게 바짝 접근한다. 프레트는 이 순간을 충분히 활용한다. 그의 손이 천으로 만든 시장바구니 안으로 미끄러져 들어간다. 작은 지갑이 프레트의 손에서 번개처럼 재빠르게 게오르크의 손으로 옮겨지고, 게오르크에게 갔다가 즉시 에르빈에게로 옮겨간다. 프레트는 계속 간다. 게오르크도, 에르빈도.

엘리베이터가 가볍게 덜컥 움직이는 것을 기회로 삼아 콘라트는 일부러 어떤 여인과 부딪친다. 그는 죄송하다고 말한다. 등 뒤에서 그의 손이 작은 지갑을 건네준다. ……

조니는 모여 있는 사람들을 비집고 냉동 오리를 파는 판매대로 다가간다. 값싼 물건 때문에 엄청나게 몰려든 사람들이 재촉을 하거나 다른 사람을 밀친다. 물건을 사려는 여자들의 시선은 온통 오리고기에 집중되어 있다. 한 손으로 고기의 질을 조사한다. 주머니와 망사 바구니가 사람들의 팔에 매달려 있다. '누워서 떡 먹기네,' 조니는 생각하고 지갑을 건네준다. 각각의 작업조는 한 곳에서 범행을 벌인 다음에는 즉시 백화점의 다른 매장으로 가야만 한다. 백화점에서의 작업은 한 시간 내에 모두 끝나야만 한다. 그런 다음 모두들 바트슈트라세에 있는 패거리의 대부와 같은 존재가 있는 집을 향해 백화점을 나선다.

패거리는 창문이 없는 뒤쪽 골방에 앉아서 수확물을 분류한다. 지갑 다섯 개, 지폐를 담는 작은 지갑 세 개, 그것들을 즉시 불에 태워 없앤다. 한 지폐 주머니에는 상당한 수확물이 들어 있다. 50마르크 지폐 네 장, 나머지 다른 두 개의 지폐 지갑에는 합계 90마르크가 들어 있다. 다섯 개의 지갑에는 총 104마르크 40페니히가 들어 있다. 우표, 전당포 저당 물표와 다른 서류들 역시 불에 태워 없앤다. 한 시간 작업의 수확물이 398마르크 40페니히! 루트비히와 빌리는 꼼짝 않고 앉아 있다. 그들은 다른 아이들의 얼굴에 드러난 것 같은 기쁨을 자신의 얼굴에도 드러내 보이려고 애를 쓰는 바람에 안면 경련이 일어날 지경이다. 하지만 두려움, 놀라움이 눈빛에 서려 있다. "자, 어때 루트비히와 빌리? 간단하지 않아?" 프레트가 묻는다. "내가 없었다면, 너희들은 지금도 빈털터리로 지내고 있었을 거야!" 그가 자랑을 해댄다. 고트헬프는 수확물에서 자신의 몫을 받는다. 20마르크다. 아이들은 저마다 30마르크씩 받는다. 나머지는 회계 담당인 프레트가 관리한다. 루트비히와 빌리도 돈을 집어넣는다. 그들이 돈을 거절하면, 그것은 명백한 배신행위고, 분명 헤르만 플레트너가 겪었던 운명이 그들에게도 닥칠 것이다.

밤 10시에 모두들 '자동차 영화관'에서 만나기로 한다. 아넬리제도 올 것이다. 그러면 다시 만족스런 밤이 될 것이다. 그때까지 저마다 자신들이 하고 싶은 것을 할 수 있다. 모두들 돈이 있다.

루트비히와 빌리는 술집에 앉아서 협의를 한다. 무엇을 해야 할까? 소매치기 일을 그만두도록 패거리를 설득하려는 시도는 아무런 의미가 없다. 패거리 구성원 모두는 오직 "우리와 함께하지 않으면 우리를 반대하는 것이다"라는 구호만을 알고 있다. 우리와 함께 하는 거지? "아니, 루트비히. 나는 소매치기 짓은 하지 않겠어!" "그래, 나도 하지 않을 거야, 빌리!" 우리에 대해 반대하는 거야? 그것도 아니다. "너희들이 하고 싶은 대로 해! 하지만 우리는 같이 하지 않을 거야, 그렇지. 빌리?" "그래, 루트비히. 하지만 어떻게 하지?" "그러니까, 우리는 패거리를 떠나야 해." 다시 혼자가 되는 것이다. 베를린에서 다시 혼자가 된다고? 빌리는 무시무시한 노숙과 굶주림 속에 보낸 낮과 밤을 떠올린다. 하지만 이제 그에게는 루트비히가 있다. 둘이라면 더 이상 그렇게 나쁘지는 않다. "그러면 그 30마르크는? 돌려줘, 아니면 갖고 있어?" 루트비히가 묻는다. 그리고 스스로 대답을 한다. "그 돈을 돌려주면, 우리는 다시금 무일푼이 되는 거야." "그것을 갖고 있는 것이 더 나아. ……" 빌리가 천천히 낮은 소리로 말한다. "돈을 잃어버린 여자들이 그 돈을 돌려받을 수 있는 것도 아니잖아."

그들은 그냥 사라지기로 결정한다. 그러면 패거리는 그들이 체포되었다고 믿을 것이다. 두 사람은 경찰의 수배를 받고 있다. 그레나디어슈트라세의 숙소도 포기할 것이다. 패거리는 제일 먼저 그곳에서 둘의 행방을 물어볼 것이다. 그들은 방에 보관하던 소소한 물건들을 그곳에 그대로 놓아두어야만 할 것이다. 그들이 물건을 가지러 그 집에 들르면, 조니는 사태를 파악할 것이다. "우리는 조폐창이 있는 지역을 완전히 벗어나서 사라져야 해. 빌리, 우리는 그곳에서 잘 알려져 있어." "그러면 어디로 가지?" 그런 결심을 한 그들이 즐거울 수 없다는 것은 분명하다. 주머니에 붉은 5페니히 동전 한 푼도 없던 시기를 그들은 이미 너무 자주 경험했다. 하지만 패거리와 함께 '작업'을 하러 가야 하나? 그럴 바에는 즉시 경찰에 자수하는 것이 나을 수도 있을 것이다. 패거리가 어느 날 체포되리라는 것은 너무나 분명하다. "그런데, 빌리, 너는 곧 성년이 되지. 그러면 교화소는 더 이상 너에게 아무 짓도 할 수 없을 거야. 그다음에 너는 어디서든지 '내가 빌리 클루다스요. 그러니 내게 필요한 서류를 주고 지원을 해주시오' 하고 말할 수 있을 거야. …… 하지만 내 경우는 모든 사정이 전혀 달라. 나는 이제 겨우 열아홉 살이야. 그들은 아직 2년 동안 나를 붙잡아 둘 수 있어. 다시 빈털터리가 되더라도 나는 차라리 부자들의 집에 물건을 훔치러 들어가겠어. 패거리들은 …… 그들은 항상 돈이 별로 없는 사람들의 지갑만을 훔쳐. 어떤 지갑에서는 실업 수당 수령 카드가 있는 것도 보았어. 그들은 지금 틀림없이 몹시 배가 고플 거야. ……"

그들은 맥주를 앞에 놓고 앉아서, 생각하고 또 생각한다. 합법

적인 서류가 없고, 게다가 경찰의 수배까지 받고 있지만 아무 짓
도 저지르지 않으면 어떨까? 그것은 아주 어려운 일이다. 클루다
스와 빌리, 아무도 그것을 완수하지 못했어. 도장과 서명이 찍힌
서류가 없이 법률의 테두리 안에서 평안하게 삶을 살려고 하는
것은 아주 멋진 일이기는 하지! 너희들이 도망쳐 나온 교화소로
되돌아가서, 참회의 태도를 보이고 속박을 인정하고 받아들여.
스물한 살이 될 때까지 괴롭힘을 당하고 가끔씩 따귀도 맞아.
그러면 사람들이 호의를 갖고 편의를 봐줄 생각도 하겠지 ……

　　루트비히와 빌리는 타우엔치엔슈트라세에서 넘쳐나는 인파와
조명 사이를 헤치면서 느릿느릿 걷는다. 낯선 도시에 있는 것 같
은 느낌이다. 베를린. 그들에게 베를린은 '조폐창' 지역과 슐레지
셔 반호프 지역뿐이다. 서베를린 지역으로 가볼 생각은 전혀 하
지 않았다. 첫 번째, 두 번째 그리고 계속 이어지는 뒷마당이 있
는 우울한 잿빛의 거리, 그것이 그들의 고향이었다. 이곳에서 그
들은, 정말이지, 여기서 그들은 낯선 나라에 와 있는 것이다. 겉
으로 드러나 보이는 것처럼 부유하고 유쾌한 이국에 있는 것이
다. 모든 사람들이 오늘이 그저 평범한 수요일이 아니라 마치 커
다란 축제일이라도 되는 것처럼 번쩍거리는 새 옷을 입고 있다.
가게는 궁정과 비슷하게 화려하다. 그 가게 안에서 고귀한 분들,
고객들은 지루한 표정으로 작지만 아주 값비싼 물건들을 찾고

있다. 그리고 여자들. 귀부인들. 모든 여자들, 그녀들도 역시 부티가 흐르는 옷을 입고 있다. 그녀들 몸에서는 좋은 냄새가 나고, 아주 예쁘다. 귀부인들의 모피코트에 몸을 비비거나 그녀들 옆에서 종종걸음을 치는 작은 개들도 화려하고 예쁜 천에 둘러싸여있고, 번쩍거리는 개목걸이를 차고 있다. 그리고 작고 하얀 털실뭉치 같은 아주 작은 어떤 개는 모든 발에 진짜 작은 에나멜 구두를 신고 있다. "봤어, 빌리?"

　부유하고, 아름다운 미지의 지역. 결과적으로 거기서 두어 명의 거지들이 무슨 의미가 있겠는가? 그들은 이 지역에 속한 사람들이 아니다. 그들은 다른 베를린에서, 곰팡내가 나는 어느 지하실이나 더러운 마당이 있는 측면 건물에 살면서 동냥을 하러 온 것일 뿐이다. 다른 베를린 …… 이곳에는 분명 슐레지엔의 올가가 운영하는 것 같은 숙소는 없을 것이다. 그리고 이곳 사람들은 그들과 같은 차림을 한 젊은 사람들을 거의 본 적이 없을 것이다. 만약 본 적이 있다고 해도 그들은 이곳에 몸을 팔러 온 사람일 뿐이다. 많은 사람들이 아주 새 옷을 입고 있다. 그들 뒤를 따라가면, 구두 밑창이 전혀 닳지 않았음을 알 수 있다. 구두 뒤축과 밑창은 깨끗하고, 새 가죽으로 번쩍번쩍 윤이 흐른다. 바지는 품이 넓고, 다림질을 해서 주름이 빳빳하게 세워져 있다. 남자들의 몸에서도 향기가 난다. …… 포마드와 향수 냄새가.

그들은 꽤 많은 돈을 버는 것인지도 모르겠다. ……

그것이 다른, 서쪽 지역의 베를린에 들어섰을 때 빌리와 루트비히에게 떠오른 생각이다. 그들은 의형제의 손에 걸려들지 않기 위해서 자신들의 고향이나 다름없는 알렉산더 광장과 슐레지셔 반호프에서 잠시 달아나려고 한다. 빌리는 4년 전부터 서베를린쪽으로 가 본 적이 없다. 그리고 루트비히는 타우엔치엔슈트라세를 본 적이 없다. 그는 가끔 뷜로우보겐까지 가본 적은 있다. 그들은 쿠어퓌어스텐담과 요아힘스탈러슈트라세가 교차하는 모퉁이에 서 있다. 그리고 기적 같은 놀라운 일을 관찰한다. 끝없이 이어지는 자동차 행렬을 지나 보내고, 현란하게 움직이는 네온사인 광고판으로 이루어진 불꽃을 관찰하고, 사방에서 사람들이 밀쳐대는 것을 인내심을 갖고 참아낸다. 초Zoo 기차역 맞은편, 서서 맥주를 마시는 탁자가 있는 커다란 홀에서 그들은 굵은 소시지를 먹고, 한 잔의 맥주를 곁들여 마신다. 그런 다음 그들은 어슬렁거리면서 계속 간다. 그들은 아무런 계획도 없이 이리저리 어슬렁대다가 결국 다시 초Zoo 기차역 앞에 우뚝 멈춰 선다. 그들은 약속 장소로 널리 알려진 시계 밑에 멈춰 선다. "이제 무엇을 하지? 루트비히? 곧 12시가 돼."

모피 외투를 입은 두 명의 중년 남자가 빌리와 루트비히를 관찰하고, 서로 이야기를 하더니, 두 사람을 향해 다가온다. "좋은 밤이야, 젊은 친구들." 빌리와 루트비히는 놀라서 몸을 움찔한다. 경찰?! 아니다, 절대 아니다. 그들의 몸에서는 향수 냄새가 난다. "잘 생긴 청년들, 연계되는 교통편을 찾지 못했나 보군?" 빌리와 루트비히는 서로 쳐다본다. '그들은 우리가 이곳에서 몸을 판다고 생각하는군.' "독주 한 잔 마시려는데, 같이 갈 생각 없나?" 신사 중 한 명이 쉬지 않고 계속 말을 건다. "함께 가자고요? 어디로요?" 마침내 루트비히가 되묻는 듯 말을 한다. "이런, 어디든, 쾌적한 곳이라면 아무 상관없지 ……." "실루엣으로 가지" 다른 신사가 말을 끊으면서 끼어든다. "우리는 그 술집을 모르는데요." 빌리도 입을 연다. "그러니까 우리가 너희들을 그곳으로 안내해서 갈까?" "좋아요, 독주 한 잔 정도는 마실 수 있지. 그렇지 빌리?" "좋아."

가이스베르크슈트라세. 두 젊은이는 어느 문 안쪽으로 밀려 들어간다. 바람막이 커튼을 잡아 옆으로 밀쳤을 때, 그들은 튕기듯 물러나서 다시 돌아나가려고 한다. "젊은 친구들, 무슨 일이지?" 루트비히는 작업복, 형편없는 옷차림에 관해서 무슨 말인가 중얼거린다. …… 이렇게 세련된 술집 …… "아, 쓸데없는 소리!" 그런 다음 그들은 술집으로 들어서고 스모킹을 입은 종업원의 영접을 받는다. "여기 이 옷을 보관소에 맡겨주시오." 그 남자들은 모피 외투를 벗고 스모킹 차림으로 서 있다. 루트비히는 손님을 영접하는 종업원이 쉽게 외투를 벗길 수 있도록 몸을 맡긴다. 그리고 당혹해 하면서 자신의 낡은 재킷과 꼬깃꼬깃 구겨진 운동용 바지를 자세히 살펴본다. 빌리는 외투를 벗기도록 몸을 내맡길 필요도 없다. 그의 방한 재킷은 이제 다른 사람이 입고 있으며, 멀쩡했던 그의 옷은 쾰른-베를린 급행열차 밑에서 여행을 했을 때 완전히 망가졌다. 빌리의 얼굴은 부끄러움으로 벌겋게 달아오른다. 그래서 그는 손으로 휜하게 드러난 목을 가린다. 하지만 기사 같은 신사분도, 손님을 맞이하는 종업원도, 우아함에서 결코 뒤지지 않게 차려입은 다른 손님들도 두 젊은이의 옷차림을 전혀 불쾌하게 여기지 않는다. 정반대다. 종종 호의가 가득 담긴 시선으로 루트비히와 빌리의 몸을 훑어본다.

스모킹을 입은 두 남자는 저마다 젊은이의 팔짱을 끼고 그들을 작은 칸막이 좌석으로 이끌어 간다. 우아하게 차려입은 신사들이 음료를 선택하느라 분산을 떠는 동안, 젊은이들은 주변을 자세히 살핀다. '실루엣'은 작고 은밀한 술집이다. 모든 것이 자극적인 붉은 조명 아래서 빛난다. 앞쪽에는 바와 탁자가 있고, 뒤쪽에는 칸막이 좌석이 좌우로 붙어있다. 벽의 커버가 붉게 이글거린다. 부드러운 양탄자도 붉은색이고, 조명 기구의 비단 전등갓도 아주 붉은색이다. 후텁지근한 실내 분위기, 그런 분위기는 의식적으로 음악에 의해 강조된다. 우아한 콤비 재킷이나 스모킹을 입은 신사들, 야회복을 입고, 팔목과 가슴을 절반쯤 드러낸 여인들. 변태적인 성애의 과열된 분위기. 여인들의 눈빛은 소녀의 눈빛을 지닐 수 있기를 간절히 염원한다. 남자들은 남자의 살로 자신의 몸을 뜨겁게 달군다. 커다란 말소리도, 자유분방한 웃음소리도 없다. 공기 중에는 폭발할 것 같은 긴장이 서려 있다.

거친 청년 같은 모습의 빌리와 루트비히가 어느 정도 사람들의 이목을 끈다. 깨끗하게 씻고 일곱 번씩이나 기름을 바른 몸에 싫증이 난 탐욕이 덜 깨끗하고 더 거친 음식과도 같은 프롤레타리아 청년을 향해 맹렬하게 타오른다. 종업원, 그는 아주 고상하다. 신사 같은 종업원이 향기가 강한 독주를 무지개 빛깔이 나는 브랜디 잔에 담아서 가져온다. 담배도 가져온다. 10페니히, 젊은이는 담배 테두리에서 그 숫자를 읽는다. 독주는 끓는 기름처럼 목구멍을 타고 흘러 내려간다. 두 번째 그리고 세 번째 잔을 마시자 주저하는 마음이 사라진다. 빌리와 루트비히는 스모킹을 입은 신사들과 너나하면서 허물없이 말을 주고받고, 교화소 시절에 했던 장난을 들려준다.

몇 시간 전에 우아하게 차려입은 몸 파는 남자아이들을 타우엔치엔슈트라세에서 보았을 때 루트비히와 빌리는 생각했다. '그들은 신사들과 세련된 호텔로 가서 하얀 침대보 위로 기어 올라가겠지. ……' 새벽 세 시. 쿠어퓌어스텐담 근처의 이면 도로에 있는 개인이 운영하는 호텔 앞에 두 대의 택시가 멈춰 선다. 스모킹 정장을 입은 두 명과 술에 취해 무감각해진 두 젊은이가 호텔로 들어간다. 베를린 서쪽 지역에서 보낸 루트비히와 빌리의 첫날밤. 베를린 북쪽과 동쪽 지역에서 서쪽 지역으로 넘어가는 길은 종종 개인 호텔의 하얀 침대보를 지나서 이어진다.

15장

서쪽 지역은 우리를 위한 곳이 아니다 - 가구 딸린 방에서 세를 얻어 사는 사람 - "팔려고 갖고 계신 낡은 구두가 있습니까?" -

패거리에게는 절대 돌아가지 않겠다.

정오가 되어서야 빌리와 루트비히는 문가에서 들리는 투덜거리는 소리에 잠에서 깨어난다. 문 뒤에서 여자의 기름진 고음이 이제 그만 방을 비워달라고 '지저분한 놈'들에게 요구를 한다. 서서히 젊은이들은 자신들이 어디에 있는지 어렴풋하게나마 의식하게 되었다. 외도가 이루어지는 호텔의 하얀 침대 속이다. '고상한' 신사분들은 새벽에 곧 돌아갔고, 각각 20마르크 지폐를 남겨놓았다. '고상한' 신사분들이다! 그들은 비단으로 안감을 댄 스모킹을 벗으면서 고상함도 함께 벗는다. 가슴팍이 좁고 비쩍 마른 작은 체구의 남자만이 남는다. 그들은 자신들의 지갑으로 영양상태가 부실하지만, 젊고, 건강한 사람을 사는 것이 가능하다. 빌리와 루트비히는 어젯밤의 세부 사항을 기억 속에 떠올린다. "빌어먹을!" 루트비히가 말한다. "그래, 구역질이 나려고 해. 다시는 결코 하지 ……"

그들은 옷을 입는다. 유곽 같은 호텔을 소유한 여주인이 방으로 들어오고, 젊은이들에 대해서는 신경도 쓰지 않는다. 침대를, 옷장을 살펴보고, 방의 흐트러진 물품 전체를 가지런하게 정돈한다. "당신이 와서 유감이군요. 우리는 방금 옷걸이를 훔치려고 했는데." 루트비히가 뻔뻔하게 말한다.

아성어 가게에서 그들은 점심을 먹는다. 각자 50마르크 이상을 지니고 있다. 빌리가 말을 시작한다. "이봐 루트비히. 나는 이곳을 견딜 수 없어. 여기 어디서 잠을 잘 수 있겠어? 다시 북쪽 지역으로 가지 않을래?" "어디로 가자고? 이봐, 그곳에는 패거리가 도처에 있다고!" "노이쾰른으로 가자!" 그 생각이 빌리의 머리에 떠오른다. "노이쾰른으로? 그래, 그곳에는 조니가 거의 오지 않아. 분명, 우리는 그곳으로 갈 수 있을 거야. 쿠어퓌어스텐담은 우리를 위한 곳이 아니야."

헤르만 광장의 백화점 휴식 공간에서 그들은 곰곰이 생각한다. '전부 합쳐서 100마르크나 되는 이 돈으로 무엇을 시작할 수 있을까? 이 돈을 운영자금으로 투자할 수 있는 어떤 일이 있을까? 투자하려는 것은 우리가 일을 해야만 하고, 일을 하고 싶어하기 때문이지. 정말로 일하고 싶어! 다시 의형제단으로 돌아가서 노동자 부인의 돈을 훔치는 일은 하지 않을 거야. 물건을 팔아야 하나? 면도칼을 팔까? 바나나를? 신문을? 얼룩 빼는 약을? 주말 임시 장터에서 35페니히짜리 넥타이를 팔거나 레이스나 양말을 팔아야 하나? 무엇을, 무엇을 팔지?' 하지만 그들은 계속 극복할 수 없는 장애에 부딪힌다. 서류가 없는 것이다! 보안 경찰은 허가받지 않고 장사를 했다고 그들을 체포할 수도 있다. "안 돼, 루트비히, 그 모든 일은 안 돼." "하지만 우리가 이 몇 마르크의 돈을 다 써버리고 나면 그다음은 어떻게, 어떻게 하지, 빌리?" "그런 다음에는 다시 옛날의 형편없는 삶이 시작되겠지 ……"

최후의 숨을 들이마시기 직전에 가스가 끊겨버리는 바람에 죽지도 못하게 된 자살 시도자가 말하는 소리처럼 무기력하게 들린다. "빌리, 만약 교화소를 두려워할 필요가 없고 …… 제대로 된 서류를 가질 수만 있다면, 그건 상당히 멋지겠지 ……" 둘은 침묵한다. 사람들로 넘쳐나는 휴식 공간의 소음이 그들을 에워싼다. 시간이 별로 없는 사람들이 음료를 마시면서 잠시 앉아 있다. 입술에 닿은 잔의 테두리. 이때 갑자기 그들의 머릿속에 어떤 생각이 퍼뜩 떠오른다. '똑딱단추를 사야만 해!' 하는 생각 혹은 '아우구스트가 젤리 속에 들어있는 게 요리를 먹고 싶어 했지'라는 생각이 떠오른다. 달그락 소리가 나도록 잔을 받침 위에 서둘러 내려놓는다. 그리고 그 사람은 엘리베이터 쪽으로 서둘러 달려간다. 하지만 시간이 아주 많은 사람도 이곳에 앉아 있다. 대개 그들에게 유일하게 풍족한 것은 남아서 넘쳐나는 시간이다. 이곳에서는 매상고를 올려야 하는 종업원이 그들의 주변을 에워싸고 있지 않다. '집'이 춥고 어두운 골방인 사람들은 이곳에서 싸구려 커피를 마시면서 여섯 시간이든 여덟 시간이든 앉아 있을 수 있다.

"그런데, 빌리." 루트비히가 주저하면서 침묵을 깨트린다. "우리가 시도할 수 있는 일이 무엇인지 알고 있어? 내가 일전에 몇 사람에 대해 말한 적이 있었지. 그들은 그 일을 하면서 돈을 잘 벌었어." "뭔데, 그게 뭔데?" "잘 들어, 빌리. 자루를 들고서, 너도 한 자루 그리고 나도 한 자루를 갖고 다니는 거지. 그런 다음 우리는 이집 저집을 하나씩 찾아다니면서 말하는 거야. '안녕하십니까. 저희는 오래된 장화나 낡은 신발을 최대 2마르크까지 지불하고 삽니다. 팔려고 갖고 계신 낡은 장화나 신발이 있습니까? 있다면 저희들에게 보여주십시오.' 그리고 마음에 들지 않는다는 표정을 지어, 언제나 마음에 들지 않는다는 표정을 지어. 그리고 마지막으로 신발값으로 10페니히나 20페니히를 지불하는 거지. 자루가 가득 차면, 가져와서 모든 신발과 장화를 닦고 광을 내는 거야. 아마도 우리는 자투리 가죽으로 뒤축을 수선하거나 밑창에 뚫린 구멍에 못을 박아 메워야 할지도 몰라. 그리고 모든 걸 수선해서 정상적인 물건으로 만들면, 다시 그 물건 전부를 고물상에게 팔 수 있을 거야!" 루트비히는 아무 말도 하지 않고, 빌리의 얼굴을 긴장해서 쳐다본다. "말해 봐! 어떻게 생각해?" "우리가 오래되고 못 쓰는 물건을 다시 팔 수 있다고 생각해?" "당연히 팔 수 있지!" 루트비히가 의기양양하게 말한다. "자, 친구, 실업자들이 살라만더 신발 가게에서 새 에나멜 구두를 살 거라고 생각해? 그들 모두는 오래되고 형편없는 신발을 신어야만 해!" "하지만 잠을 자고 구두를 수선할 수 있는 방을 어디서 구하지?" 빌리가 묻는다. "맞아, 서류 없이도 머물 수 있는 집이 우리는 필요해. 나는 '칼바이트'라는 이름으로 된 서류가 있어. 하지만 그것을 경찰서에서 보여줄 수는 없지. ……" 루트비히가 대답한다.

연금으로 생활하는 프리다 바우어바흐 부인은 반년 전부터 표지판을 내걸었다. '한두 명의 남자에게 방을 세 놓음. 바우어바흐 부인에게 문의할 것. 마당 쪽. 첫 번째 지하실 왼쪽.' "안으로 들어가 보자, 빌리" "시도는 해볼 수 있잖아." 햇볕이 미망인 바우어바흐의 지하 방을 온전히 비춘 적은 한 번도 없었다. 햇빛은 복잡하게 굴절된 다음에야 비로소 희미하게 지하 방에 도달한다. 문을 두드리자 친절하게 생긴 60대 부인이 문을 연다. "방 때문에 오셨소?" "맞습니다. 저와 제 동생이 함께 지내려고 합니다." 루트비히가 대답한다.

뒷방은 크고 커다란 창문이 있다. 창문 모서리 쪽에는 쓰레기 더미가 상당히 높이 쌓여 있어 시야를 가린다. 방안의 물품은 철제 침대 두 개, 식탁 하나, 옷장 한 개, 의자 세 개. 그리고 세탁 설비. 가장 어두운 방구석에 보기 흉한 플러시 천으로 된 소파가 부끄러운 듯 놓여 있다. 두 사람의 방세 문제. 주당 2마르크에 커피 포함, 빵과 난방과 가스 사용료는 별도. '형제'인 루트비히와 빌리는 질문을 하려는 것처럼 서로를 바라본다. "이 방을 빌리겠습니다." 루트비히가 말한다. "우리의 성은 칼바이트이고, 그의 이름은 빌리고 제 이름은 루트비히입니다. 내일 경찰서 전입신고를 하겠습니다. 그리고 이제 주의해서 들으셔야 합니다, 부인. 우리는 말하자면 장사를 합니다. 우리는 낡은 구두를 사서 그것을 다시 팔아요. 그리고 날마다 자루 가득히 구입한 구두를 전부 이곳으로 가져와서 여기서 깨끗하게 수선을 하려고 합니다. 저희가 그렇게 하는 것에 동의하십니까?" 바우어바흐 부인이 동의한다. 그녀는 어두운 작은 골방을 제공하기까지 한다. 그 방에서 신발을 깨끗하게 수선해서 보관할 수 있다. "직업에는 귀천이 없어요. 정직하게 일한다는 것이 중요하죠." 바우어바흐 부인은 성직자처럼 품위 있게 말한다. "여기 첫 주 방세입니다. 그리고 곧 물건을 가져오겠습니다." 그들은 열쇠를 건네받았고, 바우어바흐 부인은 드디어 표지판을 떼어내기 위해 의자를 들고 밖으로 나간다.

"이제 카넬 가게로 가자, 빌리!" 그들은 물건을 사러 간다. 우선 부대자루를 산다. 겨우 30페니히다. 그다음에 커다란 통에 담긴 구두약, 다양한 구둣솔과 구두끈. 자투리 가죽 몇 파운드, 구두 수선용 철제 삼발이, 구두 수선공에게 필요한 여러 종류의 못과 망치와 집게. 개인적으로 사용할 물품으로 값싼 내의 몇 벌, 화장실 용품과 낮에만 가게에서 음식을 사 먹고 나머지는 집에서 만들어 먹기 위해 필요한 약간의 식료품. 모든 물건이 커다란 갈색 상자 속으로 들어간다. 그런 다음 그들은 다시 집으로 간다. 집으로 …… 그 말이 어떤 울림을 지니는지 …… 그들은 노이쾰른 지역의 치트헨슈트라세에 집이 있다.

바우어바흐 부인은 그사이 그 방을 좀 더 안락하게 만들어 놓았다. 소파 등받이와 팔걸이 부분의 천이 가지런하게 매만져져 있었고, 뜨개질을 해서 짠 하얀 덮개가 그 위에 덮여 있었다. 침대 앞에는 모자이크처럼 천을 누벼 만든 신발 매트가 놓여 있다. 게다가 바우어바흐 부인은 새로운 백열맨틀*을 마련해 놓기까지 했다. 그리고 만약 신사분-"우리보고 신사분이래, 그 말 들었지, 빌리?"-들이 원하는 것이 있다면, 예를 들어 커피나 차를 원한다면, 바우어바흐 부인은 기꺼이 그것을 만들어 주겠다고 한다. 행복해서, 뺨이 달아오른 채, 젊은이들은 자신들의 방에 서 있다. 그렇다 그들의 방에! 교화소의 침대가 들어 있는 커다란 강당도 아니고, 하룻밤 자는 숙소도 아니다! 가구 딸린 방을 얻어서 사는 사람의 신분으로 자신들의 방에 서 있는 것이다! 그들은 사온 물건을 펼쳐 놓고, 도구와 가죽은 작은 골방, 자신들의 '작업장'에 가져다 놓는다. 바우어바흐 부인은 이 골방의 녹슨

---

* 가스가 연소되는 구멍이나 백열전구에 씌워 불의 밝기를 높이기 위해 사용한 그물 모양의 덮개.

전등에도 백열맨틀을 덧씌워 놓았다. 빌리는 백 파운드의 벽돌처럼 생긴 사각형 석탄과 나무를 가져온다. 그리고 곧 벽난로에서 온기가 퍼진다.

그들은 전등을 켜고, 탁자를 소파 쪽으로 옮긴다. 그리고 저녁 식사와 함께 먹으려고 부탁한 커피를 바우어바흐 부인이 가져온다. 커다란 갈색의 주전자에 담긴 커피가 식탁에서 김을 뿜어낸다. 바우어바흐 부인은 잔과 식사 도구도 제공한다. 이제 축하해야 할 순간이 시작된다. 이 순간에 빌리와 루트비히는 소파에 자리를 잡고 앉아, 저녁 식사를 먹기 시작한다. 술집에서 먹는 것과 같은 마른 빵과 곁들여 마시는 맥주가 아니다. 그런 것이 아니라, '집에서' 먹는 제대로 된 저녁 식사다. 두 사람은 서로를 마주 보지만, 아무 말도 하지 않는다. 그 순간은 정말 멋지다. 그들은 모든 더러운 생활, 결핍의 삶을 거친 다음에 하나의 거처를 갖게 되었다. ……

저녁을 먹은 후 각자 소파 구석에 앉아 있다. 그들은 담배를 피우면서 내일 있을 '여행'에 대해 곰곰이 생각한다. 장화를 구매하는 고물상으로는 처음 해보는 여행. 바우어바흐 부인은 다시 한 번 자명종을 가지고 온다. 자명종은 여덟 시에 맞추어져 있었다. 그런 다음 그들은 잠자리에 든다.

다음 날 아침 아홉 시 그들은 둘둘 만 자루를 겨드랑이에 끼고,

우체국에서 10마르크를 잔돈으로 바꾼다. 장사를 하려면 항상 잔돈이 있어야만 한다. 손님은 그 자리에서 바로 돈을 받고 싶어 한다. 베를리너슈트라세 왼쪽에 있는 모든 거리가 오늘 돌아다녀야 할 작업 구역으로 정해졌다. 그리로 가는 도중에 그들은 긴 문구를 낭송한다. "안녕하십니까. 오래된 신발을 최고 2마르크까지 지불합니다. 팔려고 갖고 계신 낡은 신발이 있습니까?" ……

좋은 징조가 아닐까? 첫 번째, 제일 첫 번째로 찾아간 집의 가정주부에게서 그들은 남성 구두 두 켤레를 사들인다. 갈색과 검은색이다. 몇 번의 흥정 끝에 루트비히는 60페니히를 지불한다. 신발을 자루에 집어넣는다. 어떤 집에서는 문을 열어주지도 않는다. 또 다른 집에서는 감시 구멍으로 그들을 의심스럽게 살핀다. 또 다른 집에서는 가족 전부가 으슥한 모퉁이와 구석 공간으로 흩어지더니 낡은 구두를 찾아온다. 낡은 구두를 내주면 현금을 지불한다. 그리고 현금은 프롤레타리아 지역인 노이쾰른에서는 보기 힘들다. 두 시간 후 그들은 아홉 켤레의 구두를 얻었고, 그 값으로 2마르크 80페니히를 지불했다. 싫증 내지 않고 계단을 오르내린다. "안녕하십니까. 저희는 지불……." 지불하겠다는 말은 마법의 단어다. 오후 2시가 되자 자루 두 개는 신발로 가득 찼다. 두 청년은 더 이상 몇 켤레인지 알 수 없다. 그들은 전부 해서 대략 8마르크를 지불했다.

집으로, 어머니 같은 바우어바흐 부인이 있는 집으로 돌아간다. 작업장에 자루를 놓아두고, 서둘러 음식을 파는 술집으로 가서 점심을 먹은 후에 분류, 수선 그리고 깨끗하게 광내기를 시작할 것이다. 두 사내는 마치 열병에 걸린 것 같다. 그들은 50페니히짜리 음식을 서둘러 삼킨다. 집으로 가면서 담배 한 대를 피운다. 자루를 뜯어 생긴 천으로 작업용 앞치마를 만들어 두르고, 작업장으로 간다. 우르르 요란한 소리를 내면서 신발들이 바닥으로 굴러떨어진다. 구입할 때 신발 끈을 이용해서 한 켤레씩 묶어 두었다. 우선 수선이 필요한 구두를 한 짝씩 추려낸다. 루트비히가 못과 도구를 끄집어내서 가지런히 놓고는 수선을 시작한다. 이 구두는 뒤축에, 저 구두에는 밑창 모서리에 구멍이 나 있다. 빌리는 깨끗하게 닦고 광내는 일을 한다. 그들은 고개를 쳐들지도 않고, 말을 많이 하지도 않은 채 일을 한다. 가끔 담배를 한 모금씩 빤다. 저녁 8시에 수선된 스물두 켤레의 구두와 일곱 켤레의 장화가 가지런하게 정돈되어 놓여 있다. 깨끗하게, 번쩍번쩍 빛을 내면서, 임시로 그럭저럭 수선이 된 상태로. 그다음 루트비히와 빌리가 늘어선 구두 대열을 세세하게 살핀다. 짝을 이룬 모든 신발에 번호를 매긴다. 그리고 그들은 상인에게 요구할 가격과 함께 그 번호를 목록에 적는다. 목록에 따르면 스물아홉 켤레의 신발을 팔면 총 21마르크 40페니히를 받게 될 것이다. 그러면 대략 13마르크의 이익이 남는 것이다. "우리가 그 가격을 받을 수 있을지는 곧 알게 되겠지." 빌리가 과묵하게 말한다. 내일은 구두를 사들일 시간으로 단지 세 시간만 배정되어 있다. 오후에 스물아홉 켤레의 구두를 팔아야 한다. 리니엔슈트라세, 그로세 함부르거 슈트라세, 아커슈트라세, 아우구스트슈트라세에 있는 상인들에게 팔 예정이다. 그들은 의형제 패거리와 마주치지 않도록 아주 조심을 해야만 할 것이다. 저녁을 먹은 후 그들은 피곤에 지쳐 침대로 기어든다.

노이에 쾨니히슈트라세와 프렌츠라우어슈트라세 사이의 작은 길인 리니엔슈트라세에는 고물상 가게가 다닥다닥 붙어 있다. 모든 가게가 오래된 물건을 취급한다. 루트비히가 비틀거리듯 지하실로 내려간다. 빌리는 자루를 들고 위에서 기다린다. "내려와!" 루트비히가 밑에서 소리친다. 가게 탁자 앞에서 자루를 열어 내용물을 쏟아붓는다. 그리고 상인이 팔 수도 있는 물건을 뒤져 골라낸다. 그가 보기에 열한 켤레의 신발이 팔 수 있을 것처럼 보인다. 가격? 루트비히는 번호를 보고, 목록을 들여다본다. "열한 켤레의 구두 가격은 합쳐서 …… 합계가 …… 8마르크 20페니히입니다." 상인은 모든 신발과 장화를 조사하고, 젊은이들이 신발을 살 때 했던 것처럼 만족하지 못하고 찌푸린 표정을 짓는다. 상인은 7마르크를 제시한다. 루트비히는 7마르크 50페니히를 원한다. 그리고 최종적으로 7마르크 25페니히를 받는다. 첫 번째 거래가 완벽하게 이루어진다. 그들은 주기적으로 이곳에 오고 싶다고 말하고 상인과 합의를 본다. 밖에서 루트비히는 몹시 즐거워한다. "가격을 괜찮게 받았어. 목록에 적힌 가격보다 30페니히를 더 받았어."

두 번째 상인은 훨씬 까다롭게 군다. 하지만 그는 최종적으로 3마르크를 주고 다섯 켤레를 산다. "이번에도 나쁘지 않았어." 루트비히가 길에서 미소를 짓는다. 다음번 가게에서는 "아빠는 지금 이발소에 계세요"라는 말을 듣는다. 다른 상인은 터무니없이 낮은 금액을 지불하려고 한다. "주인 양반, 그렇게는 안 되죠." 루트비히는 냉랭한 태도를 보인다. "물건이 좋으면 가격도 좋아야 하는 법이죠." 그로세 함부르거 슈트라세에서 여자 상인이 나머지 신발 전부를 산다. 열세 켤레. 열두 켤레는 돈을 받고 팔았고, 한 켤레는 덤으로 주었다. 열세 켤레, 그녀는 열세 켤레는 사려고 하지 않았다. 그 숫자는 집안에 불행을 가져온다고 한다. 하지만 그녀는 열두 켤레는 후하게 지불한다. 12마르크다. 젊은이들은 빈 자루를 둘둘 말아서, 위험 지역을 벗어난다. 승합버스에서 그들은 번 돈을 센다. 22마르크 25페니히다. "하루 만에 번 돈이야. 빌리. 정직하게 번 돈이라고!" 맥주 한 잔을 마시면서 그들은 휴식을 취하고 상상 속에서 공중누각을 짓는다. 그런 다음 다시 일할 것이다. 오늘 세 시간 동안 거둬들인 수확물인 열두 켤레의 신발을 수선해야만 한다.

바우어바흐 부인이 경찰 전입신고에 대해 묻는다. 그것으로 고양됐던 분위기가 급격하게 가라앉는다. 그들이 정말로 단 하루라도 자신들이 경찰이 찾고 있는 도망친 교화소 훈육생이라는 사실을 잊은 적이 있었던가? 그들은 전입신고 양식을 사고, 거짓으로 꾸며낸 진술로 각 칸을 채운다. 바우어바흐 부인은 집주인에게 서명을 받는다. '형제'가 대신 경찰서에 가겠다는 제안을 그녀는 고맙게 받아들인다. 루트비히와 빌리는 '경찰서로 간다.' 그들이 잠시 후 돌아와서 "바우어바흐 부인! 전입신고를 마쳤어요!"라고 부엌을 향해 외칠 때 두려움에 목이 죄어와 말이 제대로 나오지 않는다. 그들이 이제 관공서 도장이 찍힌 양식을 보여주어야만 한다면, 모든 것이 다시 끝이다. 그러고 나면 그들은 다시 패거리에게로 돌아가야만 할 것이다. 하지만 바우어바흐 부인은 사람을 잘 믿는다. "그렇다면 모든 것이 잘 되었네. 커피를 끓일까?" "고맙지만 됐습니다. 아직 괜찮아요. 바우어바흐 부인." 루트비히가 대답한다. 그리고 두려움이 순식간에 조용한 기쁨으로 바뀐다. '정말 운이 좋았어. 이제 눈에 띄지 않게 조심해서 살면, 모든 것이 잘 될 거야.'

열두 컬레의 구두를 수선하고 광을 낸다. 그들은 바삭바삭
하게 구운 갈비, 버터, 익힌 베이컨을 저녁 식사로 맛있게 먹는
다. 몇 개의 오렌지도 샀다. 십사 일 후면 크리스마스다. 크리스
마스? 우리는 일 년 전에 어디에 있었지? 빌리는 교화소에. 루트
비히는 오랫동안 생각을 해야만 한다. 그런 다음 그는 기억 속
에서 그 날을 끄집어낸다. 사정이 별다를 수 있었을까? 반쯤 굶
주리고, 잠잘 곳을 잃은 지 이미 오래되었다. 티어가르텐에서 몸
을 팔아 2마르크를 벌 경우, 그는 자신이 부자가 되었다고 여겼
다. 하루를 먹고, 하룻밤을 빈대가 우글거리는 매트리스에서 잘
수 있을 정도가 되면 부자가 되었다고 여겼다. "아, 빌리. 우리가
이곳 바우어바흐 아주머니 집에서 계속 머물 수 있다면 …… 지
금 다시 패거리로 돌아간다고 생각하면 …… 안 돼, 돌아가지 않
겠어. …… 돌아가지 않을 거야!" 그들은 잠을 자러 간다. 내일은
카이저 프리드리히슈트라세 차례다. "안녕하십니까? 저희들은
2마르크까지 지불합니다……."

16장

범죄자 패거리 의형제단 - 라이프치히와 마그데부르크로의 피신 - 일이 틀어지다 -

프랑스인 펠릭스, 조니와 프레트가 붙잡히다.

패거리 '의형제'는 점점 직업 범죄자 집단으로 발전해 간다. 심한 배고픔을 느끼는가? 더 이상 그런 일은 없다! 넝마를 걸치고 돌아다니거나 머물 수 있는 거처가 없나? 우리는 더 이상 그럴 필요가 없다. 원래 이 일을 하도록 부추기고 유혹했던 프레트가 패거리를 손아귀에 꽉 움켜쥐고 있다. 처음에는 거부했던 하인츠와 게오르크도 손쉽게 번 많은 돈에 눈이 멀어서 모든 의구심을 내던졌다. 루트비히와 빌리, 그 멍청한 놈들은 다시 붙잡힌 게 분명하다. 백화점, 주말 장터, 실내 시장에서 이루어지는 돈벌이가 잘되는 소매치기를 의형제 단원들은 계속한다.

하지만 패거리는 다른 기회도 그냥 내버려 두지 않는다. 가택 침입 절도, 자동차 절도가 그런 기회다! 가택 침입 절도의 수확물은 항상 패거리의 대부 노릇을 하는 고트헬프에게로 넘겨졌다가 거기서 다시 순차적으로 장물아비들에게로 넘어간다. 유일하게 운전을 할 줄 아는 프레트가 절도 후 즉시 훔친 차를 몰고 지방으로 간다. 자동차를 새로 도색해서 다시 다른 곳으로 넘기는 조력자들이 지방에 자리를 잡고 있다. 상태가 좋으면 훔친 자동차로 항상 삼백에서 오백 마르크의 목돈을 챙길 수 있다. 프레트는 '경련을 하면서 달리는 낡은 고물 자동차'에는 손도 대지 않는다. 그저께. 베를린 서쪽 지역의 고급 술집 앞에서 문을 따고 훔친 아들러 자동차를 예로 들 수 있다. 글자 그대로 아직도 공장에서 도색한 페인트 냄새가 사라지지 않은 자동차다. 그는 즉시 자동차에 주유를 하고는 차를 타고 지방으로 쏜살같이 사라진다. 라이프치히를 향해서.

조니는 부하들과 함께 바트슈트라세에 있는, 패거리의 대부 노릇을 하는 고트헬프 집에 앉아 있다. 그들은 프레트가 돌아오기를 기다린다. 그는 오후 여섯 시에 다시 고트헬프의 집에 도착할 예정이다. 이때 자전거를 탄 우편배달부가 고트헬프에게 온 속달 편지를 들고 들어온다. "대체 누가 내게 이렇게 긴급한 연애편지를 보낸 거지?" '제기랄, 프레트의 필체야' 조니가 알아본다. 급하게 흘려서 쓴 메모다. '조니, 짭새들이 내 뒤를 쫓고 있어. 하지만 아직은 나를 덮칠 생각은 하지 않고 있어. 즉시 바트슈트라세를 정리하고 도망쳐. 울리에게로 가. 내가 짭새들을 따돌릴 수 있으면, 자정에 울리의 정자로 갈게. 조심해, 어쩌면 너희들도 이미 방문객을 맞이했는지도 모르겠군. 프레트' 모두들 창백하게 몸을 떨면서 서 있다. 하지만 이전에 교도소에 수감되었던 고트헬프만이 무심하게 말한다. "골로우 교도소도 아주 멋지지 ……" 조니는 집에 보관하고 있는 훔친 물건, 주로 비단으로 된 여성 속옷들을 나누어서 들고 갈 수 있도록 작은 꾸러미로 싸라는 명령을 내린다. 그런 다음 이미 강력계 형사들의 감시를 받고 있는지 알아보기 위해서 거리로 나간다.

그는 자신이 다음 순간 언제라도 체포될 수도 있다는 것을 안다. 그는 차분하게 건물의 통로에 서서, 담배를 빨고, 겉보기에는 지루한 듯 좌우를, 건너편 길을 살핀다. 이런 초저녁 시간에 바트슈트라세는 활기가 넘쳐난다. 하지만 의심스러운 조짐은 전혀 보이지 않는다. 15분 후 그는 훔친 물건을 울리의 정자로 옮기라는 명령을 내린다. 몇 분 간격으로 아이들이 한 명씩 나간다. 저마다 꾸러미를 들고, 슈트라세 80f. 구역 X. 2.를 향해서 간다. 다행히 울리가 정자에 있다. 이익을 나눌 때 한몫 받는다는 조건으로 그는 물건을 받아들이고, 의형제 단원들을 재워줄 의향이 있다고 설명한다. 한 시간이 지나자 이주가 완료되었다. 고트헬프의 집은 이제 다시 '깨끗하게 되었다.' 이제 짭새들이 와도 상관없다. "내가 장물아비라고? 그럼 그렇다는 증거를 보여주시오, 형사 양반들!"

마지막으로 울리의 정자로 가는 길에 조니는 기름종이 한 뭉치를 산다. 물건 전부를 물기가 배어들지 않게 기름종이로 싸서 포장한다. 정자 뒤에 구덩이를 판다. 모든 '장물'을 구덩이 속에 넣고, 흙을 밟아서 꽁꽁 다지고, 양동이 세 개 분량의 폐기물을 그 위에 쏟아붓는다. 구덩이는 이제 전혀 보이지 않는다. 어둠 속에 잠겨 있는 정자의 위치가 드러나지 않도록 울리는 포탄 탄피를 활용해서 만든 난로에 연기가 거의 나지 않는 코크스를 넣고서 불을 피운다. 네 명의 의형제 단원을 보내서, 한 사람이 2개씩 사용할 수 있는 양의 모직 담요를 사 오도록 시킨다. 돈은 충분히 있다. 겨울에 정자에서 밤을 보내는 것은 차가운 즐거움이다. 럼과 설탕 그리고 생필품도 샀다. 곧 모두들 이글거리는 난로 주변에 둘러앉아서 프레트가 짭새를 성공적으로 따돌렸을까를 생각하면서 낮은 소리로 대화를 나눈다. 거친 비바람이 정자 주변을 휩쓸고 지나간다. 그리고 빗방울이 작고, 꼭꼭 가린 창문을 채찍질하듯 때린다. 정자 안의 공기는 너무 따뜻해서 나무 벽에 스며있던 습기가 배출되어 김이 자욱하게 서린다.

자정이 지난 지 오래다. 프레트가 돌아올 기미는 전혀 없다. 의형제 단원들은 옷을 벗지 않은 채 담요에 누워 있다. 갑자기 도망쳐야만 할지 누가 알겠는가? 마침내, 새벽 두 시경 밖에서 개 짖는 소리가 들린다. 그것은 프레트가 내는 신호다! 하지만 아이들은 아직 움직이지 않는다. 단단한 물건이 정자의 문을 위에서 아래로, 다시 아래에서 위로 긁어대자, 그들은 비로소 프레트라는 것을 확신한다. 만족해하는 표정으로, 완전히 비에 젖었지만 조금도 초조해하지 않는 모습으로 프레트가 담요 위로 몸을 던진다. "잘 지냈어, 친구들. 우선 그로그주* 한 잔만 부탁해!" 그는 뜨겁고 독한 술을 벌컥 들이키고는 담배에 불을 붙인다. "방금 우스운 장면을 보았지. 택시를 타고 고트헬프 집을 들렀어. 너희들 생각에는 몇 명의 형사들이 주변에 잠복해 있을 것 같아? 내가 본 것은 세 명이야. 장대비가 내리는 이런 날씨에 맞은 편 길가에 있는 건물 통로에 두 명, 고트헬프가 사는 건물에 한 명이 숨어 있었지. 구석에 웅크리고 앉아서 술에 취한 사람 흉내를 내고 있었어! 그들 모두가 조니와 나, 프레트에게 인사를 건네고 싶어 하던걸 ……"

조니가 물건을 안전한 곳에 숨겼다고 짧게 일러주자, 프레트가 계속 이야기를 한다. 라이프치히에서 자동차를 임시로 보관하던 차고가 경찰의 감시를 받았음이 분명하다. 왜냐하면 그때부터 그는 더 이상 경찰의 미행에서 벗어날 수 없었기 때문이다. 당연히 그는 자동차를 넘겨받기로 한 조력자에게 갈 수 없었다. 그는 달리는 지상 전차에 훌쩍 올라타서 경찰들의 추적을 따돌릴 수 있었다. 그다음 라이프치히 중앙역에 경찰들이 다시 들이닥쳤지만, 프레트가 베를린행 열차를 타는 것을 보지 못했음이 분명했다. 어쨌든 라이프치히 경찰은 프레트의 인상착의를 무선으로 베를린 경찰에게 보냈다. 왜냐하면 그가 베를린 안할터 반호프에 도착했을 때, 다시 두 명의 경찰이 대기하고 있었기 때문이다. 그들은 그를 체포하지 않고 놓아주었지만, 가능하면

---

* 럼주에 더운 설탕물을 혼합한 술

프레트의 은신처와 공범들을 알아내기 위해서 그의 뒤를 밟았다. 그는 길을 걸으면서 속달 우편을 썼다. 다행히 그는 종이와 우표를 지니고 있었다. 그리고 포츠담 광장의 혼잡한 인파 속에서 기회를 보다가 눈에 띄지 않게 편지를 우체통에 집어넣었다. 그런데 짭새들이 어떻게 바트슈트라세의 주소를 알게 되었을까……

어쨌든 의형제단이 감시를 받은 것은 오래전부터다. 프레트는 프리드리히슈트라세의 아싱어 분점에서 경찰의 추적을 벗어날 수 있었다. 화장실로 가는 입구는 통로를 지나서 크라우젠슈트라세로 이어져 있었다. 경찰들은 프리드리히슈트라세로 통하는 가게 입구에 서서 프레트를 기다렸다. 기다리고 또 기다렸다. …… 프레트는 처음에는 바트슈트라세와 콜로니에슈트라세 지역으로 갈 엄두를 내지 못했다. 마침내 그는 밤늦게 택시를 잡아타고 그곳으로 가서, 바트슈트라세의 은신처가 이미 경찰에 포위되어 있는 것을 보았다.

"너희들은 임시로 이곳에서 잠을 잘 수 있어. 날씨가 더 추워지지 않는다면, 그럭저럭 견딜 만해." 울리가 제안한다. 울리는 의형제단이 돈을 갖고 있다는 것을 안다. 그리고 돈을 벌 수만 있다면 그는 당연히 자신이 할 수 있는 일을 한다. "프레트", 조니가 말을 시작한다. "너와 나, 우리는 아주 불쾌한 이 상황이 지나갈 때까지 몇 주 동안 베를린을 떠나 피해 있어야만 할 것 같아. 마그데부르크 시로 가서, 그곳에서 그 일을 마무리할 수도 있겠지. 알겠지만 …… 적어도 이천 마르크 정도는 벌 수가 있어. 그리고 다른 사람들은." 그는 나머지 의형제 단원들 쪽으로 몸을 돌린다. "이곳에 남아서 차분히 계속 일을 할 수 있을 거야. 하지만 주말 시장에서만 작업을 하도록 해. 백화점은 이미 감시가 심해졌어. 울리, 함께 마그데부르크로 갈 생각 있어? 네 몫으로 삼백 마르크가 떨어질 수 있을 거야 ……" "무슨 일인데?" 울리가 묻는다. "별로 위험하지 않은 일이야. 나도 무슨 일인지는 정확히 몰라. 내 오래된 친구가 그곳에서 암거래 가게를 운영하고 있어." 울리는 갈 의향이 있다고 이야기한다. 조니는 새벽 기차를 타고 떠나기 위해 필요한 모든 채비를 한다. 조니가 없는 동안 콘라트가 패거리의 우두머리 역할을 대신할 것이다. 울리는 베를린에 남아 있는 의형제 단원에게 정자를 맡긴다. 땅에 묻은 장물에 손을 대서는 안 된다. 지금 상황에서 경솔하게 장물을 처분하는 것은 너무 위험하다. 두 시간의 짧은 수면. 프레트, 조니 그리고 울리는 채비를 마치고, 작은 여행 가방을 꾸린다. 밖은 여전히 캄캄하고 비가 내리는 밤이다. 콜로니에슈트라세에서 그들은 택시를 세운다. "포츠다머 반호프로 갑시다!" 역에서 그들은 서로 모르는 사이인 것처럼 행동한다. 그래서 각자 차표를 끊는다. 그리고 기차에 올라탄다. 기차가 출발하고 의심스러운 낌새가 없음을 확인하고서 비로소 그들은 같은 자리에 앉는다. 다행히, 그들은 베를린을 뒤에 남겨두고 떠난다.

마그데부르크 시에 도착해서 프레트와 울리는 기차역 건너편에 있는 아침 식사를 파는 가게에 앉아 기다린다. 조니는 그의 친구, '프랑스인-펠릭스'에게 가기 위해 길을 나선다. 베를린에서의 상황이 펠릭스에게는 아주 위태로웠다. 프랑스인 펠릭스는 페테 헤넨 가세*에서 약혼녀와 함께 산다. 페테 헤넨 가세는 어디에 있는 골목일까? 화려한 색채로 채색된 마그데부르크 시청 가까운 곳에 있는 옛 시장 옆에 있다. 마그데부르크의 페테 헤넨 가세와 베를린의 물라크슈트라세는 어떤 이에게는 동일한 개념이다. 마그데부르크의 기울어진 작은 집들이 베를린 매춘 지역의 집보다 약간 더 오래되었다는 차이가 있을 뿐이다. 조니는 비틀거리면서 좁고 가파른 나무 계단을 오른다. 모든 계단 널빤지가 쉽게 몇 센티미터씩 내려앉으면서, 천식에 걸린 것처럼 헉헉거리는 숨소리로 내리 누리는 사람에 대해 나름대로 복수를 한다. 그 지역 거주자에게는 이방인이 계단에 있음을 알려주는 숨길 수 없는 표시다. 토박이들은 계단을 오를 때 몸을 벽 쪽으로

---

* '살찐 암탉 골목'이라는 뜻으로 창녀 거리다.

바짝 붙인다. 그러면 아무 소리도 나지 않는다. 계단 꼭대기에서 조니가 두드리는 노크 소리에 문이 열리기까지는 상당히 오랜 시간이 걸린다. 안에서 그는 은밀하게 속삭이는 소리를 듣는다. "펠릭스 …… 조니가 이곳에 왔어. 베를린의 조니가! ……" 그런 다음 문이 열린다.

황소처럼 건장한 사내가 아주 짧은 상의를 걸치고 조니 앞에 서 있다. "조니! 깜짝 놀랐어! 안으로 들어와!" 작은 침대에서 펠릭스의 약혼녀인 창녀 파울라가 잠에서 깨어나 호기심을 보이면서, 그리고 부끄러움을 거의 느끼지 않은 채 누워 있다. 흐트러진 파마머리가 카나리아의 노란색으로 타오르고 풀어져 예쁘장하게 생긴, 부드러운 작은 얼굴 주변을 감싸고 있다. 통나무처럼 거대한 사람인 펠릭스는 오십 킬로 미만의 여자들만 사랑하고 보호한다. "계획한 일이 있어서 이곳에 온 거야, 조니?" "그래 펠릭스. 친구를 두 명 데리고 왔어. 한 명은 이미 알고 있을 거야. 프레트라고." "프레트? 괜찮은 친구지." 펠릭스는 약혼녀 쪽으로 몸을 돌린다. "귀염둥이야, 이제 침대에서 내려와. 내 친구가 커피를 마시고 싶어 해. 나도 그렇고." '귀염둥이'는 폴짝 뛰어 내려서 머리를 매만지기 위해 먼저 거울 앞으로 서둘러 간다. 다른 것, 상의와 속바지가 하나로 된 옷 아래에 드러난 그녀의 예쁜 몸매를 조니는 찬찬히 살펴볼 수 있다. '다행히 모든 게 정상

이군. 뚱뚱하고 칠칠치 못한 여자는 아니군.'

　아침을 먹은 후 조니와 펠릭스는 울리와 프레트가 기다리고 있는 반호프슈트라세로 간다. 펠릭스와 프레트는 이미 아는 사이다. 그러면 다른 사람, 울리는? 조니가 데려왔다면 '괜찮은' 자일 것이다. 우선 그들은 그 가게를 나선다. 마그데부르크는 베를린이 아니다. 야콥슈트라세에 있는 노동자들이 주로 오는, 눈에 잘 띄지 않는 술집에서 그들은 작업 계획에 대해 논의한다. 그집을 살펴보기 위해 삼일은 필요할 것이다. 그들은 토요일에서일요일로 넘어가는 새벽에 그 일을 해치울 것이다. 그 집을 터는일에는 전혀 위험 부담이 없다. 집주인이 여행을 떠난 지는 이미오래되었다. 매주 어떤 여자가 와서는 환기를 시키고 집안 청소를 한다. 경보기도 없다. 물론 그들은 현관문을 통해서 안으로들어갈 수는 없을 것이다. 문의 안과 밖에는 얇은 철판이 덧대어져 있다. 그리고 몇 개나 되는 자물쇠는 최신식이고, 가장 정교한 것이다. 먼저 정육점으로 들어가서 그곳에서 천장을 뚫고 들어가는 방법 이외에 다른 방법은 없다. 정육점 주인은 건물 네개를 더 지난 곳에서 산다. 그리고 밤에 가게에는 아무도 없다.

　북쪽 공원 근처 퀼레바인슈트라세에는 죽은 듯 인적이 끊겼다. 드문드문 작은 건물에서 아직 전등 불빛이 켜져 있다. 마그데부르크는 건실한 도시다. 그리고 퀼레바인슈트라세는 일반적인 성실함에서 벗어난 도시의 이질적인 거리처럼 시끄러운 거리가 아니다. 새벽 두시 반 정육점 앞에 서 있는 펠릭스와 조니. 가게에는 커다란 보물이 숨겨져 있는 것이 아니어서 특별한 안전장치가 설치되어 있지도 않다. 문에 달린 두 개의 자물쇠 …… 이런! 프랑스인 펠릭스는 벌써 자물쇠 이외에 다른 안전장치들도 제거했다.

십 분이 채 되지 않아서 문이 열린다. 신호로 고양이 소리를 작게 내서 모퉁이에서 망을 보고 있던 울리와 프레트를 부른다. 울리는 계속 입구 앞에 서 있다. 세 명이 가게 안에서 작업을 한다. 모든 것이 조용하게 진행된다. 펠릭스는 탁자 위로 펄쩍 뛰어오른다. 작은 탁자가 천장에서 작업하기에 알맞은 높이를 제공한다. 프레트와 조니는 모직 담요를 펼친다. 펠릭스의 실톱이 가게 천장에 구멍을 낸다. 톱질을 해서 사각형 모양으로 잘라내야만 한다. 한 사람의 몸이 충분히 지나갈 수 있는 크기여야 한다. 힘이 많이 드는 일이다. 곰처럼 건장한 펠릭스에게도 그렇다. 반시간 후 톱으로 잘라낸 사각 모양의 천장이 넓게 펼쳐서 받치고 있던 담요 위로 소리 없이 떨어진다. 펠릭스는 유연하게 몸을 위로 끌어당겨서 남김없이 털어갈 예정인 집으로 올라선다. 조니와 프레트가 뒤를 따른다. 이제 모든 것이 다 잘 됐다. 그들에게는 충분한 시간이 있다. '우선 우리가 어디에 있는지 한번 보자.

아하, 식당이군.' 은제 식기 도구를 보고 그것을 알 수 있다.

하지만 모든 것이 다 계획된 대로 진행되지 않는다. 정육점 주인이 하필 이날 밤 빌헬름슈타트에서 소규모 술 모임을 연다는 것을 그 패거리들이 알 수는 없었다. 정육점 주인은 막 모퉁이를 돌아서 집으로 가려고 했다. 그때 그는 저편, 자신의 가게 앞에 어떤 남자가 서 있는 것을 본다. 그리고 문-비록 술판에서 돌아오는 길이었지만 그는 아주 날카로운 눈썰미를 지니고 있다- 그 문이 닫히지 않은 채 기대어져 있었다. 그의 가게에 도둑이 든 것이다! 경찰에 신고를 해야 돼! 그런데 어디에서 해야 하지?' 롤렌하겐슈트라세 모퉁이에 있는 술집에 아직 불이 켜져 있다. 그는 전화를 건다. "도둑이 들었어요!" 기동 순찰대가 전화를 받는다. "……경찰관님, 사이렌을 울리지는 마십시오. 그러면 도둑놈들이 달아날 겁니다!"

하지만 긴급 출동 경찰차는 요란하게 '사이렌을 울리며 왔다!' 상당히 먼 거리이지만, 이런 정적 속에서는 멀리 떨어진 곳에서도 그 소리를 들을 수 있다. 울리 역시 그 사이렌 소리를 들었다. 그는 가게 안을 향해 소리친다. "달아나 …… 달아나라고!" 이제 그는 달아나야만 한다. 맞은편 길 어둠 속에 있던 정육점 주인은 울리가 달아나는 것을 보자 요란스럽게 소리를 지르기 시작한다. 경찰차가 모퉁이를 돌아 급하게 다가온다. 손에 권총을 든 여섯 명의 경찰관이 가게 안으로 몰려 들어간다. 정육점 주인이 뒤를 따른다. 그들은 눈부시게 강렬한 차 안 등을 비추어서 천장에 뚫린 구멍을 본다. 위쪽, 가정집에서 무엇인가 소리를 내면서 바닥으로 떨어진다. 출동한 경찰팀장이 구멍을 향해 소리친다. "경찰이다! 나오지 않으면 발사하겠다!" 아무것도 움직이지 않는다. 다시 한 번 그가 외친다. 이때 경찰관들은 이층에서 창문이 열리는 소리를 듣는다. 출동한 경찰차 운전사가 이미 이동 전조등을 켜 놓았다. 전조등이 이제 건물의 전면을 환하게 비춘다. 잠깐 사람의 형태가 창가에 어른거린다.

다시 선임 경찰관이 외친다. 위쪽에서 소리가 들린다. "내려갑니다 ……" 한 사람씩 차례대로 구멍을 통해서 다시 가게로 내려온다. 곧 조니, 프레트 그리고 펠릭스가 수갑을 찬 채로 자동차에 앉아 있다. 혹시 있지도 모를 다른 공범을 잡기 위해 집 안을 샅샅이 뒤진다. 정육점 문을 더 이상 닫을 수 없었으므로, 한 명이 남아서 보초를 선다.

정육점 주인은 마침내 잠을 자러 갈 수 있게 되었다. 그의 소중한 소시지는 손때도 타지 않은 온전한 상태였고, 천장의 구멍 수리비용은 집주인이 지불할 것이다. 도둑의 침입이 그에게는 전혀 나쁘지 않은 광고 효과다. 월요일이면 사람들이 무리를 지어서 올 것이고, 천장의 구멍을 보고 놀랄 것이다. 그러면 그는 몇 가지 소시지의 가격을 약간 올릴 수도 있을 것이다. 예를 들면 원래 가격의 4분의 1정도인 5페니히를 더 올려도 카이저야크트부르스트를 충분히 팔 수 있을 것이다. 그리고 레버부르스트도 값을 올려 받을 수 있는 두 번째 소시지다. 슐락부르스트도 5페니히 정도의 가격 인상을 감당할 수 있을 것이다. 새벽에 있었던 도둑들의 침입 소식을 자세히 들려주는 일은 그 정도의 값어치는 된다. 그는 귀 기울이는 손님들 앞에서 대략 다음처럼 이야기를 시작할 것이다. "…… 그때 나는 한 사내, 힘이 센 사내, 거인 같은 사내가 내 가게 앞에 서 있는 것을 보았어. 당연히 나는 길 건너편에 있었지. 그자가 나를 보고, 나를 향해 권총을 겨누었지. 할 수 있는 일이 뭐가 있겠어? 나는 총을 쏘기 전에 그자를 때려 땅바닥에 눕혀버렸지. ……"

울리는 자신에게는 아주 낯선 도시에서 이리저리 헤맨다. 세 명이 체포되었다. 그것은 확실하다. 도망칠 때 그는 기동 경찰차의 불빛을 보았다. 다행히 울리는 조니에게서 받기로 약속되어 있던 돈을 미리 달라고 해서 받았다. 그렇지 않았다면 그는 베를린으로 돌아갈 수도 없었을 것이다. 새벽 5시경 그는 역으로 가서, 베를린행 승객 열차에 몸을 싣는다. 10시에 콜로니에슈트라세에 도착해서 자신의 정자 앞에서 암호를 보낸다. 그는 오래 문을 두드려야만 한다. 마침내 문이 열린다. "반가워 울리! 그런데 다른 사람들은 어디에 있어? 조니와 프레트는?" "그들이 어디에 있냐고? 마그데부르크 경찰서 유치장에……."

17장

실내 시장에서의 소동 - 미혼 남자들의 크리스마스 축하연 - 극장 지하실에서 보낸 이틀 낮과 삼일 밤 - 하인츠는 경찰에 자수한다 -

"우리에게 다른 길이 남아 있어?"

패거리를 이끌던 세력인 조니와 프레트가 체포되었다. 패거리의 나머지 구성원인 콘라트, 에르빈, 하인츠, 발터, 한스 그리고 게오르크는 아무런 기반도 없이 홀로 남겨졌다. 임시 우두머리인 콘라트는 프레트나 조니 같은 사람들에게 있는 활력이나, 차가운 계산 능력, 정신적 우월함 그리고 아무것도 꺼리지 않는 단호함을 전혀 지니고 있지 않다. '검은 칠인'이라는 패거리의 우두머리인 울리도 신하 없는 군주와 마찬가지다. 그의 여섯 동료들은 차츰차츰 다른 조직으로 가버렸거나, 끝 모를 도시가 그들을 삼켜버렸다. 울리도 패거리의 아이들이 필요로 하거나 따르고 싶어 하는 지도자는 아니다. 콘라트와 마찬가지로 울리 역시 독불장군, 어떤 싸움도 위험하다고 여기지 않고 받아들이는 '싸움꾼'일 뿐이다. 하지만 그에게는 조니의 뛰어난 특성인 우월한 지적 능력이 없다. 지적으로 미숙한 아이들도 그것을 본능적으로 느낀다. 그리고 그들은 울리가 그렇게 무리를 이끄는 것에 매력을 느끼지 못한다.

게다가 그것에 더해서 남은 패거리도 자신들이 직접적으로 경찰의 추적을 받고 있음을 실제로 느꼈다. 또한 경찰들이 청소년 소매치기단과 자동차 절도단을 일망타진하라는 지시를 받고 움직이고 있다는 사실도 추가된다. 그들은 이미 몇 년 전부터 자신들이 경찰의 수배자 명단에 올라 있다는 것을 의식하게 되었다.

수배 명단에 오른 사람과 관련된 서류는 수천 개의 서류 중 하나에 불과하다. 하지만 지금, 경찰의 적극적인 추적 때문에 나머지 패거리들은 혼란을 느꼈고, 아주 불안해졌고, 초조하고, 의기소침해졌다. 그들은 더 이상 정자 밖으로 나갈 엄두도 내지 못한다. 겨울 오후의 어둠 속에서만 그들은 생필품을 사기 위해 콜로니에슈트라세로 살그머니 나간다. 갖고 있는 돈은 일주일을 버티기에도 충분하지 않을 금액이다. 프레트가 5백 마르크가 훨씬 넘는 패거리의 공동 기금을 갖고 있었다. 이제 마그데부르크 경찰이 그 모든 돈을 압수해서 보관하고 있다.

12월 24일 오전. 돈이라곤 이제 5페니히 붉은 동전 한 푼도 남아 있지 않았다. 오늘 '크리스마스이브' 날과 축제일 동안에 굶고 싶지 않다면, 그들은 일을 하러 가야만 한다. 아커슈트라세의 실내 시장에서 그들은 행운을 시험하려고 한다. 울리는 함께 하려고 하지 않는다. "너희들을 이곳에서 재워주는 것만으로도 내가 할 일은 충분히 했어." 그가 말한다. 그는 의형제 단원들이 자신과 자신의 정자에 의존하고 있다는 것을 잘 알고 있다. 이미 어제 콘라트와 울리가 서로 주먹질을 하면서 심하게 싸웠다. 그들은 각각 세 명씩 무리를 지어서 출발한다. 방향은 아커슈트라세다. 실내 시장에서 작업을 마친 다음 만날 장소로 술집 '뤼커클라우제'를 정한다. 울리는 정자에 그대로 남아 있다.

판매대 앞과 실내 시장의 통로에 모인 인파는 패거리에게 '쉽게 작업'할 수 있는 모든 기회를 제공한다. 하지만 그들은 주저하고 또 주저한다. 지금은 프레트와 조니가 재촉하던 행동이 빠져 있다. 한 무리는 다른 무리가 어디에 있는지 보지 못한다. 과일 판매대 앞에서 갑자기 날카로운 비명이 솟구쳐 나온다. "내 돈! 내 돈!" 계속해서 실성한 듯 새된 소리가 들린다. 그 새된 소리는 형용할 수 없을 정도의 흥분을 불러일으킨다. 흥분의 물결이 실내를 휩쓸고 지나간다. 아무도 더 이상 물건을 사고팔 생각을 하지 않는다. "경찰을 불러 줘요! …… 내 돈! …… 내 돈! ……" 돈을 도둑맞은 여자가 여전히 미쳐 날뛴다. 누군가 기동 순찰대에 신고를 했다. '경찰이 온다.' …… 사방에서 '온다!'는 소리 …… 그 소리가 관중 사이로 맹렬하게 퍼져나간다. 경찰의 도착을 기다리는 것이 권장할 만한 일이 아니라고 여기는 사람들은 인발리덴슈트라세 쪽 출구로 달아난다.

일 분 후 '경찰차'에서 여섯 명의 경찰이 뛰어내린다. 두 명이 아커슈트라세 쪽 출입구 앞에 자리를 잡고, 두 명은 인발리덴슈트라세 쪽 출구 앞에 자리를 잡는다. 하지만 여섯 명의 경찰로 무슨 일을 할 수 있겠는가? 근무 대기조에 비상이 걸린다. 50명의 경찰이 화물 트럭을 타고 쏜살같이 달려온다. 이제 실내를 체계적으로 '빗질을 하듯 탈탈 턴다.' 상인들은 '장사를 못해 손해를 본다'는 말을 미친 듯 뱉어내고, 움직이는 것을 저지당한 자들은 욕설을 내뱉고 고함을 지른다. 양심에 거리낄 것이 없는 사람들은 그것을 흥미롭다고 생각한다. 신분증명서가 없는 열두 명쯤 되는 혐의자가 화물 트럭에 실려 경찰 본부로 끌려간다. 서서히, 서서히 흥분의 물결이 가라앉는다. 점차 다시 분주하게 장사가 시작된다. 모두들 경고한다. '조심하세요 …… 소매치기를! 경찰의 수색이 있었어요!'

조니의 첫 번째이자 가장 중요한 원칙은 아주 작은 흥분이라도 감지되면, 백화점에서 달아나, 실내 시장에서 달아나, 주말 시장에서 달아나! 라는 것이다. 몇 시간의 시차를 두고 의형제 단원들은 한 사람씩 '뤼커클라우제' 술집에 모인다. 여섯 명이 전부 모였을 때에는 이미 날이 어두워져 있었다. 실향민들의 고향과도 같은 '뤼커클라우제' 술집에는 감상적인 크리스마스 분위기가 지배한다. 축음기가 '오, 즐겁고 복된 밤 ……'을 속살거리자 술집의 모든 사람이 함께 따라 부른다. '선원의 사랑'을 따라 부르던 꽥꽥거리는 소리가 아니다. 전혀 아니다. 오히려 기억을 불러일으키고, 일깨우는 노래, 가능한 한 목소리를 아름답게 해서 따라 부르는 노래다. 적절한 순간에 제공되는 감상적인 분위기는 가장 냉혹한 강도라도 탐욕스럽게 받아들이는 감미로운 요리다. 이런 순간에 흘린 눈물에는 품위를 떨어트리는 것이 전혀 섞여 있지 않다.

실내 시장에서 흥분을 일으킨 장본인은 게오르크였다. "그런 소동을 일으킬만한 가치는 있었어?" 게오르크는 지갑과 22마르크를 보여준다. 그들은 가게를 나서서 콜로니에슈트라세 쪽으로, 정자로 간다. 게준트브루넨 역 근처 음식점에서 그들은 음식을 먹는다. 발터가 울리를 데려올 것이다. 울리는 식사를 하러 올 것이다. 그들은 울리를 좋게 생각하지 않았다. 하지만 그들에게 정자가 없다면, 완전히 끝장일 것이다. 그들은 말없이 50페니히짜리 음식을 앞에 두고 앉아 있다. 음식점은 텅 비어 있고, 거리는 더 한적해질 것이다. 사람들은 서둘러 어디론가 간다. 발터가 혼자서, 숨을 헐떡이면서, 흥분으로 몸을 떨면서 돌아온다. "울리가 없어! …… 정자가 잠겨 있고, 문에 경찰의 봉인이 붙어 있어!" 다섯 개의 포크가 달그락 소리를 내면서 접시 위로 떨어진다. 경찰이 봉인을 붙였다고? 그들은 패거리를 모두 체포하려고 했지만, 울리만을 발견한 것이다. 끝났다! …… 끝장이다! 이 지역을 떠나. 잠적해서 도망쳐. 그렇지 않으면 그들 모두는 크리스마스이브에 체포될 것이다. 이제 패거리는 완전히 해체되었다. 머물 곳도 없고, 돈도 거의 없는 그들은 언제든지 체포될 수 있다. 그들은 지하철 객차 안에서 뿔뿔이 흩어져서 앉아 있다. 같은 일행처럼 보여서는 안 된다. 하지만 그들의 시선은 서로를 찾고 불안한 듯 묻는다. "이제 어떻게 하지?"

빌로우보겐의 이면 도로에 있는 작은 술집에 '**미혼 남자들의 크리스마스 축하연**'이라는 표지가 붙어 있다. 절반은 술집이고, 절반은 단순한 카페. 불이 붙은 촛불이 매달려 있는 크리스마스트리가 식탁 사이에서 왕처럼 군림하고, 모든 식탁 위에는 화려한 장식 끈이 달린 전나무 가지가 화려함을 과시한다. 피아노 연주자는 쉴 새 없이 분위기에 어울리는 '**고요한 밤, 거룩한 밤**'을 피아노에서 끄집어낸다. 애인과 함께 몇몇 창녀가 코가 삐뚤어지도록 펀치와 감상적인 분위기를 마신다. 그리고 가게의 여주인으로부터 아름다운 크리스마스 노래를 그렇게 야만적으로 꽥꽥거리면서 부르지 말라는 엄격한 과제가 술 취한 사람에게 부여되었다. "점잖게 불러, 늙은 멍청이들아 …… " 의형제 단원 여섯 명은 커다란 벽난로 옆에 앉아서 크리스마스트리를 응시한다. 바제도 병을 앓아 안구가 돌출된 어린 발터의 눈에서 몇 방울의 눈물이 맺혀 떨어진다. 더러운 손으로 눈물을 훔치려고 한다. 이제야 눈물로 더러워진 발터의 얼굴에서 진짜 어린아이의 모습이 드러난다. 첫 번째 크리스마스의 들끓는 열기를 이겨낸 다음에 여주인은 세금 체납을 기억해내고는 그만큼 더 열심히 손님들이 술을 소비하도록 신경을 쓴다. '난롯가의 말썽장이 여섯 명은 아무것도 마시지 않는군. 여기가 추위 피난처라고 생각하면

……' "얘들아, 글뤼바인 한 잔씩 더 마실 거지?" "네 …… 부인."

"우리가 잘 수 있는 곳을 찾았어. 정자보다 더 춥지도 않아. 그리고 덮을 것도 있어……" 게오르크가 침묵 속에 빠진 아이들에게 말을 던진다. "어딘데?" "어디야?" 모두들 묻는다. "슈탈슈라이버슈트라세야, 1페니히도 들지 않아. 이미 일주일 동안 거기서 잤어. ……" 시간이 자정을 향해 간다. 여섯 명의 의형제 단원은 게오르크가 발견한 '새로운 잠자리'를 향해서 간다.

슈탈슈라이버슈트라세. 몇 년 전에 문을 닫은, '콤만단텐슈트라세 극장'의 입구. 낮은 철제 창살이 앞마당과 입구를 구분 짓는다. 창살을 넘어가는 것은 아주 쉽다. 게오르크가 무대 입구 옆에 있는 낮은 문을 만지작거린다. 그러자 곧 자물쇠가 열린다. 그들은 자그마한 배우 의상실에 있다. 닫혀있지 않은 문을 통해서 의상실에서 좁은 통로로 나갈 수 있다. 그 통로는 여러 번 휘어져서 무대로 이어진다. 게오르크가 손전등을 들고 앞장서서 간다. 놀란 쥐들이 길을 가로질러서 달아난다. 계단 하나가 지하의 난방 공간과 무대 아래의 다양한 작은 공간으로 이어진다. 그 공간에 장식, 무대 소품 등이 보관되어 있다. 몇 가지 잡동사니가 주변에 널려있다. 찢어진 덮개, 양탄자 조각, 무대 측면 장치에 사용하던 천과 의상들이 이 구석 저 구석에 처박혀서 좀이 슬고 있다. 언젠가 다시 무대 조명을 볼 수 있다는 꿈을 그 넝마는 오래전에 포기했다. 하지만 노숙자의 침대 덮개로는 아직 쓸 만하다. 패거리의 아이들은 무대 지하실의 영원한 밤 속에서 잠 속으로 빠져들어 성탄절을 맞이한다. 불확실성 속으로, 자신들의 운명에 대한 새로운 두려움 속으로 빠져든다.

크리스마스 연휴 기간 중 첫날에 그들은 온종일 은신처에서 참고 견뎌야만 한다. 그들은 낮에는 마당에 모습을 드러내고 창살을 넘어갈 수 없다. 한밤중이 되어서야 먹을 것을 사 오도록 누군가를 술집으로 보낸다. 두 번째 날도 마찬가지다. 무대 지하실의 어둠과 추위 속에서 이틀 낮, 삼일 밤을 보낸다. 평일인 다음 날 이른 아침에 거리로 나설 엄두가 났을 때는 수중에 1페니히짜리 동전이라도 지닌 사람은 아무도 없었다. 굶주리고, 추위로 몸이 마비된 채 그들은 아커슈트라세의 추위 피난처로 간다. 그들 모두는 좋은 겨울 외투를 입고 있다. 이제 그 외투를 팔아야만 한다. 각자 3, 4마르크를 손에 쥔다. 그런 다음 그들은 술집 **'뤼커클라우제'**로 간다. 뜨거운 감자전과 고기 수프. 식사를 마친 후 모두들 작은 잔에 담긴 맥주를 주문한다. 얼마 되지 않는 돈을 절약해서 써야만 한다.

무대 지하실에서 보낸 여러 날 동안 거의 한마디도 하지 않았던 하인츠만이 연달아 독주를 주문한다. 술값을 지불하고 나자 그에게 남은 돈은 30페니히뿐이다. "여기 있어, 에르빈. 나는

…… 가겠어 …… 곧 …… 곧 알렉산더 광장 경찰 본부로 그리고 …… 자수를 ……" 갑자기 그는 커다란 소리로 어린아이처럼 울음을 터트리고, 머리를 탁자에 처박는다. "이제 지긋지긋해 …… 이런 더러운 생활에. 나는 …… 더 이상 함께 하지…… 나는 …… 나는 …… 더 이상 아무런 흥미가 없어. ……" 동료들이 그를 진정시키려고 하지만, 그는 점점 더 자신을 억제하지 못한다. 그의 몸은 급속하게 거리낌 없이 발작적으로 울기 시작한다. 손님들이 비웃으면서 서로 한마디씩 한다. "이 갓난아기에게 마른 기저귀를 채워줘. ……" 포주 한 명이 그의 애인에게 소리친다. "로테, 울음을 그치도록 그 아기에게 네 젖꼭지 좀 물려줘."

천천히 하인츠가 진정한다. 하지만 그는 경찰에 자수하려는 생각을 바꾸지 않는다. 그리고 모자를 쓴다. "잘들 지내. 당연히 너희들 이름은 불지 않을 거야 ……" "하인츠, 쓸데없는 소리 하지 마!" "이런, 너는 정신이 나갔어!" "여기 앉아, 하인츠." 그들은 그를 설득하려고 한다. 억지로 그를 붙잡아두려고 한다. 그는 몸을 빼내서, 거리로 달려나간다. 콘라트와 게오르크가 뒤를 따라간다. 하인츠는 달려서 이미 정부 직업소개소에 도달한다. 그곳에는 항상 보안 경찰 초소가 있다. 맞다. 이때 두 명의 '녹색 제복'을 입은 경찰관이 모퉁이를 돌아서 온다. 스스로 위험 속으로 뛰어들고 싶지 않다면 콘라트와 게오르크는 그 자리에서 멈춰야만 한다. 하인츠는 이인 일조로 근무하는 초소에 도달했다. 그리고 경찰관들에게 이야기를 건다. 그들은 처음에는 그의 말을 들으려고 하지 않고, 하인츠를 옆으로 밀친다. 하지만 그다음 양쪽에서 그를 잡고 파출소로 데려간다.

하인츠, 조용하고 항상 꿈을 꾸는 하인츠는 그제야 정신이 들었다. 정신을 차리고 그와 그의 동료들이 얼마나 멀리까지 왔는지를 깨닫자마자 그에게는 다른 출구가 남아 있지 않았다. 경찰은 그를 오랫동안 조사할 것이다. 그가 누구와 사귀었는지, 그가 무슨 짓을 저질렀는지를 알아내려고 시도할 것이다. 하인츠가 녹초가 되어서 의형제 패거리에 속했다는 것을 고백한다면, 패거리를 향한 추적이 새롭게 시작될 것이다. 하지만 하인츠가 굳게 버티고, 아무것도 자백하지 않고, 패거리의 존재를 부정한다면, 그는 다시 교화소로 보내질 것이다. 그가 소매치기에 가담했다는 증거를 경찰이 제시하기는 어려울 것이다. 하인츠가 굳게 버틴다면! 하지만 만일 그가 다시 고개를 책상에 처박는다면! 녹초가 되어, 자백하고 또 자백한다면 …… 검찰은 할 일을 얻게 될 것이다. 청소년 전담 재판소는 고개를 좌우로 흔들 만큼 놀란 상태에서 벗어나지 못할 것이고 하인츠에게 중벌을 가하지 않을 수 없을 것이다.

하인츠는 깨어났다. 그리고 그제야 제대로 깨달은 자신의 망가진

청춘이 아주 무시무시한 것으로 보였기 때문에 감옥이나 교화소에 수감되는 것은 그나마 괜찮은 작은 불행처럼 보인다. 그는 분명 더 이상 교화소에서 달아나려는 시도를 하지 않을 것이다. 여전히 조용하게, 하지만 더 이상 꿈을 꾸지는 않으면서 교화소 생활의 고통을 감수할 것이다. 아마도 스물한 번째 생일날에 혹은 훌륭한 품행 때문에 조금 일찍 척추가 부러진 줏대 없는 인간으로, 노예근성을 지닌 사람이 되어 교화소를 떠나서, 삶과의 싸움을 벌일 것이다. 하인츠는 항상 손에 모자를 든 공손한 자세로 그 싸움을 맞이할 것이다.

기분이 축 처진 채, 모든 것에 대해 결정을 내리지 못한 채 패거리의 다섯 잔당은 거리를 어슬렁거린다. 범죄를 저지를 만한 용기를 그들은 더 이상 내지 못한다. 다시 이전 상태로, 조니와 프레트를 만나기 이전의 상태로 돌아갈 것이다. 몸을 팔러 가고, 가끔 그것으로 돈을 벌고, 그렇지 못하면 피부가 터져서 갈라질 정도로 계속 굶는 것이다. 이미 오랫동안 노숙 생활을 했지만, 다시 노숙을 해야 하고 따라서 공동 숙소에 있는 매트리스가 천국과도 같다는 느낌이 들게 될 것이다. 아니면 다른 패거리에 가입하게 되리라. 다시 어떤 우두머리 밑에서 작업을 하고, 소매치기, 소소한 가택 침입, 자동차 절도를 …… 그런 것은 이 패거리가 이미 했던 전문 분야다.

다른 길이 남아있을까? 일, 정직한 일이? 그런 기적이 일어나서 누군가가 와서 "내 가게에서 일하지 않겠소?"라고 묻는다고 해도, 그 제안은 즉시 끝장이 날 것이다! 서류들! 이런 사람이고, 어디에서 태어났고, 교화소에 속하지 않고, 자유롭게 돌아다닐 수 있는 사람이라는 것을 보여주는 관청의 공식 증명서. 이런 증명서를 지니고 있지 않기 때문에 그것이 모든 사람의 목뼈를 부러뜨린다. 그들이 자유롭게 돌아다닐 수 없다는 사실 때문이다! 아무런 죄도 저지르지 않았지만, 언제든 감금될 수도 있는 교화소의 훈육생! 교화소에서의 훈육을 고려한 판결문에는 '곧 닥칠 수도 있는 방치 상태를 미리 예방하기 위해서'라는 문구가 적혀 있다.

하지만 '곧 닥칠 수도 있는 방치 상태'를 끝내야 할 교화소에서 교육생들은 동료들로부터 위험 부담 없이 아주 손쉽게 돈을 벌 수 있는 방법을 듣고 배운다. 간단한 수단으로 복제 열쇠를 만드는 방법을 …… 금고에서 돈을 조금씩 훔치는 방법을 …… 소리 나지 않게 유리창을 눌러 깨는 방법을…… 베를린 어디에서 어떻게 몸을 팔 수 있는지를 …… 그리고 교화소에서 달아나는 방법을 배운다. 그리고 배운 것을 써먹거나 굶어 죽거나 둘 중 하나다.

18장

루트비히와 빌리는 그 일을 해냈다 - 밀고자 헤르
만 플레트너 -

왜 그들은 우리가 일을 하도록 내버려 두
지 않지?

수십만 명의 실업자들은 돈을 벌 수 있는 가능성, 비록 아주 희박하더라도 가능성을 생각해내기 위해 머리를 쥐어 짜낸다. 적나라한 절망에 빠진 사람들이 생각해낸 천 가지 새로운 '직업' 이 생겨난다. 소금을 뿌린 막대 모양의 과자를 술집에서 파는 상인에서부터 시작해서 갑자기 비가 쏟아질 때 우산을 빌려주는 사람에 이르기까지, 자동차 감시인에서부터 대도시 변두리에 산처럼 쌓인 쓰레기 더미에서 넝마를 찾는 '자연 과학자'에 이르기까지 그 직업은 다양하다. 차고 넘치는 기이한 착상들. 어떻게든 몸을 움직여 살아보려는 끝없는 갈망. 먹고살아야만 한다는 강요에 맞서서 정직함을 유지하려는 의지를 보여주는 증거다.

수천의 사람들이 성공하지 못했던 것을 빌리와 루트비히는 단숨에 해냈다. 낡은 구두를 사고파는 것으로 그들은 일용할 양식을 마련한다. 이미 두 달 동안 그들은 도시의 이 지역에서 저 지역으로 돌아다녔다. 그리고 자신들의 선전 구호를 단조롭게 읊조린다. "최고 2마르크까지 지불합니다. ……" 실제로 2마르크를 지불한 적이 딱 한 번 있었다. 기꺼이 지불했다. 어떤 사람이 협회의 경품 추첨에서 한 짝의 멋진 갈색 신발을 경품으로 얻었다. 10페니히를 주고 산 복권이다. 하지만 유감스럽게도 행운아인 동시에 불행아이기도 한 당첨자가 신는 신발 크기는 44다. 반면 경품으로 받은 신발의 크기는 43이다. 사람들은 협회를 위해서라면 자신이 할 수 있는 일을 한다. 그래서 회장의 기분이 상하지 않도록 꽉 죄는 신발을 신기도 한다. 당첨자는 값이 싸고, 견딜 수 없을 정도로 꽉 죄는 신발을 두 번 정도 신었다. 그런 다음 그는 엄청나게 욕을 해대면서 신발을 가장 외진 구석으로 내던졌다. 그곳에서 그 신발은 이미 말한 것처럼 2마르크에 팔려 루트비히의 자루로 옮겨졌다. 그 신발을 5마르크에 다시 팔았다. ……

   루트비히와 빌리는 연금 수령자인 바우어바흐 부인의 집에 방세를 내고 빌린 자신들의 집에 앉아 있다. 방금 그들은 스물세 켤레의 신발을 가게에 가져다주고, 쏠쏠한 이익을 얻었다. 패거리 시절은 먼, 아주 먼 과거가 되었다. 의형제단에 대해 아무 말도 하지 말자는 것이 그들 사이에 이루어진 암묵적 합의다. 그리고 그들은 의형제 단원들은 한 명도 만나지 않았다. 간혹 어디에선가 스쳐가면서 피상적으로 알았던 사람을 만나기는 했다. 그들은 그에게 주의를 기울이지 않았다. 그러면 그는 자신이 잘못 봤다고 믿었다. 술집에서 보내는 삶도 끝났다. 물론, 밤에 어쩌다 한 번씩 맥주 한 잔을 마시거나 영화 구경을 가기는 하지만, 다른 경우에는 한 푼이라도 아꼈다. 돈을 아주 아껴 쓴 결과 그들은 2개월 만에 거의 150마르크를 모을 수 있었다. 바우어바흐 부인은 정해진 날짜에 꼬박꼬박 집세를 받았고, 건실한 '형제'에 대해 아주 만족해했다. 서류가 없다는 성가신 일이 사람들의 이목을 끌게 하는 불미스러운 일은 지금까지는 한 번도 없었다. 빌리에게는 서류가 없는 것이 더 이상 커다란 위험은 아니다. 6개월 후면 그는 성인이 된다. 그러면 그는 서류를 마련할 수 있을 것이다. 물론 루트비히는 현재 열아홉 살이다. 그들은 그를 이 년 동안 더 가두어둘 수 있다.

"이봐, 루트비히. 가죽을 사야만 해." 빌리가 상기시킨다. "알았어. 곧 사러 가자." 그들은 인발리덴슈트라세로 간다. 그곳에 도매가로 살 수 있는 피혁 가게가 있다. 그들은 자투리 가죽을 10파운드 산다. 그리고 못도 사고, 마지막으로 구두 수선공이 입는 제대로 된 앞치마를 두 개 산다. 자루 천으로 된 낡은 앞치마는 이미 완전히 찢어졌다. 그들은 지하철을 타기 위해 로젠탈러 광장으로 간다. 승강장에 젊은 남자가 한 명 서 있다. 빌리와 루트비히는 그를 알아보지 못하지만, 그는 두 사람을 즉시 알아본다.

그는 물품 보관증을 훔쳤던 헤르만 플레트너다. 루트비히와 빌리는 객차 안으로 들어가서 앉는다. 플레트너가 그들의 뒤를 따라가지만, 문가에 선 채로 두 사람을 관찰한다. 무시무시한 분노가 그의 마음속에서 타오른다. 어떻게 복수하지, 특히 그를 패거리에게 넘겨준 자인 루트비히에게? 또 다른 자, 빌리도 그가 끔찍하게 매를 맞을 때 그곳에 함께 있었다. 루트비히와 빌리가 노이퀼른 시청역에서 내렸을 때, 플레트너는 계속 그들의 뒤를 쫓아간다. 그는 그들이 치텐슈트라세로 접어들고 바우어바흐 부인의 지하 방으로 사라져서 다시 나오지 않는 것을 지켜본다. 그의 복수 계획이 마련되었다. 그는 가장 가까운 전화기로 달려가서는 교환원에게 노이퀼른 경찰서를 연결해달라고 말한다. 그는 두 사람에 대해서 아무것도 모르지만, 경찰이 루트비히와 빌리에게 흥미를 가질 것이라는 점은 분명하다. '청소년 패거리는 항상 경찰과 해결해야 할 일이 있을 거야.' 그는 그렇게 추론한다. 당연히 익명으로 그는 치텐슈트라세의 주소를 알려준다. "……그곳에 수배를 받는 두 명이 살고 있어요. 즉시 그리로 가보셔야 할 겁니다. 지금 그들이 집에 있어요." 그는 수화기를 고리에 걸고는 담배에 불을 붙인다. '이제 끝났어. …… 그 자식들은 끝났어. ……'

　루트비히와 빌리는 대문을 두드리는 노크 소리가 났을 때 자투리 가죽을 분류하느라 바빴다. '바우어바흐 부인이 커피를 들고 왔나 보군.' 루트비히가 문을 열러 간다. 두 남자다. "여기에 바우어바흐 부인이 살고 있소?" - "예." "들어가도 되겠소?" 젊은 이의 방에서 그 남자들은 강력계 형사라고 신분을 밝힌다. 루트비히와 빌리는 미끄러져 …… 엄청난 속도로 바닥없는 나락으로 미끄러져 떨어지는 느낌을 받았지만, 미동도 하지 않고 서 있다.

"이곳에 세를 들어 살고 있소?" 경찰관 한 명이 묻는다. "…… 그래요 …… 맞습니다만……" "하지만 바우어바흐 부인 집에는 전입신고가 되어 있는 하숙인은 없는데. 서류를 볼 수 있소?" '서류 …… 신고 되었는지 …… 도와줘! 근데 누가 우리를 돕지? ……'

"저희는 …… 저는 …… 저희는 없어 …… 서류가 없어요. ……" "서류가 없다고? 이름이 뭐지. 그리고 자네는?" 빌리는 온 힘을 다 끌어모아서 자신의 인적 사항을 말한다. 경찰이 수배자 명단을 들여다본다. "맞네. H시의 교화소에서 도망쳤군. 그리고 다른 일로도 수배되었지. 그렇지?" '다른 일이라면 프리드리히 선생을 때린 구타 사건이겠지' 빌리는 생각한다. "맞습니다." "그러면 자네는?" 경찰이 루트비히에게로 몸을 돌린다. 그도 자신의 인적 사항을 말한다. 카이바이트라는 가짜 서류는 아무 의미가 없다. "그 긴 시간 동안 무엇을 하며 먹고살았지? 무엇으로 먹고살았지?" 경찰이 묻는다. 빌리와 루트비히는 구두 수선 작업장과 구입한 신발을 가리킨다. 희미한 희망의 불꽃이 그들의 마음에서 피어난다. '우리가 정직하게 일을 한다는 것을 보게 되면, 우리를 풀어줄지도 몰라.' 경찰이 자신의 동료를 쳐다본다. 두 사람이 묻는다. "그 장사로 얼마나 벌지? 그것으로 생활을 할 수 있었나?"

루트비히는 서둘러 옷장으로 간다. "반장님, 여기요. 보세요. 저축해서 모은 돈 150마르크를. 정직하게, 아주 정직하게 번 돈입니다!" 그는 손을 떨면서 지폐를 잽싸게 펼쳐 보이고, 은화를 일일이 센다. "저희는 정직하게 일하고, 뼈 빠지게 일을 했어요. 반장님. 우리를 다시 가두려고 하십니까?" 그는 경찰에게로 다가가서, 그의 두 팔을 붙잡는다. "우리를 이곳에서 …… 우리가 일을 하도록 해주세요! 우리에게 제대로 된 서류를 주세요. …… 제발 부탁합니다! 반장님!" 반장은 루트비히가 그들에게 보여주는 행동이 결코 꾸며낸 호들갑이 아님을 알아챈다. "이봐, 저기에 좀 앉지. 차분하게 이야기 좀 하자고." 빌리와 루트비히는 고분고분 자리에 앉는다. 그들의 눈은 반장의 입술에서 떨어지지 않는다. "우리가 어떻게 자네들을 찾았는지 알고 있나?" "모릅니다. …… 모르겠는데요." "한 시간 전에 누군가가 자네들의 정체를 알려줬어. 모르는 자가 우리에게 전화를 해서, 이곳에 수배자 두 명이 있다고 알려주었네. 그가 누구인지 혹시 짐작이 가는 사람이 없어?" 그 아이들은 서로를 쳐다본다. '너는 알아?' '너는 알아?' "모릅니다. 반장님." 그들은 모른다. 의형제 단원이 아니라는 사실만을 알고 있다. 하지만 그들은 패거리에 대해서는 아무 말도 하고 싶지 않다. 저마다 그렇게 하겠다고 작정을 한다.

"이런, 젊은 친구들. 우리가 너희를 데려가야만 한다는 것을 알고 있겠지. 너희가 정직한 일을 하고 있다는 것을 안다면, 아마도 청소년 담당 관청에서 너희를 풀어줄지도 모르지. 자 이제 차분하게 짐을 꾸려. 그 돈은 우리가 잠시 압수를 해야만 하네. 그러고 난 다음 함께 가기로 하지." "자네들이 갑자기 여행을 떠나게 되었다는 메모를 이곳에 남겨놓아도 좋아." 다른 경찰관이 제안한다. 루트비히가 그대로 한다. "바우어바흐 부인. 몇 주간 여행을 떠나야만 합니다. 우리 물건을 잘 좀 보관해주세요. 이 주일 치 집세를 첨부합니다." 기계적으로 그들은 가죽을 다시 주머니에 채우고, 팔지 못한 신발을 구석으로 옮겨 놓고, 개인 물품을 꾸린다. "끝났나?" "예……." "그렇게 풀 죽은 모습을 하지 말게. 아주 나쁜 것은 아니야……." 반장이 그들을 위로하려고 한다.

　'아주 나쁘지 않다고요, 반장님? 당신이 우리에 대해 무엇을 알죠? 이건 나빠요, 아주 나빠요. 이제 다시 모든 것이 끝났어요. 이제 그들은 우리를 다시 교화소로 보낼 겁니다. 우리는 곧 그곳에서 더 이상 견딜 수 없게 될 겁니다. …… 우리는 다시 도망을 칠 겁니다. …… 다시 배를 곯게 될 거고, 마지막으로 어떤 패거리든 그곳에 가입하게 될 겁니다. 당신들은 우리가 일하도록, 정말로 정직하게 일하도록 내버려 두지 않아요 …… 당신들은 우리를 그저 괴롭히고, 가두고, 기를 꺾어 놓으려고만 하죠. …… 하지만 도와주고 조력을 제공한다고요? 천만에요 ……!' "자 그럼 이제 가지!" 경찰의 오른편과 왼편에 서서 그들은 걸어간다. 다른 경찰이 일정하게 거리를 유지하고 뒤를 따른다. '이들은 범죄자가 아니야. …… 이 애들을 신고한 자는 확실히 더 질이 나쁜 악당일 것이다. 어쨌든 저열한 놈이야.' 노이퀼른 경찰서에서 짧은 조서가 작성된다. 내일 일찍 그들은 알렉산더 광장의 경찰 본부로 이송되어 갈 것이다. 그곳에서 나머지가 결정될 것이다.

두 경찰관의 특별한 부탁과 주선으로 루트비히와 빌리는 같은 방에 수감된다. 약 두 시간 전에 그들은 커피를 마시면서 자신들의 방에 앉아 있었다. 지금 그들이 머무는 곳은 차가운 감방이다. "그자가 대체 누구였을까, 빌리?" 루트비히가 아주 힘겹게 그 말을 끄집어낸다. 그들은 생각하고 또 생각하지만, 자신들이 알고 있는 사람들 중에 이렇게 저열한 개자식이 있다는 생각을 하지 못한다. 그들은 잠들지 못한 채 밤을 보냈다. 상황이 바뀌는 이행 과정이 너무 거칠고 파괴적이다. 그들은 헤어질 경우를 대비해서 몇 가지를 미리 협의한다. 150마르크 전부가 빌리가 소유한 돈이라고 진술하기로 서로 합의를 했다. 그는 6개월 후면 자유의 몸이 된다.

빌리는 루트비히에게 바짝 다가간다. "내가 자유의 몸이 되면,

너는 다시 도망을 쳐. 우리는 돈이 있어. 베를린에서 다시 만나서 함께 있자. 그들은 우리를 떼어놓지 못할 거야." "하지만 빌리, 내가 도망을 치면, 그들은 곧 너의 거처에서 나를 찾아낼 거야. 너는 제대로 된 서류를 지니고 있고, 전입신고가 되어 있을 거야. 그곳에서 그들은 곧 나를 찾아낼 거야." 루트비히가 낙담해서 말한다. "나는 경찰 전입신고를 하지 않겠어. 치텐슈트라세에서 살았던 것처럼 다른 곳에서도 그렇게 살 수 있어. 무슨 일이 있겠어? 내가 신고를 하지 않았다는 것을 그들이 알아낸다고 해도, 고작 벌금형을 받을 뿐이야. 그러고 나면 다시 이사를 하면 돼. 그리고 그들이 너를 붙잡으면, 다시 도망을 쳐. 하지만 우리는 계속 우리의 장사를 하는 거지. 루트비히, 결코 의기소침해지지 않겠다고 맹세해. 결코 다시는 패거리로 돌아가지 않을 거야. 우리는 돈을 잘 벌었잖아." "우리가 서로 헤어질 필요가 없다면 좋겠지. 빌리. 너와 같은 동료가 있다면 내가 결국 다시 조니에게로 돌아갈지도 모른다는 두려움 따위는 생기지 않을 거야."

　아침 일찍 호송차가 그들을 알렉산더 광장의 경찰 본부로 데려간다. 다시 한 번 루트비히는 유치장에 들어왔다. 빌리가 경찰서 감방을 안에서부터 본 것은 이번이 처음이다. 각자 독방으로 들어간다. 그들은 이미 모든 것을 협의했다. 다음다음 날 빌리는 예심 판사 앞으로 불려 나간다. "교육자 프리드리히에게 가한 신체 상해죄 때문에 당신에게 제기된 소송이 미결 상태요. 그다음 H시의 교화소에서 작성한 압송 탄원서가 제출되어 있소. 당신은 H시로 압송될 것이오. 꽤 많은 금액의 현금이, 150마르크가 당신 몸에서 발견되었소. 조서에 의하면 당신은 그것을 정직한 노동으로 벌었다고 주장했소. 자세하게 말해 보시오." 빌리는 이야기를 한다. 패거리와 겹쳐지는 모든 점에 대해서는 침묵한다. 판사는 메모를 하고, 빌리는 다시 감방으로 보내졌다.

루트비히의 진술이 빌리의 진술과 부합한다. "집행 유예가 철회될 것이고 감방에서 4개월을 보내야만 한다는 점을 생각해야만 할 것이오. 당연히 호송인으로부터 달아난다면 집행유예가 이루어질 수 없다는 의미요."

며칠이 지나간다. 루트비히와 빌리는 오직 자유 시간에만 유치장 감옥의 마당에서 멀리 떨어져서 서로를 본다. 서로 이야기를 나눌 수 없다. 오후에 루트비히는 다시 판사에게 불려간다. "우리가 치텐슈트라세의 하숙집 여주인에게 좀 더 조사를 해보았소. 그 부인이 당신들에게 아주 유리한 증언을 해주었소. 좋은 평판 덕분에 청소년 전담 재판소는 집행유예를 유지하기로 했소. 당신은 내일 동료 빌리 클루다스와 함께 H시로 압송될 것이오. 하지만 다시 호송인으로부터 달아나려는 어리석은 짓은 저지르지 마시오. 그러면 당신은 감옥에서 선고된 형기를 마쳐야만 할 거요." 그는 임시로 교화소로 이송되었다가 상해죄 때문에 관할 재판소로 넘겨질 것이라고 빌리에게 귀띔해주었다.

다음 날 아침 둘은 다시 유치장에서 만난다. 그들은 경찰차를 타고 두 명의 호송인들과 함께 역으로 간다. 열차가 떠날 때 빌리와 루트비히는 서로를 바라본다. '6개월 후에 우리는 다시 베를린에 있게 될 거야.'

19장

다시 교화소 - 베를린 괴를리처 반호프 -

다시 작업

오후 늦게 두 호송인은 루트비히와 빌리와 함께 목적지 역에 도착한다. 사 개월 전 빌리는 이 역에서 쾰른으로 보내려고 말아서 준비해 두었던 톱밥 더미 속으로 기어 들어갔다. 그 역에서 지금은 교화소 차량이 그들을 기다리고 있다. 그들은 빌리가 달려왔던 방향과는 정반대 방향으로 차를 타고 대로를 지나간다. 예전에는 자유를 향해서 달렸다. 하나……둘……셋……넷, 하나……둘……셋……넷…… 힘내, 빌리, 힘내! 자동차가 덜컹거리면서 교화소 쪽으로 천천히 다가간다.

교육생들은 이미 침실로 쓰는 커다란 강당에 모여 있다. 빌리와 루트비히는 즉시 소장에게로 불려간다. 몸집이 커다란 소장은 처음에는 인사도 하지 않다가, 아무 말 없이 그에게 인도된 사내아이들을 관찰한다. 그는 특별히 빌리를 날카롭게 주시하는 것처럼 보인다. 당시 프리드리히 선생이 당했던 구타 때문이다. 그는 지나칠 정도로 꼼꼼하게 시가에 불을 붙이고 빌리 쪽으로 몸을 돌린다. "클루다스, 상해죄로 너를 기소한 재판이 아직 끝나지 않았다는 것을 알고 있겠지?" "소장님, 소장님은 저에게 반말할 수 있는 권리가 없습니다. 제게 어울리는 호칭으로 말씀하실 경우에만 대답하겠습니다. 6개월 후면 이제 저도 성인이 됩니다." 빌리가 아주 조심스럽게 낮은 소리로 말한다. 하지만 그 말의 저변에는 반항이 깔려 있다. "어처구니가 없군. 네놈들이 지금 점잖게 불러달라고 요구하는 거야. 그런 거야, 떠돌이 양반들!" 소장은 분노에 차서 의자에서 벌떡 일어서서는 시가를 재떨이에 휙 내던진다. "베를린에서 무슨 짓을 했지? 도둑질을 하고, 몸을 팔았겠지! 그런데 그런 것들을 내가 정중한 호칭을 사용해서 불러야만 하나? 그런데 그것 말고 서류도 없이 어떻게 먹고살았는지 말할 수 있어? 루트비히 너는 도망친 지 거의 이 년이나 되었고 빌리 너는 사 개월이 넘었어!"

"우리와 관련된 서류를 들여다보세요. 거기에 모든 것이 적혀 있어요. 소장님, 우리는 정직하게 일을 했어요. 그리고 빌리는 150마르크를 모았어요!" 루트비히가 반항적으로 말한다. 빌리는 대답을 하지 않는다. 하지만 그의 입가에는 위협적인 모습이 깊게 새겨져 드러난다. 소장은 빌리의 상태가 어떻다는 것을 알아챘을 것이다. "베를린의 보고서를 자세히 읽어보도록 하지. 나머지 것들은 내일 제대로 밝혀지겠지." 그는 종을 울려서 사람을 부른다. 프리드리히 선생이 나타난다. "프리드리히 선생, 당신의 특별한 친구요, 클루다스는 1호실로, 루트비히는 2호실 데려가시오."

1호실은 겉으로 보기에는 깊은 잠에 빠져 있는 것 같다. 하지만 프리드리히 선생의 발자국 소리가 다시 잦아들자마자, 야단법석이 난다. "빌리! 빌리! 이봐, 다시 붙잡힌 거야? 빌리, 언제 다시 도망칠 거야? 빌리, 프리드리히 그 작자는 다시 구타를 견딜 수 있을 만큼 상태가 호전되었어. 언제 다시 그자를 때릴 거지?" 이런 질문들이 빌리에게 쏟아진다. 취침용 하얀 속옷을 입은 아이들이 그의 침대를 에워싼다. 4명의 아이가 왼쪽에 앉는다. 오른쪽에 4명, 두 명은 머리맡에 서고, 4명은 발치에 선다. "빌리, 어디에 있었어? 이봐, 얘기 좀 해봐! 베를린은 어땠어? 여자아이들과 제대로 즐겼어? …… 담배 좀 있어? 이제 입을 좀 열어봐, 빌리! 과감한 이 목도리는 어디서 났어? 프리츠, 멋진 외투와 정장을 한번 봐." 그래서 빌리가 이야기를 한다. 그는 자신의 도주에 대해 보고를 한다. 어떻게 베를린이 아니라 쾰른으로 가다가, 그곳에 도착하기 직전에 잠에서 깨어나게 되었는지를 보고한다. 그는 멋진 동료인 방랑자 프란츠를 생각한다. 그리고 그는 급행열차 밑에서 죽을 뻔했던 밤을 묘사한다.

아이들은 숨죽인 채 귀를 기울인다. 그들 모두는 함께 체험한다. 그들은 모두 함께 싸움을 벌인다. 약간의 자유를 쟁취하기 위한 싸움. 어떤 방법으로 빌리가 마침내 베를린에 도착하게 되었는지 그리고 그 뒤에 겪은 끔찍한 며칠 동안의 시간을. 그리고 루트비히와의 만남을 함께 체험한다. 그는 패거리에 대해서는 침묵한다. 전혀 정체를 알 수 없는 누군가가 경찰에 그들을 밀고할 때까지 어떻게 그들이 자리를 잡고 돈을 벌었는지를 함께 체험한다. 밀고자는 개자식임이 분명하다. 그 점에 대해서는 모두들 같은 생각이다. "이제, 6개월 남았어. 그러면 그들 모두는 나를……." 빌리는 자신의 설명을 끝맺는다. 당연히 그는 루트비히와 합의한 것에 대해서는 한 마디도 하지 않는다. 도처에 끄나풀이 있다. 예를 들면 블라우슈타인이 그렇다. 빌리는 그에 대해 묻는다. "블라우슈타인? 그는 교화소를 나갈 수 있는 허락을 얻었어. 소장의 귀염둥이였으니까." 이날 밤 1호실에서는 거의 아무도 잠들지 못한다. 아이들은 침대에 누워 깬 상태로 빌리의 모험을 자신들의 몸으로 직접 체험한다.

"그러니까 클루다스를 가능한 한 그냥 내버려 두도록 여러분에게 부탁하는 것이오. 그 아이가 이곳에서 있게 될 몇 달 동안 계속 불쾌한 일로 나를 곤경에 빠트리려고 하는 것에 대해서 나는 하등의 관심도 없소. 그 못된 자식은 완전히 거칠고 조악해졌소. 어제저녁 그를 보자마자 즉시 알겠더군. 우리가 뭐하러 그런 불량배 하나 때문에 괴로움을 자초해야 한단 말이오? 게다가 그는 프리드리히 선생을 공격한 일로 곧 법정에 서게 될 것이오. 그가 그곳에서 몇 달간 징역형을 받기를 바라오. 형기를 마치고 나면 우리는 그에게서 벗어날 수 있게 될 것이오. 어쨌든 나는 집행유예가 고려되지 않도록 법정에서 그에 상응하는 특징적인 모습을 부정적으로 언급할 것이오. 좋은 아침을 보내시기 바라오.

여러분들." 소장은 회의를 끝마쳤다.

처음 얼마 동안 빌리와 루트비히는 방해받지 않고 서로 대화를 나눌 수가 없었다. 대화를 하면 즉시 선생 중 누군가가 끼어든다. "또 무슨 수작을 꾸미려는 거야?" 영원한 단조로움 속에서 사 주일의 시간이 흐른다. 개성적인 모든 움직임은 체계적으로 파괴된다. 여기서는 어떤 특별대우도 없다. 모두들 교화소 규칙에 복종해야만 한다. 무엇 때문에 이 아이들을 개별적으로 다루어야만 하는가? 그들이 교화소에서 나가게 되면, 그들은 서류에 출소 허가 도장을 받으러 갈 것이다.

어느 날 빌리는 청소년 전담 재판소의 기소장을 받는다. 죄목은 '상해죄'다. 열흘 후 그는 두 명의 선생에 이끌려 법정으로 출두했다. 빌리 혼자만 기소되었다. 그의 조력자들은 확인이 되지 않았다. 프리드리히 선생이 범죄 사실에 대해 진술을 했고, '가끔씩 지금도 감지되는 신체 손상'에 대해 이야기한다. 소장님은 빌리의 '특징적인 모습'을 상세히 묘사한다. 고집불통이고, 믿을 수 없을 정도로 거칠고, 폭력적인 행위가 절대적으로 빌리의 본질적 요소를 이루고 있으며, 그는 교화소에게는 일종의 위협이라고 진술한다.

"피고인, 적어도 당신의 추악한 행위를 뉘우칩니까?" 판사가 묻는다. "판사님, 진실을 말해야만 하죠, 그렇죠?" "당연하지!"

"판사님, 저는 그 행위를 후회하지 않습니다. 프리드리히 선생은 우리를 지독하게 괴롭혔습니다!" 빌리는 감형 요소가 되는 뉘우치는 태도라는 황금처럼 소중한 다리를 스스로 끊어버린다. 빌리의 이런 솔직한 진술에 소장은 흡족해한다. 그는 이제 자신이 그 아이로부터 벗어나게 되었음을 알고 있다. "…… 따라서 저는 3개월의 징역형을 요청합니다. 게다가 소장님의 묘사가 완전하게 증명하고 있는, 명백하게 드러난 거친 생각 때문에 피고인에게 집행유예를 선고하지 않도록 간절히 부탁드립니다." 격분한 검사가 논고를 펼친다.

"피고인을 2개월의 징역형에 처한다. 피고가 지금도 분명하게 자신의 행위가 옳다고 생각하므로, 본 법정은 집행유예를 선고할 수가 없다."

삼 주 후 빌리는 형기를 시작해야만 한다.

빌리가 2개월의 형기를 마치고 다시 교화소로 인도되었을 때, 그의 스물한 번째 생일까지는 겨우 3주 이틀이 남았다. 3주 이틀 뒤면 그는 자유다! 이제 루트비히와 정확하게 계획을 짜야만 할 시간이 되었다. 오후 자유 시간에 그들은 마당을 걷는다. "루트비히, 나는 곧 베를린으로 갈 거야. 바우어바흐 아주머니 집으로 가서 우리가 아직 갖고 있는 신발을 팔겠어. 그것으로 최소한 25마르크는 벌 수 있어. 우리가 지금 150마르크를 갖고 있으니까,

총 175마르크가 되지. 그다음 날 다시 기차를 타고 이리로 올게. 그리고 시내에서 보증금을 맡기고 자전거 한 대를 빌려 타고 와서, 저녁 8시에 교화소 밖에서 너를 기다릴게. 담을 넘어서 도망쳐. 그리고 자전거를 타고 재빨리 시내로 가서, 자전거를 반납한 후, 기차를 타고 떠나는 거야. 기차가 어디로 가든 상관없어. 우선 이곳에서 벗어나야 해. 그런 다음 베를린으로 가자. 나는 이곳에서 나가게 되면, 베를린으로 가는 공짜 기차표를 받을 수 있어. 이곳으로 돌아오는 표와 우리 두 사람이 베를린으로 가는 기차표 값이 대략 60마르크쯤 될 거야. 그러고 나면 우리에게 약 100마르크가 남겠지. 상관없어. 우리는 곧 다시 돈을 벌게 될 거야. 베를린에서. 어때 괜찮지, 루트비히?"

루트비히는 자기 때문에 신고를 하지 않고 살고, 다시 '수배를 받는' 자기와 함께 살려고 하는 동료를 바라본다. "알았어, 빌리." 그들은 굳게 악수를 한다. 빌리가 떠나기 전날 그들은 모든 것을 정확하게 정한다. 빌리가 자전거를 갖고 어디에서 기다릴 것인지, 언제 루트비히가 담을 넘어야만 하는지를.

소장은 출소를 시켜야 하는 빌리를 데려오도록 지시한다. "여기자네의 돈을 받게. 150마르크지. 여기 베를린 차표도 받게. 그리고 여러 가지 불미스러운 일이 있었지만 클루다스, 자네가 인간 사회의 유용한 고리가 되기를 바라네. 그럼 잘 가게." "그러죠,"

나무에 수액이 차오르는 멋진 6월의 어느 날이 빌리에게 인사를 건넨다. 그리고 빌리도 그 날을 향해서 인사를 한다. 자유 그리고 비할 바 없이 아름답게 빛나는 하루를 향해서 짧고 재빠르게 인사를 보낸다. 빨리, 빨리 도시로 가자. 기차를 놓치면 안 된다. 기쁘냐고? 물론이다. 빌리는 기뻐한다. 하지만 저 안에 아직 한 사람, 루트비히가 갇혀 있다. 그도 밖으로 나와서 즐거움을 누리기를 바란다. 그가 우선 안전한 곳으로 도망을 쳐야만 한다. 두 사람이 다시 베를린에 도착할 수 있게 되면, 그때는 충분히 즐길 수가 있다. '서두르자, 서두르자. 걱정하지 마. 루트비히. 모든 것이 곧 마무리될 거야.'

저기 급행열차가 서 있다. '이제 우리는 톱밥 더미 사이로 기어 들어 갈 필요가 없어. 기차 밑보다는 기차 안이 훨씬 낫지. 출발, 출발해, 기관차 운전수 양반! 속도, 속도를 올리라고! 루트비히가 아쉥어 가게에서 완두콩 수프를 먹고 싶어 한단 말이야!'

베를린. 안할터 반호프. 거대한 인파가 병아리가 부화할 정도로 공기가 후텁지근해진 객실에서 쏟아져 나와서, 승강장을 가득 메운다. 서로 인사를 주거니 받거니 한다. 짐꾼을 부르기 위해 소리치고, 재회의 기쁨으로 흘러내린 눈물과 콧물을 손수건으로 훔쳐 닦는다. 그리고 요란하게 역의 대합실로 밀려간다. 햇볕이 아직 완전히 사라지지 않았다. 그렇지만 이미 아스카니셔

플라츠가 태양처럼 밝은 전등 불빛과 흩날리는 비처럼 쏟아지는 네온사인의 불빛으로 빛난다. 너무 덥지 않고 따듯한 초여름의 저녁이다. 사람들은 이제 더 이상 서두르지 않는다. 대기는 사람들을 쾌적할 정도로 노곤하게 만든다. 성숙한 여인과 젊은 처녀들이 부드러운 온기가 들도록 남자들의 팔에 기댄다.

'이 모든 게 잠시 동안 나와는 아무런 상관도 없는 일이야,' 빌리가 생각한다. '노이쾰른 치텐슈트라세에 사시는 바우어바흐 아주머니에게 가자. 우리 방이 아직 임대가 되지 않았다면, 어쩌면 그분은 내가 그곳에서 하룻밤을 잘 수 있도록 허락해주실 거야. 내일 아주 빨리 신발을 팔고, 서둘러서, 다시 기차를 타자. 저녁 8시에 루트비히가 기다리고 있을 거야.'

치텐슈트라세에 임차인을 구한다는 표시판이 걸려 있다. "안녕하세요, 바우어바흐 부인." "당신 …… 이름이 …… 이름이 …… " "제 원래 이름은 클루다스입니다. 바우어바흐 부인." "내 생각에 당신은 지금 …… " "풀려났어요, 바우어바흐 부인, 풀려났어요. 여기 출소 증명서가 있어요. 이제 성인이 되었어요." 바우어바흐 부인은 베를린의 임대자 중에서는 박물관에서나 볼 수 있을 정도로 희귀하고 소중한 사람이다. 다른 사람들이라면 '**범죄자**'의 코앞에서 문을 소리 나게 닫아버렸을 것이다. 바우어바흐 부인은 묻고 또 묻는다. 그리고 루트비히가 아직도 교화소에 갇혀서 일 년을 더 견뎌야만 한다는 사실을 알게 되었을 때는 친절하게도 눈물을 약간 흘리기도 했다. "오늘 밤 이 방에서 잠을 잘 수 있을까요? 내일 아침 일찍 구두를 가져가겠습니다. 그런 다음 곧 다시 떠나겠습니다." "물론이죠. 칼바이트 씨, 아니…… 클루다스…… 씨. 그렇게 해요."

다음 날 아침 8시에 빌리는 상인들에게 신발을 가져가서 팔려고 한다. 사람들은 왜 그가 그렇게 오랫동안 보이지 않았는지 묻는다. "아팠어요. 마이스터, 병이 났죠. 처음에는 마마를 앓았어요. 그런 다음에는 몸이 몹시 약해졌어요." 빌리는 거짓말을 한다. "하지만 이제 다시 주기적으로 오겠습니다. 중고 신발 전부를 얼마에 사시겠습니까?" "전부를? 약간 많은데. 좀 보기로 하지." "30마르크쯤 어때요?" 빌리가 제안한다. 그는 28마르크를 받고, 아주 만족스러워한다. '지금 시간이 얼마나 됐지? 빨리 간단하게 요기를 하고 다시 바우어바흐 아주머니에게 가서, 짐을 가져오고 작별 인사를 하자. 그런 다음 짐을 역에 보관하고 급행열차를 타고 출발하자. 루트비히는 분명 초조함으로 몸을 떨고 있을 거야. 너는 내가 성공하지 못할 거라고 믿겠지? 친구, 그렇게 생각하고 있는 거야! 작은 시내에서 자전거를 빌리는 일이 잘 되기를 바랄 뿐이야.'

잘 되었다. "자전거 대여 보증금이 얼마죠?" "50마르크."

"여기 있습니다. 영수증을 주세요. …… 그런데 늦어도 세 시간 후면 다시 이곳으로 올 겁니다." 낡은 자전거에 올라타고서 루트비히가 있는 곳으로 출발한다. '시간이 되었어. 시간이. 이제 루트비히는 분명 아무런 위험이 없는지 살펴볼 거야. 담장을 넘어, 루트비히! 내가 곧 갈게! 힘내, 힘을 내! 자전거는 제대로 작동하는군. …… 마을을 지나고 나면 틀림없이 상자처럼 네모난 교화소 건물이 보일 거야. 계속 밟아 …… 힘을 내! 저 뒤쪽, 세 그루의 나무 사이에서 기다려야만 해.' 멈추고, 바로 출발할 수 있도록 자전거를 나무에 기대어 놓는다. 루트비히가 오는지 살핀다. ……

그가 온다! …… 그가 달려온다! 그는 걸음아 나 살려라 하면서 빠르게 온다! 그리고 질주하듯 …… 달린다! "루트비히!" "빌리! …… 빌리!" 맑은 눈물이 그의 뺨을 타고 흐른다. "짐받이에 올라타, 루트비히. 준비됐지?" "응" 출발! 출발!! 출발이다!!! "빌리 …… " "입 다물고 있어, 루트비히. 페달을 밟아야만 해" 힘껏 밟아 …… 힘껏 밟아!

"주인 양반, 여기 자전거 가져왔습니다. 자전거가 훌륭하던데요. …… " 역으로 간다. "다음 기차는? 지금 8시 …… " 전혀 다른 방향으로 가는 기차지만, 6분 후 떠나는 여객 열차가 있다. 상관없다. 우선 여기를 벗어나자. 그들이 객실 전체를 독차지한다.

"올라가자!" "루트비히, 여기 담배가 있어. 한 대 피워." 덜커덩 …… 덜커덩 …… 그들은 그날 밤 그 도시에 머물러야만 한다. 그들은 소박한 음식점에서 저녁을 먹고, 앞으로의 행운을 경축하는 맥주를 한 잔 마신다. 그리고는 곧 잠을 자기 위해 몸을 누인다. 아침 일찍 그들은 베를린으로 가는 기차를 탄다.

그리고 다시 안할터 반호프. 그들은 다시 작은 호텔에서 밤을 보내고, 내일 괴를리처 반호프 지역에서 방을 찾으러 나갈 작정이다. 그들은 자신들을 '클루다스 형제'라고 이야기할 것이고, 경찰 전입신고는 당연히 생략될 것이다. 유감이다. 정말로 유감이다. 바우어바흐 아주머니는 아주 친절한 부인이었는데……. 비너슈트라세에서 그들은 적절한 거처를 발견한다. 반쯤 귀가 먹은 의복 수선공이고, 다시 지하실 방이다. 한쪽 구석을 작업장으로 분리해서 사용할 수 있을 정도로 방은 아주 넓다. "우리 두 사람이 그 방을 사용하면 방값이 얼마죠?" 그들은 수선공의 귀에 대고 커다랗게 말한다. 그 노인은 공정하다. 그는 매주 8마르크를 요구한다. 그리고 크라토흐빌 씨는 '장화를 구입해서 파는 사람'이라는 그들의 직업에 대해서도 동의한다. 그들은 내일 안할터 반호프로 가서 빌리의 가방과 도구를 가져올 것이다. 당연히 루트비히는 그의 물건을 교화소에 남겨두고 와야만 했다. "너는 그 모든 것을 다시 구입할 수 있을 거야," 빌리가 위로를 한다. 그들은 방과 작업장을 설치하는 것으로 그날 하루를 보낸다. 저녁에 그들은 오랜만에 다시 '집'에 앉아서 내일은 낡은 신발로부터 어떤 거리를 해방시킬 것인지를 곰곰이 생각한다.

20장

그들은 어떻게 되었는가? - 프레트가 패거리의 우두머리가 되다 - '의형제' 패거리는 계속 살아남는다 -

빌리와 루트비히, 수천 명 중 겨우 두 명

대로의 미세 먼지를 층층이 덮어쓰고, 갈증과 배고픔에 시달린 채, 쓰러질 정도로 피곤한 상태에서 한 사내아이가 자정 무렵 리니엔슈트라세에 줄지어 늘어선 건물을 따라서 살그머니 걷다가, 뤼커슈트라세로 접어들었다. 그리고 그런 다음 '클라우제' 술집으로 사라진다.

지금부터 칠 개월 전에 마그데부르크에서 조니와 프랑스인 펠릭스와 함께 체포되었던 프레트다. 마그데부르크 청소년 전담 재판소는 그때까지 아무런 전과가 없었던 프레트에게 8개월 징역형을 선고했다. 선고가 내려진 다음 그는 베를린 당국에 인도되었다. 자동차 절도죄 때문이었다. 경찰들은 그가 그 밖에 다른 여러 가지 범죄 행위를 저질렀다고 의심했다. 하지만 프레트는 베를린에서 엄청나게 운이 좋았다. 라이프치히에서 프레트를 감시했던 라이프치히 경찰관들은 그가 자동차를 차고로 가져온 사람인지 백 퍼센트 확실하다고 말할 수 없었다. 프레트는 모든 것을 부인했고, 조니와는 그저 안면만 트고 지냈을 뿐, 결코 패거리에 가담한 적이 없다고 주장했기 때문에, 재판관은 증거 부족으로 석방 판결을 내리지 않을 수 없었다. 그에 따라 마그데부르크 법정은 8개월 징역형을 절반으로 감형하고 집행유예를 허용했다. 프레트는 4개월을 구치소에서 보내고, 갇혀 있는 동안 교화소에 수감하라는 지시가 내려졌기 때문에, 베를린 근처의 교화소로 이송되었다.

첫날부터 프레트는 교화소에서 도망칠 궁리를 했다. 하지만 그가 탈출에 성공하기까지는 두 달이 걸렸다. 그리고 이제 다시 베를린으로 온 그는 패거리 '의형제'를 찾는다. '뤼커클라우제' 술집에서 그는 아무도 발견할 수 없었다. 그 술집은 거의 비어 있었다. 단골손님들은 이제 야외에서, 숲과 베를린을 둘러싼 호수 주변에서 야영을 한다. 위장이 배고프다는 신호를 보내면, 그들은 다시 며칠 동안 생필품을 조달할 수 있는 베를린으로 와서는 주변을 살펴본다. 리니엔슈트라세의 슈미트 가게에서도 프레트는 의형제 단원을 한 명도 보지 못한다. 그러다가 마침내 그들을 찾아냈다. 슈미트 옆 가게 '종업원-막스'에 콘라트가 오렌지에이드를 앞에 두고 외롭게 앉아 있다. "잘 지냈어, 콘라트 ……." "프레트! …… 프레트! 어디에 있다가 온 거지?" 프레트는 콘라트의 잔을 들고 단숨에 마셔버린다. "어디서 왔냐고? 그러니까, 도망쳐 왔네!" "감방에서?" "아니, 교화소에서. 그런데 콘라트, 돈 좀 있어? 엄청 배가 고픈데……."

콘라트는 2마르크 동전을 갖고 있다. 그중 절반을 프레트가 쓰도록 내어준다. 그들은 로젠탈러 광장의 아싱어 가게로 간다. 프레트는 굶주린 늑대처럼 완두콩 수프를 먹고 빵 바구니를 샅샅이 비운다. 작은 잔에 담긴 맥주, 몇 개비의 담배, 이제 더 이상 돈이 없다. 하지만 프레트는 역시 프레트다. 패거리를 부흥시켰던 프레트. 그때는 모두들 항상 주머니에 한 움큼씩 지폐를 지니고 다녔다. "다른 애들은 어디에 있지?" 그가 묻는다. 콘라트는 계속 어깨를 으쓱할 뿐이다. 하인츠는 자수를 했다. 발터와 한스는 삼 개월 전에 체포되었다. 게오르크는 젊은 거리의 여자로부터 포주로 선택되었다. 그는 우아한 옷을 입고, 애인이 번 돈을 뷜로우보겐 주변의 술집에서 술을 마시면서 탕진한다. 그리고 에르빈, 그는 이곳 로젠탈러 광장에서 몸을 판다. 1마르크를 받으면서 …… 아래쪽 화장실에서. 경찰관들은 당시 크리스마스이브 날에 정자에서 울리를 체포했다. 그리고 콘라트, 그 자신의 사정도 그리 '좋은' 편은 아니다. 여기서 1마르크, 저기서 3마르크를 번다. 루트비히와 다른 아이, 빌리에 대해서 콘라트는 이야기할 것이 아무것도 없다.

프레트는 곰곰이 생각한다. "그렇다면 지금 너와 에르빈 그리고 내가 남은 건데 …… 좋아. 새로운 아이들 몇 명을 충원하러 가자. 조니는 시간이 좀 걸릴 거야. 그는 마그데부르크에서 18개월 징역형을 받았어." 콘라트는 다시 프레트에 대해서 열광을 한다. 코르만슈트라세에 있는 술집 '콧수염을 기른 사람들의 집'에서 만난 에르빈도 즉각 다시 프레트에게 합류할 준비를 한다. 그 셋은 프리드리히스하인 지역에서 따뜻하게 밤을 보낸다.

다음 날 프레트는 콘라트, 에르빈과 함께 작업을 하러 간다. 프레트의 기술은 지난 칠 개월 동안 전혀 녹슬지 않았다. 두 시간 작업. 그다음 그는 지갑 세 개를 훔쳤다. 42마르크. 그리고 저녁에 패거리의 숫자는 이미 여섯 명으로 늘었다. 그들은 엘자서 슈트라세의 가게 '라반트'에 앉아 있다. 프레트가 우두머리로 임명되었다. 패거리 '의형제'는 계속 살아 있다. 그리고 '의형제'와 함께 베를린 거리에 있는 수백 개의 다른 조직과 패거리들도 역시 살아있다.

그러면 빌리와 루트비히는? 괴를리처 반호프의 의복 수선공의 집에 산다. 계속 낡은 구두를 사고팔고, 얼마 되지 않는 이익을 낸다. 패거리에서 보낸 그들의 시간은 이미 오래전에 '**끝났다.**' 하지만 전입신고를 하지 못하고 살아야만 한다는 사실이 여전히 그들의 마음을 짓누른다. 순간순간이 둘이서 같이 보내는 마지막 시간이 될 수도 있다. 루트비히는 아직도 일 년 이상을 '**교화소에서 도망쳤다**'는 죄목을 통나무처럼 다리에 매달고 다녀야 할 것이다. 그리고 그렇게 긴 시간 동안 매 순간 불행이 다시 그들을 엄습할 수 있고, 경찰이 와서 루트비히를 체포해서 끌고 갈 수도 있을 것이다.

교화소의 훈육을 벗어나기 위해서 모든 지옥과 연옥을 견딘 두 사람. 아이들을 방치하는 것이 아니라 보호하려고 한다는 목적에서 생겨났다고 하는 이런 훈육 기관. 경험 많은 패거리 청소년과 아직 젖니도 채 빠지지 않은 어린아이들. 열다섯 살의 숫처녀. 그녀는 백화점에서 비단 장식 띠 몇 개, 장식품 혹은 약간의 초콜릿이 박힌 과자를 훔쳤다. 이미 매독 치료를 위해 첫 번째 비스무트 치료와 살바르잔 치료를 마친 어린 창녀들 옆에 있는 숫처녀. ……

아이들을 한군데로 뒤죽박죽 섞어놓아서 생겨났고, 생겨날 수밖에 없는 독과 같은 끔찍한 일이 곧장 드러난다. 젖니가 채 빠지지도 않고, 부드럽고 투명한 피부를 지닌 금발의 어린아이는, 교화소에서 '도망을 친' 후에 도둑질이나 가택 침입 외에도 살아갈 수 있는 다른 방법이 있다는 것을 교화소 동료로부터 배운다. 프리드리히슈트라세의 아케이드나 티어가르텐에서도 돈을 벌 수 있다. 심지어 교화소 내에서도 그런 아이는 여러 가지 안락함을 얻을 수 있다. 밤에 침실로 사용하는 커다란 강당에서. 스무 살이 된 커다란 아이들은 침대에 누워서 잠을 이루지 못하고, 꿈속에 나타난 이성의 모습을 상상하면서 괴로워한다.

빌리와 루트비히는 서로를 필요로 한다. 그들은 사슬고리처럼 서로 연결되어 있다. 루트비히는 빌리가 없다면 다시 나락으로 굴러 떨어지기 직전의 상태에 빠지게 될 것이다. 그리고 빌리 자신도 동료가 필요하다는 것을 알고 있다. 매일 생존에 필요한 최소한의 것을 얻기 위해서 사람들은 끝 모를 냉혹한 대도시 베를린을 혼자서는 이겨낼 수가 없다. 그들은 그 사실을 수많은 밤을 통해 느낄 수 있었다. 다시 말해, 홀로, 혼자서 잠든 거리를 어슬렁거리면서 걸었다. 어슬렁거리면서 걷는 것 ······ 어슬렁거리면서 걷는 것. 기계적으로 한 발을 다른 발 앞쪽으로 내딛는 것 ······ 한 ······ 발을 ······ 다른······ 발 앞쪽에 ······ 마침내 힘이 다 빠진 기계적 동작이 더 이상 작동을 하지 않고, 어떤 건물의 통로에 웅크리고 앉는다. 오래 있을 수 없다. 곧 경찰이 순찰을 하면서 지나간다. 그리고 손가락을 건드려 깨운다. "이봐 자네! 여기서 잠을 자면 안 돼. 집이 없나?" "뭐라고 하셨죠? ······ 집이 없냐고요? 있지요 ······ 있어요." 다시 깜빡 잠이 든다. "경찰관님, 갈 겁니다. 갈 겁니다. ······"

하지만 둘이라면 사정이 전혀 다르다. 그러면 밤의 길이는 절반으로 줄고, 추위도 절반 정도는 매서움을 상실하고, 심한 배고픔도 맹렬하게 위장을 물어뜯지 않는다. 한 사람이 다른 사람의 옆구리를 찌른다. "이봐 친구, 무슨 일이지? 가자고! 슐레지셔 반호프에서 반호프 샤를로텐부르크까지 두 번만 왔다 갔다 하면, 밤이 끝날 거야!"

이제 빌리와 루트비히는 웃을 수 있다. 하지만 다시 헤르만 플레트너와 같은 자가 그들을 괴롭히려고 밀고를 해서 경찰을 보낼 수도 있다는 막연한 불안감으로 그들은 결코 온전히 즐거움을 누릴 수가 없다. 루트비히가 스물한 번째 생일을 맞게 되는 날까지 남은 시간 동안 그들은 아마도 여러 차례 불안에 시달리게 될 것이다. 빌리와 루트비히는 이미 몰락의 단계로 들어섰지만, 아직은 완전히 몰락한 것은 아닌, 대도시를 떠돌아다니는 많은 비참한 무리 중 두 명에 지나지 않는다. 베를린 거리를 떠도는 수천 명의 아이들 중 두 명에 지나지 않는다.

옮긴이의 말

1929년 10월 24일과 10월 29일 뉴욕주식거래소에서 주가가 폭락함으로써 국제 금융시장이 붕괴되었고, 미국 경제는 커다란 위기에 직면하게 되었다. 국제 금융시장의 붕괴는 즉각적으로 전(全) 세계로 파급되어 나가면서 실물 경제에도 엄청나게 부정적인 영향을 끼치기 시작했다. 이런 '세계 경제 대공황'의 여파로 미국 경제는 곤두박질을 거듭했다. 그 결과 미국 자본에 의해 겨우 유지되고 있던 유럽, 특히 독일 경제는 붕괴 직전에 다다르게 되었다. 독일의 실업률은 1933년까지 30%를 넘어서게 되었는데, 1928년 연평균 140만 명이었던 실업자 수는 1932년에 560만 명까지 치솟았다. 실업자의 증가는 단순한 경제 지표 이상의 의미를 지닌다. 그것은 사회 각 계층의 급진화·과격화를 미리 보여주는 지표이기도 하다. 경제 위기로 '바이마르 공화국' 초기부터 형성되었던 좌·우의 정치적 대립이 더욱 극단적인 방향으로 흘러갔고, 중도적인 정치 세력은 급속하게 기반을 잃게 되었다. 경제 위기의 피해를 가장 많이 받은 사회계층 중에서 중소 상인, 수공업자, 사무직 고용자와 농민은 나치당으로 대변되는 극우 세력에 흡수되었고, 노동자 계층은 공산당의 든든한 지원자가 된다. 1930년 9월 선거에서 제2당의 지위로 올라선 나치당은 마침내 1932년 9월에 치러진 선거에서 사회민주당을 제치고 제1당의 지위를 차지하게 되었다. 그리고 독일은 '선거를 통한 합법적

독재'의 시대로 들어서게 되었고, 2차 세계대전이라는 파국을 향해서 달려가기 시작했다.

전쟁의 고통, 전후의 혼란, 경제와 사회 기반의 붕괴 그리고 극단적인 정치적 갈등 때문에 대부분의 계층이 직간접적으로 고통을 겪었지만, 제일 큰 피해를 본 세대는 1920년대에 청소년기를 보낸 세대일 것이다. 전쟁 중에 태어났거나 어린 시절을 보낸 이 청소년 세대는 전쟁으로 아버지를 모르고 자란 세대다. 그들의 아버지는 이미 사망했거나 설령 살아남았어도 아무런 도움도 줄 수 없는 존재였다. 또한 후방에 남아있던 어머니들은 군수공장에서 전쟁 물자를 생산하는 고된 일을 함으로써 가족들의 생계를 책임져야만 했다. 열악한 환경에서 고된 노동을 감당해야만 했던 어머니들은 자신의 몸을 돌보기에도 힘이 부쳤으며, 아이들을 돌볼 시간적 여유를 찾을 수도 없었다. 부모님의 보살핌을 받지 못하고 방치된 아이들은 오로지 혼자의 힘으로 거친 세상에서 힘들게 삶을 헤쳐 나가야만 했다. 이들이 생존하기 위해 무리를 이루고 반사회적인 행동을 하는 것도 어찌 보면 너무나도 당연한 결과인 것 같다. 너무 이른 나이에 세상의 냉혹함을 몸으로 체험했고, 너무 일찍 어른이 되어버린 아이들인 것이다.

이 소설은 바로 이렇게 과거를 잃어버리고, 미래를 상실한 채 1920년대 독일의 수도 베를린의 길거리에서 살았던 청소년 세대의 진짜 모습을 다루고 있다. 이 소설에서는 대도시 베를린의 열악한 환경에서 삶을 이어나가기 위해 점점 더 깊은 수렁 속으로 빠져 들어가는 청소년 세대의 모습을 조금도 미화하지 않고 적나라하면서도 담담하게 그려지고 있다. 이들 청소년들은 필요하다고 생각하면 무거운 범죄 행위를 저지르는 것도 마다하지 않는 지경에까지 이른다. 이들이 범죄자이고 가해자라는 것은 부정할 수 없는 명백한 사실이다. 하지만 사회적 관점에서 보자면 이들 역시 피해자라고 할 수도 있다. 자신들이 책임을 져야 하는 것도 아닌 전쟁으로 그들은 어린 시절부터 보호와 사랑을 제공해주는 가족을 경험해본 적도 없었고, 타인의 관심과 호의를 받아본 적도 없었다. 그들은 철저히 방치된 채 인간에게 필요한 최소한 기본적 욕구를 혼자의 힘으로 해결해야만 했다. 또한 그들은 교육 기관의 억압적 방식에 무방비 상태로 넘겨졌다. 교육기관은 이들을 보호하고 계도한다는 미명 아래 청소년들의 개성을 말살시키는 것에만 관심을 기울이고, 이들의 진짜 고민에 대해서는 아무런 주의도 기울이지 않았다. 실질적인 도움이나 인간적 관심 대신에 교육생들의 자유에 대한 의지와 자주적이고 독립적인 태도를 꺾고 복종을 잘하는 객체로 훈육시키려고만 한다. 이 목표를 달성하기 위해 청소년을 담당했던 교육기관들은 권위적인 방식으로 신체적이고 심리적인 폭력을 학생들에게 가했다.

체계적으로 가해진 억압적인 교육기관의 폭력을 벗어나는 것에 성공한 아이들은 대도시로 몰려갔는데, 그곳에서의 삶의 조건이 좀 더 견딜만한 것처럼 보였기 때문이었다. 그곳에서 그들은 미숙련 일용직 노동자로 전전하면서 생계를 유지하거나 몸을 팔아서 구차한 삶을 이어나가곤 했다. 심지어 일부의 청소년들은 보호와 인간적 따스함을 얻기 위해 자발적으로 무리를 이루기도 했다. 같은 또래로 이루어진 이런 패거리는 각각의 구성원에게는 한 번도 체험해본 적이 없었던 가족을 대체하는 어떤 것이다. 그들은 버려진 건물이나 공터에 모여서 술을 마시거나 지탄을 받을 만한 짓을 저지름으로써 '공동체 의식'을 유지하고, 몇 시간이나마 자신들이 겪는 비참함을 잊어보려고 했다.

베를린 밑바닥 세계에서 힘겹게 살아가는 청소년들을 묘사하고 있는 이 소설은 엽기적이거나 이색적인 소재를 아무런 연관 관계없이 단순하게 나열하는 통속적인 르포르타주 소설도 아니고, 도덕적 우월감에서 사회적 참상을 고발하는 사회 비판적 고발문학도 아니다. 오히려 잘 짜인 구성을 지닌 이 소설은 우울하지만 정확한 리얼리즘적 태도를 견지하고 있다. 동시에 이 소설은 비참한 사회 상황을 관찰하고 묘사하는 서술 방식에서도 높은 문학적 수준을 보여주고 있다. 당시에 막 시도되었던 몽타주나 내적 독백과 같은 문학적 기법들을 전통적인 서술 방식과 적절하게 조화시킴으로써 당시의 전위 문학들이 쉽게 빠졌던 난해하고 현학적이라는 비판을 벗어날 수 있었다. 간단하게 말해서 당시의 문학에서 잘 다루어지지 않았던 사회적 소재를 수준 높은 문학적 기법으로 녹여내서 만들어낸 훌륭한 작품이라고 할 수 있다. 80년 가까이 잊혔다가 이제 다시 재발견된 이 소설이 오늘날의 독자들에게 여전히 호소력을 지닌 것은 부분적으로 이 소설이 '바이마르 공화국' 시대의 노숙 청소년에 대한 삶을 미화하지 않고 진실 되게 묘사하고 있다는 점에서 기인한다. 하지만 무엇보다도 주된 이유는 화자(話者)가 작중의 인물들을 묘사하면서 보여주는 관심과 공감이 깃들인 태도와 이들의 이야기를 서술하는 방식이 오늘의 독자들의 마음을 움직인다는 점이다. 이 소설의 화자는 당시의 고발문학에서 자주 볼 수 있는 지나치게 열정적이라고 할 정도로 과장되고 비난하는 어조를 취하지도 않고, 특정한 도덕적 잣대를 들이대서 등장인물들의 행위를 재단하고 비난하는 도덕 설교가의 태도를 취하지도 않는다. 화자 자신의 윤리적 판단을 가능한 한 드러내지 않고 묘사하는 대상과 일정하게 거리를 유지하면서 이루어지는 화자의 중립적이고 절제된 객관적 묘사가 오히려 암울한 이야기 속으로 독자들을 끌어들인다.

아주 암울한 모습이 소설의 분위기를 지배하고 있지만, 희망이 완전히 사라진 것은 아니다. '의형제' 패거리들은 베를린 거리를 돌아다니는 수천의 노숙 청소년들과 마찬가지로 범죄와 빈곤의 영원한 순환에 휩쓸려 목표도 없이 쓸려가고 있지만, 그들 중 몇몇은 미래도 전망도 없는 상태에서 벗어날 수 있는 탈출구를 찾으려고 나름대로 애를 쓴다. 소설 속에 등장하는 루트비히와 빌리는 실현 가능성이 희박해 보이는 무모한 시도를 과감하게 실행으로 옮긴다. 추위와 굶주림에 시달리지만 자유로운 외부 세계로 나가기 위해서 시차를 두고서 교화소를 도망친 루트비히와 빌리는 우연히 베를린 거리에서 만나게 된다. 그리고 점점 직업적 범죄자 집단으로 발전해가는 패거리를 떠나기로 결심한다. 그들은 패거리에 남아있으면 누리게 될 수도 있는 금전적 이득과 안락한 삶 그리고 심리적 안정감을 과감하게 떨쳐버리고 무리에서 벗어난다. 이제 그들은 고되지만 정직한 삶, 스스로 결정한 삶을 시작하기로 굳게 결심한다. 하지만 이들이 간절히 바라던 새로운 삶이 뿌리를 내리려는 순간 어두웠던 과거가 다시금 이들의 삶에 끼어들어 방해를 한다. 복수를 하려는 익명의 제보자가 두 사람을 고발하고, 그들은 경찰에 체포된다. 그리고 그것과 함께 지키려고 무던히도 애를 썼던 삶도 속절없이 무너져 내리고 만다. 하지만 체포되어 교화소로 압송이 되는 순간에도 그들은 새로운 삶에 대한 의지를 굽히지 않고, 변덕스러운 삶이 그들에게 요구한 도전을 용감하게 받아들이겠다고 굳게 결심한다. 현실의 난관에 직면해서도 꺾이지 않는 이런 의지가 바로 암울한 모습으로 가득 찬 이 소설에서 희미하게나마 여전히 빛을 발휘하는 유일한 희망의 빛이다. 그리고 소설의 저자도 미래에 대한 어떤 낙관적 전망도 제시하지 않으며, 두 사람의 결심을 그저 담담하게 전해주는 것으로 소설을 끝마친다. 이들이 앞으로 어떻게 될 것인가에 대한 대답은 오직 독자의 상상 속에서 맡겨진다. 이 소설의 독자들 역시 그 희망의 불빛이 꺼지지 않기를 바라지만, 그 바람이 쉽게 이루어지지 않을 것이라는 점 역시 잘 알고 있다.

현재의 독자가 이 책에서 읽는 것은 과거의 모습만은 아니다. 이 소설에 등장하는 청소년들의 모습에서 21세기 초반을 살고 있는 현재 청소년의 모습이 겹쳐 보인다고 말한다면 지나친 비약일까?

20%를 넘는 유럽의 청년 실업률과 10%를 넘어선 한국의 청년 실업률은 지속적으로 암울해지고, 삶을 위협하는 사회적 현실을 분명하게 보여주는 간접적 지표다. 소설 속 주인공들이 겪었던 상황과 지금의 독자들이 겪는 상황이 다르다는 것은 분명하다. 하지만 과거의 청소년과 지금의 청소년들이 희망찬 미래를 지녔다고 말할 수 있을까? 그리고 이들이 사회로부터 관심을

받고 보호를 받고 있다는 느낌을 갖고 있을까? 그리고 이들은 자신들이 상실의 시대를 살고 있다고 뼈저리게 느끼고 있지 않을까? 이런 여러 질문에 긍정적 대답을 하기가 쉽지 않다는 것은 자명하다. 그럼에도 불구하고 하프너의 소설은 도처에서 감지되고 가슴을 움츠러들게 만드는 보편적 두려움에 굴복해서 자포자기 상태에 빠지지 말고, 미약하기는 하지만 포기할 수도 없는 희망의 끈을 놓지 말도록 호소하고 있다. 미래에 대한 전망이 부재한 암담한 상황과 현실적인 갖가지 어려움 속에도 희망을 포기하지 않는 것이 바로 이 소설이 말하고자 하는 핵심 내용이 아닐까?

1932년 『베를린 거리의 아이들』이라는 제목으로 브루노 카시러Bruno Cassirer 출판사에서 출간된 이 소설을 쓴 에른스트 하프너에 대해서 알려진 것은 거의 없다. 그가 1925-1933년 사이에 베를린에서 기자 겸 사회복지사로 일을 했다는 사실, 그가 발표한 유일한 소설이 나치가 집권을 한 1933년 직후인 5월 10일 베를린에서 거행된 '책 화형식'에서 불 속에 던져졌다는 사실, 1938년 나치 선전성(省) 산하의 '제국문학분과위원회'에 소환된 직후 아무런 흔적도 남기지 않고 행방불명이 되었다는 사실만이 그에 관해 우리가 알고 있는 것의 거의 전부다.

이런 사실을 고려한다면 그의 책이 그렇게 오랫동안 사람들의 기억 속에서 사라졌다는 것은 결코 놀라운 일은 아니다. 하지만 또 한편으로 바이마르 공화국 시대의 문학을 주제로 삼은 연구가 현재까지 아주 왕성하게 이루어져 왔다는 사실을 고려한다면, 이제야 비로소 그의 책이 다시 독자들의 손에 전해질 수 있게 되었다는 것은 놀랍다. 어쨌든 하프너의 유일한 소설이 긴 망각의 세월을 이겨내고 다시 발견되어, 여전히 오늘날의 독자들에게 말을 걸고 있다는 것은 대단히 고무적이다.

좋은 책이란 무엇인가? 라는 질문에 대해 모든 사람들이 저마다 다른 대답을 내놓을 것이다. 그리고 어쩌면 각자가 내놓는 모든 대답이 다 정답일지도 모른다. 작가는 사라지지만 작품은 남는다고들 한다. 남겨진 작품이 떠나간 작가를 기억하도록 만드는 책. 바로 그런 책이 어떤 책이 좋은 책인가라는 질문에 대한 가장 단순한 대답일 것이다. 만약 그렇다면 나는 80년이란 세월의 간극을 훌쩍 뛰어넘어 흔적도 없이 사라진 작가를 기억 속에 떠올리도록 하는 이 책을 감히 좋은 책이라고 말하겠다. 그 이유는 이런 책이야말로 불멸을 꿈꾸는 작가의 은밀한 욕망을 훌륭하게 충족시켜준 책이기 때문이다.

옮긴이 **김정근**

베를린자유대학에서 독문학과 연극학을 공부했다. 2002년 박경리의《시장과 전장》을 독일의 헬가 피히테(Helga Pichte)와 함께 독일어로 번역했다(2002, Secolo Verlag, Osnabruck). 옮긴 책으로『책 읽는 여자는 위험하다』,『이 그림은 왜 비쌀까』,『모든 것이 소비다』,『아틀라스 서양 미술사』,『공간의 안무』,『여자 그림 위조자』,『예술이란 무엇인가』등이 있다.

베를린 거리의 아이들
Jugend auf der Landstraße Berlin

ⓒGASSE 2019

초판 1쇄 발행 2019년 11월 9일

지은이 에른스트 하프너 | **옮긴이** 김정근

펴낸곳 도서출판 가쎄 [제 302-2005-00062호]
주소   서울 용산구 이촌로 224, 609
전화   070. 7553. 1783 / 팩스 02. 749. 6911
인쇄   정민문화사

ISBN   978-89-93489-90-3 03850

값   14,500원

www.gasse.co.kr
berlin@gasse.co.kr